義　弟

永井するみ

集英社文庫

目次

義弟

おとうと

第一章　夜

赤いずんぐりしたポリ容器が二つ、仲のいい狛犬《こまいぬ》のように並んでいる。中に入っているのは灯油、それぞれ二十リットルずつ。

夕食後、こっそり家を抜け出し、近所のガソリンスタンドで買ってきた。二往復して。顔見知りの店員は、重いよー、大丈夫かい？　と心配してくれた。これもトレーニングの一環なんだと答えたら、ほんと、克己《かつみ》くんは身体《からだ》を鍛えるのに熱心だよなあ、俺も見習わないとな、と自分の小太りな身体に目をやって苦笑いしていたっけ。

これまでもときどき、石油ストーブに使う灯油をあのスタンドまで買いにいっていた。だから、何の疑いもなく売ってくれたのだ。この家に火を放つために使うつもりでいるとは、思いもしなかっただろう。

顔を知られている店で買うのは愚かなことかもしれないが、別に完全犯罪を狙うつもりはないから構わない。この家がきれいさっぱりなくなれば、あとのことはどうでもよかった。

今まであったものがなくなる。どんなに清々するだろう。想像するだけで、嬉《うれ》しくなる。ただ一つ、東京にいる姉の彩《あや》に迷惑が及ぶだろうと思うと、心が痛むが。

これまで実行を思いとどまってきたのは、彩の存在ゆえだった。

彩は司法試験に合格し、研修中である。司法に携わろうとする人間にとって、弟が自宅に火をつけて両親を殺害したというのはダメージになるだろう。キャリアが閉ざされてしまうかもしれない。しかし、彩なら窮地を切り抜けられる。何かしら方法を見出《みいだ》すはずだ。そればかりか、俺のために奔走してくれるかもしれない。

いずれにしても、迷惑をかけることになるが、きっと彩は分かってくれる、許してくれる。

二階の自室は、六畳の洋間である。ポリ容器のすぐ近くに座って、貴船《きふね》克己は古新聞を一枚ずつ剝がしては、くしゃくしゃと丸める作業を続けている。こうやって空気を含ませ、燃えやすくするのだ。

既に克己の周りは、灰色の花のような新聞紙で埋まっている。ときどき、ポリ容器のふたを開けて、灯油をたらりたらりと新聞紙に垂らす。

このにおい。

克己はうっとりと目を細める。

古新聞は、資源ゴミに出すために紐《ひも》で結わいて物置にまとめられていた。それを運んできたのである。四角く畳んでおけばさほどの量に見えなくても、一枚ずつ丸めていくとかなりの嵩《かさ》になる。

　ふと、幼稚園の頃に、学芸会の飾りつけのために薄紙で花を作ったことを思い出した。白とピンクの薄紙を蛇腹状に畳んでいくと、できあがるのは閉じた扇子のようなもの。丁寧に一枚一枚、広げていくと、ふわりと丸い花になる。それを見た克己は、わぁ、すごい、と歓声を上げ、素直に喜んだものだ。しかし、あのときも楽しかったのは、最初の一つ、二つだけ。作り続けているうちに飽きてしまった。それは今も同じ。

　このぐらいでいいか。

　あとは畳んであるままでも、灯油をかければよく燃えるだろう。

　自分の部屋を見渡す。

　机の上には、参考書と問題集が山を成している。父親が勝手に申し込んだ通信教育の教材も。そして机の端には、克己が忌み嫌っている卓上鏡があった。単行本くらいの大きさの四角い鏡で、女性が化粧をする際に使う類いのものだ。

　しかし、その鏡は、当然ながら化粧のために使われていたのではない。

　ふいに克己は立ち上がった。鏡を摑《つか》み、床に叩《たた》き付けようとして、ぎりぎりのところで堪《こら》える。

　大きな音を立てたら、父か範子《のりこ》を起こしてしまうかもしれない。

父の後妻、克己にとっては継母の範子。心の中でも、もちろん口に出しても、お母さんと呼んだことはない。

二人は今、これっぽっちの警戒心もなく眠り込んでいるだろう。

もとあった場所に鏡を戻す。

どうせ燃えてしまうのだ。わざわざ壊すこともない。

部屋の照明を反射して、ぎらっと鏡が光る。思わず克己は目を逸《そ》らした。その瞬間、父の声が脳裏に響く。

「鏡を見てみろ。自分の顔を！」

何度、怒鳴られたことだろう。

「不満を溜《た》め込んだ、間抜《まぬ》け面《づら》を。そんなことだからお前はダメなんだ」

克己が目をそむけようとすると、力任せに頭を押さえつけ、無理矢理、鏡を覗《のぞ》き込ませる。

鏡の中の自分は醜かった。怒りで顔が赤黒く染まり、目が血走っていた。これでくわっと口を開けば、般若《はんにゃ》の形相だった。

「よく見るんだ。それがお前の顔だ。頭の悪いやつの顔だ」

中学時代から今まで、ほぼ四年間、ずっとそう言われ続けた。採点済みの答案用紙が戻ってきたとき、通知表をもらう終業式、個人面談の日。父は克己を目の前に座らせ、なぜもっといい成績がとれないんだ、努力が足りない、おい、聞いているのか、お前のためを思って言ってるんだぞ、と長時間説教をし、克己がいい加減な受け応えをしようものなら容赦なく殴った。それは、年を追うごとにひどくなっていった。そして、いつも最後に付け加える。

「彩にできて、お前にできないわけがない」

彩と同じか、追い越すくらいにならない限り父は満足しない。

しかし、なぜ彩と比べられなければならないのか。彩にできてお前にできないはずがない、という言葉にはまるで根拠がない。

なにしろ、克己と彩には血の繋《つな》がりは全くないのだから。

五歳のとき、克己は母を交通事故で亡くしている。自転車で歩道を走っていたときにバランスを崩して転び、車道に身体が飛んだ。そこへトラックがやってきたのである。克己はそのとき、母の自転車の後部シートに乗っていた。

幼稚園の送り迎えも、買い物に行くのにも、いつも母は自転車を使っていた。子供用シートが当時の克己の指定席、母に甘えられる大好きな場所だったのである。背中に耳をくっつけて、母の声を聞くのが楽しみだった。ねえ、歌って、とせがんだものだ。

「何の歌がいい？」と母は訊《き》く。

「なんでもいい」

母が『森のくまさん』を歌い出す。

「その歌じゃ、やだ。ドラえもん」

そんなわがままを言うのも、こもって響く母の声を聞くのも、どちらも好きだった。母の歌を聞いていると眠くなった。実際、何度も眠ってしまった。肉付きのいいやわらかな母の背中。とろとろと、限りなく暖かな眠り。

おそらく、あの事故のときも克己は眠っていたのだろう。

克己に事故の記憶はない。母は即死だったが、克己は左鎖骨の骨折と打撲で済んだ。母が克己にシートベルトをさせていたのが幸いしたというのは、あとで聞いたことである。

気が付いたら、病院のベッドで寝ていた。骨が折れているから、しばらく入院しなければならないのだと父に言われた。

母の葬儀にはギプスをつけて出席したが、克己には母の死が理解できなかった。たくさんの人の泣き顔を見た覚えはあるが、克己自身が泣いた覚えはない。しばらく経《た》って家に帰ったとき、母の自転車が無くなっているのを知って唖然《あぜん》とし、初めて涙がこぼれた。それでも、克己はまだ母の死を現実のものとして受け止められなかった。いつか自分のもとに戻ってきてくれるような気がしていた。

それから四年後、父が新しくお母さんになる人を紹介したい、と言ってきたのである。一緒に食事をしようと。

父に連れられてレストランに出向いた。

なんのことはない、そこにいた女性のことを克己はよく知っていた。『範子さん』だ。以前にも父がよく一緒に出かけていた相手だったし、しょっちゅう家にも来ていた。範子さん、範子さん、と父が呼んでいるのを何度も耳にしていた。だから克己は、なーんだ、と思っただけだった。

克己は範子のことを好きでも嫌いでもなかった。家の通いの家政婦などは、きれいな人、とため息まじりに言うこともあったが、克己にとってはどうでもよかった。父にやたらと身体をくっつけているのと、甲高い声で笑うこと、ときどきちらっと克己を横目で見るのだけが気になっていたくらいだった。

「克己くん、よく来てくれたわね」と範子はにっこり笑いながら言った。

赤い口紅のせいで、金魚でもくわえているように見える。怖いもの見たさで彼女の口元を凝視していると、範子は中腰になって視線を合わせ、ふふふ、と笑った。生温かい息がかかって、克己は思わず身体を引いた。範子は気分を害したような顔をしたが、例の横目でちらっと克己を見ると、気を取り直したように言った。

「そうだ。紹介するわね、娘の彩」

長い髪のほっそりした女の子が、すぐそばに立っていた。

「彩です。克己くん、よろしくね」

彩の瞳は美しく、目を合わせると、吸い込まれそうなほどだった。

どぎまぎしている克己をよそに、きらきら光る大きな目で克己を見ながら、弟ができて嬉しい、と彩は言った。

「よかったな、克己。お前も姉さんができて嬉しいだろう？」と言いながら父は、克己の肩に肉厚な手を置いた。

照れくさいのと、こんな大事なことを前もって知らせておいてくれなかった父への憤慨で、克己は仏頂面《ぶっちょうづら》のまま黙り込んだ。それを見て彩が笑った。明るく澄んだ笑い声。彩のすべてが煌《きら》めいていた。

彩は十六歳。克己とは七つ違いだった。家族になって分かったのは、範子には克己の母親になるための努力をするつもりはないんだな、ということ、そして、彩はとても楽しい姉だということの二つだ。

彩は勉強家だった。高校から帰ってくると部屋にこもって、夜遅くまで勉強していた。食事のとき以外はほとんど出てこない。父も範子もそんな彩をそっとしておいたが、まだ小学四年生だった克己は、構ってほしくてときどき彩の部屋を覗いた。

そんなとき、彩は嫌な顔をするでもなく、あら、克己、どうしたの？　とすぐに声をかけてくれた。

「きょうは一緒に遊ぶ友達がいなくて、退屈なんだ」

「そうなんだ」と言って窓の外に目をやり、まだ日が暮れていないのを確かめると、「じゃ、ちょっと外でボール蹴る?」と言うのだった。

克己は大喜びでうなずく。

そしてそれから小一時間ほど、近所の公園で彩を相手にサッカーをした。

普段、勉強ばかりしていたわりに、彩の動きには無駄がなく、スタミナもあった。とんでもないところにボールを飛ばしてしまったり、おかしなフォームでパスを出したりすることもあったが、汗まみれになるのも構わずに右に左に走り回る彩と、ボールを蹴り合うのは楽しかった。

並行して走りながらパスを繰り出す練習をしたり、一人がドリブルをし、もう一人がそれをカットにいったり。

夕方の五時を知らせる鐘が聞こえると、終わりにしようか、と彩が言う。

「えー、もう?」

克己は、もう少しやりたいとせがんだ。

「遅くなると叱られるよ。また今度やろう。ジュース買ってあげるから、きょうは帰ろうよ」と言って彩は歩き出す。

途中で彩に缶ジュースを買ってもらい、それを飲みながらのんびり歩いた。汗の浮いた肌に風が心地よかった。

「走り回らされて、へとへと。克己にはかなわないなあ」

と言われて、飛び上がりたいほど嬉しかったが、平気な顔で克己は応じる。

「彩もけっこうやるじゃん」

「そう？　私ってけっこうやる？」

彩もまんざらでもなさそうな顔になり、姉と弟は機嫌良く家に帰るのだった。

父の再婚相手の娘という形で出会った彩。血の繋がりはなかったが、克己にとっては、唯一の肉親と言ってもいいほど親しく思える存在だった。

彩が家にいた頃は、父から勉強しろとうるさく言われることもなかった。土日は少年サッカーチームの練習に励み、それ以外の日は学校から帰ってくれば友達と公園で遊ぶか、彩と一緒に過ごすかのどちらか。単調と言えばそうかもしれないが、満ち足りて平和な日々だった。

しかし、それは長くは続かなかった。

懸命な勉強が実って、彩は試験を受けることなく、推薦でS大学法学部への合格を決めた。将来は、弁護士になるのだと言う。弁護士という職業を正確に理解できてはいなかったが、とても難しい仕事らしいというのは克己にも分かった。一人前の弁護士になるのは、並大抵のことではないというのも、大人の話を聞いていれば察せられた。

やっぱり彩はすごいな。

姉を讃《たた》える一方で、彩がいなくなってしまうのが寂しくてならなかった。さすがに小学六年生になると一緒に遊ぶことはなくなったが、彩が大切な話し相手であるのには変わりがなかった。

その彩がいなくなるなんて……。

取り残された気分だった。おまけに高校を卒業した途端、彩は出かけてばかり。克己の孤独をよそに、彩はとても充実した時間を過ごしているらしい。朝食のとき、ちらっと顔を合わせるだけだったが、生き生きとした表情にそれが滲《にじ》んでいた。

彩にとっては、自分の存在など取るに足らないものだったのだ。その証拠に、彩は少しも寂しがっていない。克己はずっとふてくされていた。なのに、それにも気付かないほど彩は忙しそうだった。

そして、その日、ようやく彩と話す時間が持てたのである。

上京の準備のために、彩は一日家にいた。克己が部屋の前を通りかかったとき、段ボールに囲まれてぼうっと座り込んでいる彩が見えたのだ。

どうかした？　と声をかけると、彩が手招きした。部屋に入り、段ボールの隙間に座る。

「私、大学生になるっていう実感が湧かないのよね。荷造りでもしたら、少しはそういう気持ちになるかなって思ったけど、ぜーんぜん。克己は四月から中学だね。実感ある?」と彩は訊いた。

克己は、俺も実感が湧かない、と答えた。

「だよね。お互い実感がないよね」

うん、と応じ、

「東京かあ」と克己はつぶやいた。

「新幹線に乗ればすぐだよ」と彩は笑う。

「なんでわざわざ東京の大学にしたの? 地元の静岡の大学だって、弁護士にはなれるんじゃないの?」なんで遠くに行っちゃうんだよ、という非難を込めた質問だった。

「それはそうなんだけどね。でも、やっぱり東京に行きたかったんだ」

「彩がいなくなっちゃうと、つまんないな」

「ごめんね。ときどき帰ってくるから」

本棚やCDラックは空っぽ。荷造りをしても実感が湧かないと彩は言ったが、克己は違った。見ているうちに、彩がこの家を出て行くのだという事実が迫ってきた。寂しさと、言葉にできないほどの心細さに、克己は黙り込んだ。

「いつでも遊びに来ていいよ」

「東京に？」

「克己も中学生なんだからさ、一人で来れるでしょ？」

彩の言葉に無言でうなずいた。

「電話して。私もするから」

克己は俯《うつむ》いた。もう少しで泣きそうだった。彩は克己の肩に手を置いて、顔を覗き込むようにしながら言った。

「ねえ、克己を驚かせることがあるんだけど」

「俺が驚くこと？」

「そう」

「何？」

「知りたい？」

「うん」

「じゃあ、一緒に来て」

段ボールの陰に置いてあった大きめのバッグを掴むと、彩は部屋を出た。階段を下り、玄関に向かう。スニーカーの踵《かかと》を踏んで履き、表に出た。克己もあとを追う。庭を抜け、私道を渡り、その先の駐車場に向かった。父の所有する土地で、車十二台がとめられるスペースがある。月極《つきぎめ》駐車場なのだが、契約車で埋まっているのはおよそ半分だけだった。

敷地の一角に、シルバーのカバーで覆われたバイクが置いてあった。確か、前の日にはそこになかったものだ。

彩はその前で立ち止まると、さっとカバーを外した。赤い車体のバイクが現れた。

「ジャーン」彩が言う。

「何、これ」

「見ての通り、２５０ccのバイク。ホンダＣＢＸ」

「誰の？」

「彩の？」

「私のよ」

「そう」

「嘘《うそ》」

「嘘じゃないわよ」

「だって乗れないじゃない」

彩はくすっと笑いながら、スニーカーをきちんと履いた。バイクに跨《また》がり、キーを差し込んでエンジンをかける。驚いている克己の前で、バイクをスタートさせ、駐車場を出て行くと、そのまま前の道を直進し、二つ先の交差点でUターンして戻ってきた。

「すげえ」

「ここのところ家にいなかったのは、教習所に通ってたからなの。バイクの免許を取りに行ってたのよ」

「そうだったんだ」

うん、とうなずき、彩は克己の顔を覗き込んで訊いた。

「乗りたい？」

「え？」

「後ろに乗ってみたくない？」

「俺が乗っても大丈夫なの？」

「免許取り立てだけど、近所をゆっくり走るだけなら大丈夫よ。乗る？」

「うん」

彩のバッグにはヘルメットが二つ入っていた。シルバーメタリックの方を差し出し、

「これ、克己のメット」

それをかぶり、克己は後部シートに跨がった。思ったよりもゆったりしている。周囲を見回す。景色がまるで違って見えた。

「摑まって」

と言われても、彩の腰に手を回すのに抵抗があった。ぐずぐずしていたら、彩がぐいと克己の手を引いて、自分の身体に回させた。彩の背中に頰が当たる。

彩はすぐにバイクをスタートさせた。風が流れるこの感じ。目の前にある背中。こって響いてくる彩の声。

ああ。

克己は声にならない吐息を漏らした。

永遠に失ったと思っていた母の背中が戻ってきた。

そして四月、彩は東京に行ってしまった。同時に、父が克己の成績をひどく気にするようになった。悪いことに、父には息子の学業に目を光らせる時間的な余裕があった。貴船家は古くからの地主で、市内数カ所に駐車場やアパートを所有している他、繁華街には貸しビルもある。不動産業に本気で取り組めば、かなりのエネルギーをとられるのだろうが、父は管理業務を信頼できる企業に委託し、自ら直接、携わることはしていなかった。父自身は地元の商工会議所の人々や、市議らとの交友関係にもっぱら力を注いでいたのである。

彩が東京に行ってから間もなく、父は克己の小学校時代の成績表と、これまでのテスト結果をすべてあらためため、今のままじゃだめだな、と結論づけたのである。

翌日、父は本屋に出向き、中学一年生用ハイレベル問題集というやつを買ってきて、克己に解いてみるように言った。いきなりハイレベルかよ、と思ったが口には出さなかった。大人しく問題に向かったものの、半分もできなかった。

「なんだ、これは」父は露骨に落胆の表情を見せた。「基本からやり直すしかないな」

それからは毎日、基本問題集やドリルを解くようにと言われた。その結果、どちらかと言えば、国語よりも数学の方が得意だと分かると、

「お前は弁護士よりも、医者が向いている」と言い出したのだ。

克己の頭には、医者になりたいなどという思いはこれっぽっちもなく、サッカーが上手になりたいとそればかりを思っていた。サッカー選手になれたら、死んでもいいとまで。

サッカーもいいが勉強もしろ、と最初、父は言っていたのだが、次第に、サッカーにうつつを抜かしているから勉強がふるわないんだ、サッカーよりも勉強だ、になり、そして、克己が中二になった春、父は言ったのだ。

「サッカーをやめろ」

「いやだよ。やめるのは絶対やだ。次のテストで頑張るから。サッカーを続けさせて。頼むよ」必死の思いで言った。

「だめだ。次のテスト次のテストって、その台詞《せりふ》は聞き飽きた。もうサッカー部の顧問には話しておいたからな。明日から家庭教師も来る。これは決定事項だ」

「そんな……。ひどいよ」

サッカーをしていれば、克己は幸せだった。スパイクでグラウンドを蹴る感触。パスが通ったときの胸のすく思い。シュートを決めたフォワードの選手に駆け寄る興奮。

毎日繰り返されるランニングや筋トレなどの基本練習は、地道で忍耐がいる。途中で音《ね》を上げる部員もいたが、克己は文句一つ言わずに励んだ。この一つ一つが筋肉を鍛え、持久力を高めることに繋がるのだと思うと、少しも苦にならないどころか、楽しかった。家で、どんなに父にがんじがらめにされようとも、ひとたびグラウンドに立てば、自由だった。

なのに、父はそれさえ取り上げようとする。

「これは全部、お前のためなんだ。お前の将来のためなんだぞ」と言って。

サッカー部の仲間は、克己がやめることをとても惜しんでくれた。

「なんでやめちゃうんだよ。貴船がいなかったら、困るよ」と泣きそうな顔をするチームメイトもいた。

勉強に力を入れなきゃならないんだ、と克己が答えると、

「何言ってんだよ。貴船の成績なら問題ないじゃないか」

少しも納得してくれなかった。

納得できなかったのは克己も同じ。客観的に見て、決して成績の悪い方ではなかった。

学年での順位は中の上。しかし、それではダメなのだ。上の上に、それが無理なら上の中くらいまでに食い込まないことには、父は許してくれなかった。

結局、サッカー部を辞め、勉強に専念することになった。週に三日塾に通い、それ以外の日は家庭教師について勉強した。

それでも芳しい成果が上がらないと、父は有無を言わさず殴った。そして言う。

「彩にできて、お前にできないはずはない」

若い頃に空手をやっていたという父は、決して大柄ではないのだが、胸板の厚い身体をぐいとそらしただけで、その場にいる者を威圧する迫力があった。もしかしたら、克己が本気で反撃に出れば、父の横暴をやめさせられはしなかったとしても、緩和させることができたかもしれない。だが、父を前にすると身体がすくんでしまうのだ。条件反射といえばいいのか、自然にそうなってしまう。自分でもどうしようもない。腹の中がどんなに煮えたぎっていても、じっと座って俯いていることしかできなくなる。そんな自分が不甲斐《ふがい》なくて、情けなくて、一人になってから何度涙をこぼしたことか。

耐えきれなくなったときは、彩に電話をかけた。東京に遊びにおいでと言われても、やはり気軽に出かけられるところではなかった。それで、もっぱら電話に頼った。

家の電話ではゆっくり話せなかったので、近所の公衆電話からかけた。克己だと分かると、彩はコレクトコールでかけてよ、と言って一度電話を切る。静岡と東京の通話では、十円玉がどんどん落ちる。コレクトにしてもらった方が時間を気にせず話せる、と言うのだった。

かけ直してからしばらくは、どうでもいい話をした。友人のことや、テレビで観戦したプロ・サッカーの話題。彩も大学でのあれこれや、司法試験の勉強の大変さなどを話してくれた。

ひとしきり喋《しゃべ》った後、彩は訊く。

「何かあったんでしょ?」

「うん」

本人に向かって、彩と比較されることがつらいのだとは言えなかったので、父に勉強を強いられるのが苦痛だと伝えた。どんなに頑張っても認めてもらえない、勉強なんかじゃなく、俺がやりたいのはサッカーなのにと。

彩はひたすら克己の話を聞いてくれたが、父に対する非難や、克己への励ましを口にすることはなかった。ただ黙って話を聞き、最後に言う。

「いつでも電話して」

彩に電話をした後は、少し持ち直した。塾や家庭教師との勉強を、なんとかこなすことができた。

そうやって、中学の三年間を乗り切ったのだ。勉強した甲斐あって、静岡県下で有数の進学校に入学できた。彩の出身高校でもある。

「やればできるじゃないか」

合格発表の日の父の言葉に、一瞬、克己は胸を熱くした。俺だってやればできるんだと父の言葉を噛《か》みしめたりもした。しかし、それは本当に一瞬だけ。

高校生になってからも、克己の生活はそれまでと変わらず、勉強漬けだった。もう一度、サッカーをやりたいと何度も父に訴えてみたが、学年の成績順位が五位以内に入ったら考えてやる、という答だった。とてもではないが、無理な話。やっとのことで潜り込めた高校なのである。五位以内どころか、五十位以内に入るのだって難しい。けれど、彩は在学中の三年間、五位より下に落ちたことはなかったのだ。

今のままじゃ医者になれないぞ、お前も推薦で大学に行け、彩にできてお前にできないはずはない、と父は言い募る。

いい加減にしてくれ、という思いで克己が見返すと、なんだ、その顔は、と怒鳴る。無理矢理、鏡を覗き込まされ、自分の顔をよく見ろ、と小突かれる。

怒りがふつふつと克己の胸に渦巻いた。限界だ、と何度も思った。助けてくれ、と叫びたかった。

だが、さすがに高校生になってまで、彩に電話で泣き言を聞いてもらうのは情けない。一人でなんとかしよう。そう思って、この一年、耐えてきた。

そして、きょう。高校での保護者面談の日。四月には二年生になることもあり、進路についての話題が中心である。

父はきちんと背広を着て、面談に出向いた。その場で担任教師から、今のままでは医学部は難しいし、克己くん自身の志望も医学部よりも別の方向にあるようですが、と言われたらしい。

担任が父に話すのは分かっていた。いつかは伝えなければならないことだ。克己自身が打ち明けるよりも、第三者が間に入ってくれた方がうまくいくのではないかという淡い期待もあった。が、誰が話そうが同じこと。

家に帰ってくるなり、居間に仁王立ちして父は怒り狂った。

「お前、どういうつもりだ？　医学部以外の志望って何なんだ？」

克己が黙っていると、父はいきなり殴りつけようとした。反射的に身を躱《かわ》すと、さらに猛《たけ》り狂い、足を出してきた。逃げようと思えば逃げられたのだが、克己は蹴られておくことにした。長引かせるのが面倒だったからだ。うっと唸《うな》って腰をつくと、父は少し溜飲《りゆういん》を下げた顔になり、

「言ってみろ。お前のやりたいことってのは何なんだ？」と訊いた。

克己がまだ黙っていると、おい、と言ってまた蹴った。

「スポーツ健康科学」と克己はつぶやいた。

「なに？」

「スポーツ健康科学だよ。スポーツインストラクターになるための勉強」

「スポーツインストラクター？　トレーニングジムであれこれ世話を焼いてくる女の子のことか。あんなもんになりたいのか、お前は」呆《あき》れたように克己を見る。

各個人に合ったトレーニング法を提供し、指導するのはもちろん、ケガを未然に防ぐトレーニング法や体調管理など、インストラクターの仕事は多岐にわたり、そのための研究は医学と非常に近い分野で進められているのだが、どうせ父は聞く耳を持たないだろう。

「お前、なんだってそんなもんになりたいんだ？　金にもならん。名誉もない。違うか？」

「金と名誉。そんなもの、いらない」

「なんだと」

「夢を持っちゃ、いけないのか」

「夢？」と言うなり、父は噴き出した。そして、キッチンにいる範子に向かって声を張り上げた。「おい、範子、聞いたか。夢だと。スポーツインストラクターになるのが夢なんだと」

範子の笑う気配がした。

「俺はずっとスポーツがやりたかったんだ。今からサッカー選手になるのは無理でも、何かスポーツにかかわる勉強がしたい」克己は必死の思いで訴えた。声が震えそうだった。胸の中で温めてきた思いを、父に向かって言葉にするのは勇気が要った。サッカーをやめた後も、密《ひそ》かに身体を鍛え続けてきた。スポーツインストラクターになるという夢のためだった。

父は一つ息をつくと、言った。

「もう少し現実的になれ。サッカー？　スポーツ？　花形選手になるのは諦めて裏方に回るっていうのか。そういうのはな、頭の悪いヤツのやることだ。これまで家庭教師だ塾だって、お前に金をかけてきたのは、そんなことのためじゃない」

克己は拳を握りしめた。

「彩を見てみろ。司法試験に受かって、前途洋々だ。お宅の彩ちゃんはすごいですね、って言われて、俺も範子も鼻が高いよ。お前にもそういう人生を歩んでほしいんだ。な？　分かるだろ、克己」

最後の方はおかしな猫撫《ねこな》で声で話しかけられて、鳥肌が立った。

「もういいよ。勉強があるから」

立ち上がり、克己は二階の部屋に駆け上がった。

「まったくなあ、言うに事欠いて、スポーツインストラクターだなんてなあ」という父の声が聞こえてきた。小馬鹿にするような笑いが混じっていた。

範子の返事は聞こえないが、おそらくいつもと同じように薄ら笑いを浮かべ、相槌《あいづち》を打っているのだろう。

自分の部屋のドアノブに手をかけたまま、克己はじっとしていた。屈辱に冷たい汗が滲んだ。


克己の部屋は階段を上ってすぐ。父と範子の寝室は、廊下の突き当たりの和室である。計画はシンプルだ。廊下を大量の古新聞で埋め尽くし、灯油を撒《ま》き、そこにライターで火を放つというもの。

両親の寝室のドア近くには、先ほど丸めて作った新聞紙の花を積み上げておく。盛大な炎を上げるに違いない。火をつけたら、克己はすぐさま階段を駆け下り、外へ飛び出す。廊下は瞬く間に火の海になるだろう。

父と範子が火事に気付いたとしても、階段を使って逃げることは不可能だ。あとは窓だが、彼らは寝室の窓に鍵をかけるだけでなく雨戸も閉めている。おまけにその雨戸はレールとの噛み合わせが悪く、開け閉めするのが大変だと、いつも範子がこぼしていた。気が動転していれば、なおさらのはず。逃げ遅れる可能性が高い。非常に高い。

この家が炎に包まれ、めらめらと燃え盛り、やがて崩れ落ちる。想像すると、身体が熱くなる。

準備は整った。実行あるのみ。

新聞紙を廊下に運び出そうとしたとき、壁に貼ってあるポスターが目に入った。

フランス代表、ミッシェル・プラティニ。

小学生の頃からずっと憧れ続けたサッカープレーヤー。『将軍』と呼ばれるミッドフィルダーだ。フリーキック、パス、ドリブル。すべて最高で最強。

これだけは燃やすわけにはいかない。

新聞紙を下に置き、ポスターを剝がし、くるくると丸めた。逃げるときに抱えていくつもりだった。

部屋の壁は薄茶色にくすんでいるが、ポスターの貼ってあった部分だけが白い。プラティニが守ってくれた、きれいな壁。克己はそこにそっと手を置いた。

この部屋とも、きょうでお別れだ。部屋だけじゃない、今までの自分とも、今までの生活とも。

あと少しで片がつく。

胸の鼓動が激しい。血液が身体中を駆け巡っているのが分かる。頭がぼうっとしてきた。壁に置いていた右手を頰に当てると、ひんやりして気持ちがいい。

だめだ、だめだ、こんなことじゃ。落ち着かなくては。

少し冷たい空気に当たろう。

部屋の窓を思い切り開けた。二月の冷たい外気が入り込んでくる。

午前二時十分。

克己の家は高台の一戸建てだ。庭が広く、家の前には私道が走っている。私道の先は駐車場。それらの土地が濠《ほり》のような役割を果たしてくれれば、この家が炎に包まれたとしても、近隣への延焼は避けられるかもしれない。できれば、子供の頃から顔馴染《かおなじ》みの近所の住人に迷惑をかけたくなかった。

大丈夫だ。きっとうまくいく。

冷気に顔をさらし、火照《ほて》りを冷ます。

辺りは静まり返って人影はなく、車の走る音も聞こえない。空気は澄んでひたすら冷たく、遠い夜空にオリオンの三ツ星がくっきりと見える。

克己は大きく深呼吸をし、よし、と自分に向かって言った。

窓を閉めようとしたとき、遠くに小さな光が見えた。冬の蛍とでも思いたくなるような小さな光。次第に近付いてくる。微《かす》かに排気音も聞こえる。克己にとって、馴染みある音。

克己は目を見開いて、その小さな光を見つめる。小さいが、強く鋭い光だ。蛍どころではない。

まさか……。

光を放つ物体が、少しずつ輪郭をあらわにする。ホンダの250ccのバイク。フルフェイスのヘルメットをかぶり、ハンドルを握りしめている細身のシルエット。

家の前の私道までくると、バイクの排気音がぷつりと止まった。黒いシルエットがヘルメットを外す。長い髪が滝のように流れた。左右に二、三度髪を揺すり、それから克己のいる二階を見た。

「克己」

思い切り、手を振っている。

「彩」呆然《ぼうぜん》とつぶやく。

なぜだ。なぜ、彩がいるんだ。なぜ、帰ってきたんだ。よりによって今夜。この時間に。

震えそうになる両手を握り合わせる。

「勉強?」

彩は暢気《のんき》な声だ。笑い声さえ混じる。

バイクから降りた彩は、ヘルメットを小脇にかかえて家に向かって歩いてきた。黒い革のライダーズスーツを身に着けた彩は、豹《ひょう》を思わせるしなやかさだ。

克己の部屋の下までくると、

「克己、玄関の鍵、開けてよ」潜めた声で言う。

彩もこの家の鍵を持っているはずだが、キーホルダーを引っぱり出すのが面倒くさいのだろう。

「お願い」

うなずきながら、克己の頭の中はきりきりと回転していた。

どうすればいい？

今、この部屋を見られたら、すべてが露見してしまう。何をしようとしていたのかが、分かってしまう。

大慌てで新聞紙を拾い集め、ゴミ箱に突っ込んだが、すぐに溢《あふ》れる。それに、このにおい。窓を開けてはいたものの、灯油臭が立ちこめている。石油ストーブがあれば言い訳ができるが、克己の部屋では以前から電気ヒーターを使っている。

「克己、何やってるの。早く開けてってば」

窓の外で、また彩の声がする。

仕方がない。

覚悟を決めた。

部屋を出て、足音をしのばせて階段を下りる。玄関のドアを開けると、彩が、ふう、と息をついた。

「寒いね」と言いながら、さっと玄関に入る。

その瞬間、懐かしい香りがした。深い森を思わせる、爽やかでいながら、秘めやかな香り。彩が帰ってきたのだと改めて思った。

彩はヘルメットとリュックを置き、グローブを外した。

「どうしたの？　こんな夜中に帰ってきて」と訊いた克己の声は、自分でも驚くほど落ち着いていた。

うん、と言って、彩は少し黙る。横顔に暗い影が差す。しかし、それは一瞬のことだった。

すぐに彩は何かを振り切るようにぱっと顔を上げ、にっこり笑った。

「急に克己の顔が見たくなっちゃってさ」

「こんな夜中に？」

「なんとなく、まだ起きてる気がした」

「すげえ、いい勘」

「でしょ？　ねえ、ここ寒いよ。克己の部屋に行こ」

彩は二階に上がろうとする。

「ちょっと待ってよ。下でお茶でも飲もうよ」

「いいから、いいから」

「彩！」

「何？」

「今、部屋、散らかってるから」

「そんなの気にしなーい」階段を上がり始める。

「ダメだってば」

腕を摑んで引き戻そうとすると、彩はくすっと笑って、

「分かった。エッチな本かビデオ見てたんでしょ？」

「何、言ってるんだよ」

「隠しても無駄」

彩は克己を小突くと、ぱっと身を離し、軽やかな足取りで二階の部屋に向かった。ドアを開けた瞬間、まだ彩はくすくす笑っていた。が、すぐに笑いが消え、無言になる。肩が大きく上下している。

克己、と言って、振り返った彩の顔からは表情が消えていた。

「さっさと入んなよ。俺の部屋に入りたかったんだろ」

入り口に立ちすくんでいる彩の背を押した。彩はつんのめるようにして部屋に入った。克己は後ろ手でドアを閉める。

もう隠しようがない。そう思ったら、おろおろとゴミ箱に新聞紙を放り込んでいた、

さっきまでの自分が滑稽に思えてきた。

くしゃくしゃに丸められた新聞紙の山。そのうちのいくつかには灯油がしみ込んでおり、独特の鼻をつくにおいを放っている。

「俺、エッチな本を見てたわけじゃないんだよ」

彩は無言だ。

「見りゃ分かるよな。何しようとしてたか」

彩はじっと克己を見つめた。深い瞳の色。

なんてきれいな目なんだろう。

初めて彩に会ったとき、九歳の克己はそう思った。そして、今も同じことを思っている。

「放火だよ、放火。全部、燃やしてやろうと思ったの」

「克己」

彩の視線にさらされているのが耐えられなくなって、克己は窓に歩み寄った。先ほどからずっと、開け放したままになっている。空には変わらず、オリオンの三ツ星が瞬いていた。

静まり返ったこの街のこの場所に、彩と二人きりで取り残されてしまったような気持ちになる。

冷たい空気が肺に流れ込んでくる。克己はゆっくり瞬《まばた》きした。

先ほどよりも、ずっと呼吸が楽になっている。

なぜなのだろう、と克己は自分に問いかける。計画をおじゃんにされたことに憤りを覚えて当たり前なのに、彩がここにいることに安堵《あんど》している。

俺はどこまで情けない男なのだろう。

奥歯を噛みしめたその瞬間、後ろからふわっと抱かれた。彩の腕が克己を包んでいる。振り払おうとしたら、彩はなおいっそう力を込めてきた。

「ごめん」彩が言う。「克己、ごめん」

何が何だか分からなかった。

彩は何を謝っているのか。

彩は克己の背中で嗚咽《おえつ》している。克己は身を固くしたまま突っ立っていた。

「一人ぼっちにして、ごめん」

「彩」

克己は後ろを向いた。見つめ合う格好になる。

「かわいそうに、克己」

彩はそっと克己を抱き寄せ、背中を撫でた。

「でも、だめ。犯罪者になっちゃ、だめ。私が守る。克己のことは、私が守ってあげるから」

そう言うと、ぱっと身体を離し、

「まず、この部屋を片付けなくちゃ。ゴミ袋ある？」てきぱきした口調で言う。

「いや」

「台所ね？」

うなずくと、彩は部屋を出て階段を下りていく。両親を起こさないよう足音をしのばせている。少ししてゴミ袋を持って戻ってきた。

「新聞紙をここに入れて」

克己に命じながら、彩はどんどん新聞紙を拾っていく。あっという間にゴミ袋が満杯になる。

克己は呆然と彩を見ていた。

新しいゴミ袋を開いて、彩は無言のまま作業を続けた。床を這《は》いつくばって新聞紙を拾っている。開け放した窓からの冷気で部屋は冷えきっているはずなのに、汗をかいているらしい。長い髪が額に貼り付いていた。

「もういいよ」克己がつぶやいた。

「え？」

「今さら隠したってしょうがない」

「でも……」

「もういいんだ。行こうよ」

「行くって、どこへ？」

「どこでもいい。ここにいたくないんだ。バイクに乗りたい」

お互いの瞳の中を探り合うように、視線を交わす。

分かった、と言って彩が立ち上がった。ゴミ袋を机の下に押し込んでから、克己の全身にさっと目を走らせ、「寒いから、上に何か着て。あったかくして」と母親じみたことを言う。

クロゼットを開けてジャンパーを引っぱり出した。彩のライダーズスーツと同じ黒革。

足音を立てないように部屋を出て、階段を下りた。玄関脇に彩のヘルメットと、ナイロンのリュックが置いてある。

「これ」と言って、彩はリュックを渡した。

中にはタンデム用のヘルメットが入っている。リュックから出し、シルバーメタリックのヘルメットを抱えて家を出る。

空気がきんと張りつめていた。空を見上げると、先ほどまで見えていたオリオンの三ツ星が見つからない。雲に隠れてしまったのか。

家を振り返った。炎に巻かれ、崩れ落ちるはずだった家。その家の二階で眠っている二人の人間。

「克己」

呼ばれて前を向く。彩は既にバイクに跨がっていた。

「乗って」

言われて、克己も後ろに。

初めて乗せてもらったときは、広々していると思ったリアシート。母の背中のようだと思った彩の背。今になってみると全然違う。リアシートも彩の背中も小さく感じられる。

「摑まって」彩が言う。

彩の細い腰に手を回す。彩はすぐに発進させた。

しばらくすると国道に出る。深夜なのになのか、深夜だからなのか、トラックがとても多い。巨象のようなそれらの間を彩はすいすいと抜けていく。

「もっと飛ばして」後ろから怒鳴る。

彩は小さくうなずいて、スピードを上げる。対向車のライトが目映《まばゆ》い。彩が身体を前傾させ、克己もそれに合わせる。彩とバイクと自分とが一つになる。

どこまでも飛んでいけそうな気がした。たとえば空に。たとえば遠い未来に。何の苦もなくたどり着けそうな気持ちになる。

少し前の自分が嘘のようだった。灯油のにおいに満ち満ちた部屋で、ひたすら新聞紙を丸めていた。

彩さえいれば、大丈夫なんだ。

新発見のようにその事実を噛みしめ、克己は小さく微笑《ほほえ》む。

彩さえいれば。

バイクはさらにスピードを上げる。右、左と車体を傾けながら次々とトラックを追い越していく。クラクションが響くが、おかまいなしだ。赤信号に変わるぎりぎりのタイミングで、交差点を走り抜ける。

彩の腰に回した手に力が入ってしまう。バイクは光の筋となって、国道を走り抜ける。

「わーっ」突然、彩が叫んだ。「わーっ、わーっ、わーっ」

克己も吠《ほ》える。

「うおーっ」

二匹の獣のようにバイクの上で咆哮《ほうこう》した。

周囲から音が消える。いや、消えたわけではない。風の音もクラクションもバイクの排気音も、あらゆる音が二人の声にシンクロして、ゴー、ゴー、という唸りになる。

喉がからからになり、吠えるのを止《や》めた。彩も黙る。

頭の芯が痺《しび》れ、何も考えられない。息が弾む。

トラックとトラックの間の細い隙間をバイクは走り抜ける。

「彩！」と怒鳴る。

もういい、と伝えたかった。だが、彩には聞こえていないようだ。バイクを操ることに集中している。後ろから腕を回していると、彩の全身の筋肉が、おそらくは神経も、恐ろしいほど張りつめているのが分かる。

怒りなのだろうか。悲しみ、それとも嘆きなのか。何か強い感情が、彩の背から伝わってくる。

彩はさらに身体を前傾させ、カーブで車体を思い切り倒す。膝が路面をこする。ぎりぎりのバランス。彩は怯《ひる》まない。前を走るトラックを抜きにかかる。対向車線を彩のバイクは突っ走る。

「彩！」必死の思いで呼んだ。

彩はさらにスピードを上げる。バイクから投げ出されそうな恐怖に駆られ、克己は彩の身体にしがみつく。

対向車線を走る、車のヘッドライト。耳をつんざくクラクション。

克己が叫ぶ。彩がわずかに身体を捻《ひね》った。その瞬間、目の前に光が飛び散り、激しい衝撃に身体が弾《はじ》け飛ぶ。

そして、すべてが闇に閉ざされた。

第二章　逢瀬

やっぱりガラじゃないのよ。

貴船彩はテレビ局を出るなり立ち止まった。空を見上げる。重苦しかった胸の奥が楽になっていく。肩を大きく上下させて、深く呼吸をしてから歩き出した。

二週間に一度、ワイドショーのコメンテーターとして生番組に出演している。大きく輝きの強い目でじっと相手を見つめながら、一つ一つ言葉を選ぶように語る女性弁護士。彩のキャラクターは、視聴者に好意的に受け入れられたらしい。

評判がいいので隔週じゃなく週一回出てもらえないか、と番組プロデューサーから再三、言われているが、そのたびに、隔週じゃなく月一回に変えてもらおうかと思っていたんです、と返すものだから、相手は黙るしかなくなってしまう。バラエティ番組からの引き合いもあったが、その場で断った。雑誌のインタビューも頻繁にある。

少し顔が売れたせいで、見知らぬ人から声をかけられることが増えた。外で食事をしているときなどに、誰かに見られている気がするのはしょっちゅうである。

本来の仕事ではない部分でエネルギーや神経を使わなければならない。事務所の宣伝にもなるからと思ってなんとか続けてはいるが、なかなか慣れることができない。

それに、番組が終わったあとは、必ずちょっとした自己嫌悪に陥る。

きょうの番組では、ＤＶ（ドメスティック・ヴァイオレンス）の被害を受けていた妻が、就寝中の夫を撲殺しようとした事件が取り上げられた。未遂に終わり、夫は頭部に全治一ヶ月の怪我《けが》を負った。コメントを求められた彩は、ＤＶが原因で離婚したいと思っている女性の潜在数が増えている現状を話し、そういった状況にある女性は、弁護士やカウンセラーなどの専門家に相談をしてほしいと締めくくったが、あまりにも一般論に過ぎる内容だったと、今になって思う。この場合、問題の根本はＤＶの加害者である夫側にあり、カウンセリングをいち早く受けるべきなのは男性の方なのだ。そこに言及しなかったことが悔やまれる。

十分なコメントができなかった。あれでは、視聴者に正しく問題を認識してもらえないのではないか。

弁護士という職業に就いて十年余が経ち、クライアントの信頼を得ている自負もある。一つ一つの事案にじっくりと向き合って誠意を尽くしていけば、それなりの成果を上げることができる。

しかし、テレビという、あの特殊な場では……。一秒、一秒に可能な限り多くの情報を乗せて送り出そうとする、あの貪欲な世界では……。

やっぱりガラじゃないのよ。また、そう思うのだった。

右足を少し引きずりながらタクシーの拾いやすいところまで歩いて行き、手を上げた。車が停《と》まる。シートに座りながら、人形町まで、と告げた。

「水天宮の裏ですから」と付け加える。

はい、と答えながら、バックミラーを見た運転手が、あれ、お客さん、と言う。

「テレビに出てる人？」

「ときどきですけどね」

「へえ、そりゃあそりゃあ。テレビ局の近くを流してても、案外、少ないんですよ。タレントさんを乗せるのって」

「タレントってわけじゃないんですけど」

「似たようなもんでしょ」と妙に嬉しそうだ。

アイドルタレントでないのが申し訳なくなってくる。

携帯電話を取り出して、メールを確認する。何通か入っていた。事務員の伊藤《いとう》から、クライアントの百瀬《ももせ》ユリから電話があったということ、あとは、今夜、大丈夫？　という島岡《しまおか》からのメール。百瀬ユリの方は、事務所に戻ってからコールバックすることにして、島岡にだけ、大丈夫よ、と返信を打つ。送信し終わったときに、別のメールが届いた。弟の克己だ。

〈テレビ見たよ。なんか彩、疲れてない？　大丈夫か？〉

思わず頬に手を当てる。いやだな、テレビの画面に疲れて映っていたんだろうか。それとも、例によって克己が心配し過ぎなだけ？

〈別に疲れてないんだけど、そんなふうに見えた？　歳《とし》かな〉

と返信すると、すぐに克己からのメール。

〈疲れてないんならいいんだ。歳なんてことないよ。彩は三十六には見えないから、大丈夫〉

苦笑しつつ、携帯のフラップを閉じる。

タクシーが人形町に近付いたので、口頭で道順を説明する。事務所のあるビルの前で停めてもらった。料金を支払っているときに、運転手が身体をねじってまじまじと彩を見ながら、

「で、お客さんはなんて番組に出てる人だっけ？」と訊く。

「ワイドショーにときどき。でも、私、素人ですから」

「ああ、ワイドショーね。仕事が遅番のときに見てるんだ。それで見覚えがあったんだな」ようやく納得がいったらしい。

釣り銭を受け取り、車を降りた。

彩が所属する中津川《なかつがわ》法律事務所があるのは、古びた雑居ビルの七階。一階は弁当屋で、二階から四階までが学習塾。五、六階は社交ダンス教室になっている。なんでこんな場違いなところに事務所を構える気になったのかと所長の中津川に尋ねたら、ダンス教室や学習塾はあとからテナントとして入ってきたのだという説明だった。最初にここに事務所を構えたときは、中小企業のオフィスがほとんどだったのだと。

エレベーターに乗り七階のボタンを押す。

無事に動いていて、ほっとした。このエレベーターは、しょっちゅう調子が悪くなる。そのたびに業者が来て修理してくれるのだが、直るまでの間は階段で上るしかなくなる。七階までとなると、本当にたいへんだ。

おんぼろエレベーターが元気でいてくれることが、彩の幸せに繋がる。

十三年前、バイクの事故で彩は重傷を負った。

２５０ccのホンダのバイクが、あの頃の彩の相棒だった。

深夜の国道。高校生だった克己を後ろに乗せ、国道を飛ばしていた。大型トラックの間を縫って走った。ぐんぐんスピードを上げ、カーブで車体を倒すと、膝が路面をこする。胸の鼓動が激しくなり、アドレナリンが噴き出すあの感じ。

「もっと飛ばして」後ろから克己が怒鳴った。

言われなくても、そうするつもりだった。目の前をとろとろ走っているトラックが堪え難かったのだ。対向車がいないのは、確認した。したつもりだった。ぐいと右にハンドルを切り、対向車線を直進した瞬間、ライトの光に目が眩《くら》んだ。鳴り響くクラクション。

「摑まって、克己、摑まって」叫んだ覚えがある。

そこで記憶が途切れる。

幸いなことに、後ろに乗っていた克己は軽傷で済んだ。だが、彩の方は重傷。一命はとりとめたものの、右足はもとのようには動かなかった。辛抱強くリハビリに励み、日常生活に差し障りのない程度には回復したが、いまだに引きずっている。

皮肉なことに、彩が足を引きずっていることが、視聴者受けしているらしい。番組中、コメンテーターは椅子に座っているから、彩が歩いているのを目にした視聴者はいない。けれど、知られている。おそらく、雑誌のインタビューなどで、彩が自分の足について触れることがあるからだろう。若い頃の無謀を心から悔いていること、弁護士としてこれから仕事を始めようというときに重篤な怪我を負って、一時は自暴自棄になったこと、リハビリのあと、なんとか仕事に就くことができたのは、中津川所長の助力があったからこそなのだと、問われるままにこれまでの経緯を話す。そして、足が不自由であるがゆえに気付くことも多い、と付け加える。車道と歩道の段差一つとってみても、ハンディキャップを持った人々に対して、十分な社会的配慮がなされていない、困っている人がいても見て見ぬふりをするどころか、気にも留めない人が多すぎる、といったふうに。

視聴者から、ファンレターらしきものも数多くテレビ局に寄せられる。貴船彩さんを見ていて元気をもらいました、ハンディキャップに負けずに、これからも頑張ってください、だの、一生懸命勉強して、私もいつかは貴船先生みたいな弁護士になりたい、常に弱者の味方でいてください、といった大学生からの熱いメッセージ。応援してくれたり、自分の存在が誰かの励みになっているというのは、素直に嬉しい。だが、複雑な思いもある。意図したわけではないにしても、足を引きずっていることを自己アピールの材料にしてしまっているような罪悪感。

そんなつもりはないのに。

怪我を負ったのは自業自得。恥ずべきことなのだ。

七階でエレベーターを降りて事務所に入っていくと、所長の中津川が、お疲れさん、と声をかけてきた。

「今、戻りました」

「伊藤さんと一緒にテレビ見てたよ。だいぶ慣れてきたみたいじゃないか」

事務員の伊藤も同意を込めてうなずいている。

「全然ですよ。慣れるどころか、落ち込んでばかり。やっぱり私、向いてない」

「まあまあ」と中津川が宥《なだ》める。「本人がだめだと思っても、実は向いてるってこともあるわけだから」

「そんなことってあります？」

「あるある。それにさ、テレビに出るようになってから、まだ三ヶ月だろ？　これからだよ」

「何がこれからなんですか」

「うん、だからまあ、貴船さんがテレビという媒体に慣れるのは、これからなんだ」

テレビ出演の効果が現れるのが、これからだと言いたいのだろう。実際、徐々にではあるが、効果は目に見える形をとり始めている。中津川事務所に相談に来る人が増えたのである。彩を名指しして。

「でも、ほんと、貴船先生はテレビ映りもよろしいですし、お話しなさっている内容もとても分かりやすいし、ご自分で思うよりもずっと向いてらっしゃいますよ」

伊藤のフォローは、彩がマスコミに関わるきっかけを作ったのが自分だから、その責任を感じてというのもあるのだろう。

娘がタウン誌の編集をしていて、女性のための法律相談というコーナーを設けたいと考えているの、伊藤さんは弁護士事務所で働いているのだから、知っている弁護士さんを紹介して、と知り合いの女性から頼まれたとかで、彩に話を持ってきたのだ。

「貴船先生なら適任だと思いまして」と伊藤はあのとき言った。

お願いします、と丁寧に頭を下げられ、月一回のタウン誌の法律相談コーナーなら、それほど負担にはならないだろうと引き受けたのがいけなかった。どういう経緯かは分からないが、テレビ局の関係者の目に留まり、ワイドショーの担当者が事務所を訪ねてきたのだ。コメンテーターとして出演してほしいといわれたときはすぐに断ろうと思ったのに、中津川と伊藤がすっかり乗り気になってしまっていた。中津川事務所の経営状況が、決して上々とはいえないものであるのも分かっていた。自分にできることがあるのならやらなくちゃ、という責任を感じてもいた。引き受けるしかなかったのである。

「はい、コーヒー」

伊藤がマグカップを机に置いた。

「ありがとう」

伊藤がいれてくれるコーヒーは、とてもおいしい。同じ豆、同じミルを使っても、こういうふうにはいれられない。前に褒めたら、年季が違うんですよ、と笑っていた。伊藤は五十代である。

「さっきメールしましたけど、百瀬さんからお電話が」

「はい。これから電話してみます」

伊藤はうなずき、自分の席に戻る。

さてと、仕事にかかろう。

まずは百瀬ユリの離婚訴訟の件。子供の親権で揉《も》めている。できるなら裁判を回避したいとユリは考えているが、夫の方は親権をとるためなら、裁判も辞さないという姿勢。夫の代理人の弁護士と何度か話し合っている。

ユリに電話をかけて、先方の言い分と、それに対してこちらはどのように対処していくべきかをアドバイスする。ユリは、一日も早くすっきりして子供と二人で新しい人生を歩みたいと思います、と言った。しかし、たとえ離婚が成立したとしても、それですっきりというわけにはいかないだろう。夫側は子供の親権を譲る代わりに、必ず条件を出してくる。面会の権利、それも父親だけでなく、祖父母も孫に会えるようにしろだとか、年に数回、子供と二人で泊まりがけで旅行に行く権利を認めろ、などと言い出すことが想像される。別れたあとも、こまごまとした面倒事は続く。

ユリの件の他には、別れた夫が養育費をきちんと払ってくれないだとか、知人が借金を踏み倒して行方をくらました、どうすれば金を取り戻せるか、という相談など、一つ一つはさほど大きな事案ではないが、丁寧な対応が必要とされるものばかり。小規模な法律事務所の場合、とにかく数をこなさなくてはならないのだ。

「出かけてくるよ」ワイシャツ姿だった中津川が、背広に腕を通しながら言う。

「えーと、午後はN出版さんでしたか？」伊藤が訊く。

「うん。著作権の関係で相談に乗ってほしいと言われててね」

「きょうはそのまま直帰されるんですか。確か、奥様からそんなふうに伺ってますけど」

中津川がちょっと顔をしかめ、

「伊藤さんにも話したのか」

「ええ。先日、お電話で伺いました。所長が事務所でもたもたしてるようだったら、さっさと帰してほしいって」

「まったく」

二人のやり取りを耳にして、彩もついついくすっと笑ってしまう。中津川は耳聡《みみざと》く、

「なんだい、貴船さんも知ってるのか」と渋い顔をする。

彩は軽くうなずき、

「お嬢さんの恋人と会うのが、おいやなんですか」と訊いた。

「別にいやってわけじゃないがね。気が進むかって訊かれたら、進まないんだが」

中津川の妻が電話をしてきたとき、伊藤からその内容をかいつまんでおしえてもらった。娘が、付き合っている相手を家に連れていきたいと言っているのに、中津川が仕事で遅くなるだの、ゴルフの予定が入っているなどと言って引き延ばしてばかりいるのだと。

「今度の金曜日は、絶対に会ってもらいます」と彼の妻は宣言していたそうだ。

「ま、そういうわけで僕は出先から帰宅するからね。伊藤さんも貴船さんも、きょうは適当に切り上げて、早めに帰りなさいよ」

「はいはい」伊藤が応じる。「所長こそ、頑張ってくださいね。お嬢さんを盗《と》られたなんて、あまりひがまないように」

「僕がいつひがんだのかね？」

むっとして中津川が見返したが、伊藤はまるで相手にせず、いってらっしゃい、と送り出した。

中津川が出かけてしまうと、事務所の中は不思議なほどがらんとする。中津川は別に大声で喋るわけではないのだが、立ち居振る舞いがいちいち賑《にぎ》やかだ。書類をがさがさやったり、机の上の物を落としたり拾ったり、咳払《せきばら》いをしたり、洟《はな》をかんだり。

彼がいなくなった今、伊藤は自分の席で資料の整理をし、彩はクライアントに渡す報告書を作っている。能率が上がる。さくさくと仕事が進んでいく。

五時になろうかという頃、貴船先生、と伊藤が声をかけてきた。

「なんですか」パソコンのディスプレイに目をやったまま、彩は応じる。

「私、早めに失礼してもよろしいでしょうか？」

就業時間は五時半までである。まだ少し間があった。

「え？　ええ。いいんじゃないんですか。所長も早めに帰りなさいって言ってたし」

「そうですか。実は亭主と待ち合わせしてるんです」と言って、ふふふと笑う。「貴船先生は、まだお帰りになりませんか?」

「私は仕事が残ってますから。午前中、テレビ局に行ってると、やることが溜まっちゃって」

「半日潰れちゃいますものね」

「ええ。戸締まりは私がしておきますから、お先にどうぞ」

「じゃ、お言葉に甘えて」

伊藤はバッグを手に取った。ジャケットを羽織り、後れ毛をちょっと指で直し、それじゃあ、と言って事務所を出て行く。華やぎのある後ろ姿。やはり年季が違うのかもしれない。

最初から、きょうは残業するつもりだった。伊藤に言った通り、仕事が残っているというのが一つ、もう一つは、島岡とここで会う予定になっているからだ。

「彩さんの事務所に行ってみたいな」この間、会ったときに言われた。「どんなところで仕事をしているのか、見てみたいんだ。ダメ?」

「ダメじゃないけど」

少し考えてみた。伊藤が残業することはまずないが、中津川は仕事に熱中すると時間を忘れるタイプだ。五十代半ばを過ぎた今でも、徹夜も厭《いと》わない。

「所長が出張に行くか、早く帰りそうな日が分かったら連絡するわ」

「うん、そうして」とうなずいてから、楽しみだな、と島岡は言い添えた。

そして、中津川の妻からの電話がかかり、所長の予定が分かったときに、きょうなら大丈夫だと伝えたのである。

七時過ぎに行くと島岡は言っていた。それまでに、できる限り仕事を片付けることにする。彩はまたパソコンに向かって、報告書の続きを打ち始めた。

島岡に会うのは、二週間ぶりだ。


霞《かすみ》が関《せき》の弁護士会館には、法律相談窓口が設けられている。弁護士会に所属する弁護士が、交代で相談員を務めることになっており、彩にもときどきその順番が回ってくる。

半年前、弁護士会館を訪れた島岡と、彩は相談員として向かい合った。父親が亡くなった際に相続した、土地やマンションの名義を書き換える手続きについて知りたいとのことだった。相続で揉めているわけではなく、事務手続きについてのアドバイスのみだったから、三十分足らずで彩の説明は終わった。

「ありがとうございました」

島岡は彩に礼を言い、帰っていった。

その日、彩が担当した最後の相談者は、多重債務に苦しんでいる若い男性だった。解決策を求めてやってきたのだが、そもそも借金をしたのは遊ぶ金欲しさから。借金に借金を重ねた末、にっちもさっちもいかなくなり、自己破産をして、ちゃらにしたいと考えている。どうすればいい？　なあ、先生、どうすればいい？　と彩ににじり寄ってきた。弁護士として適切と思われるアドバイスをしたものの、こういう身勝手な輩《やから》を前にすると気分が悪くなる。いちいちこんなことで気持ちを波立たせてはいけないと分かっているし、表面には微塵《みじん》も表さない。ただ無性に酒が飲みたくなる。

霞が関からの帰り、彩は赤坂にあるホテルのバーに寄った。カウンターでギムレットを飲む。ライムが利いていて、おいしかった。

光を受けて銀色に輝く、宝石のような飲み物。うっとり眺めていたら、

「失礼ですが、貴船先生でいらっしゃいますよね？」と声をかけられた。

振り返ると、ほっそりとした男性が立っている。すぐには誰だか分からずにいると、

「先ほど弁護士会館で。島岡です」と言う。

弁護士会館で、彩は名刺を渡していた。島岡は担当弁護士の名前をちゃんと覚えていたらしい。

「ああ、どうも。偶然ですね」

「いいですか。隣？」

「どうぞ」

隣に座った島岡は、グラスワインとチーズの盛り合わせを注文した。

「先ほどはお世話になりました」丁寧に頭を下げる。

「いいえ。島岡さんのようなご相談でしたら、いつでもよろこんで」

島岡は少し考える顔になり、

「何かありましたか？」と訊く。

「え？」

「いや。すみません。立ち入り過ぎましたね」

島岡さんのようなご相談でしたらよろこんで、というのは、島岡のような相談でない場合は気が進まないと言っているようなもの。不用意な言い方をしてしまったと反省した。

「いろんな人の種々雑多な相談に乗るのは、しんどい仕事でしょうからね」島岡が慰めるように言った。

「島岡さんは、よくお一人で飲みにいらっしゃるんですか」

話題を変えようと思って訊くと、いえいえ、と顔の前で手を振った。

「僕は外出すること自体、あまりないんですよ。数年前に会社を辞めましてね。今は、主に家で仕事をしてるんです」

「そうなんですか」

「きょうは、久しぶりの外出だったんです。貴船先生に相談に乗って頂いたあと、街をぶらぶらして、そうだ、一杯だけ飲んでいこう、と思ったんですよ」

彼はあまり酒が強くないのか、ワインにあまり口をつけていない。

「どういうお仕事をなさってるんですか」

「ネットの株取引ってあるでしょう？　あれですよ」

成功すれば、かなりの利益が得られるのは知っていた。が、四六時中、株価のことを考えていなければならず、気の休まるときがないはずだ。

「神経を使うお仕事ですね」と言ったら、お互いにね、と返されてしまった。

彩が苦笑すると、島岡もちょっと笑った。笑うと、口元にしわが寄る。普通、しわは年齢を感じさせるものでしかないはずだが、彼の場合は愛嬌《あいきょう》になった。不思議と子供っぽく見えるのだ。

「お代わりは？」空になった彩のグラスを目で指して、島岡が訊く。

「じゃあ、これと同じものを」

島岡がバーテンダーに合図をし、飲み物を頼んだ。

「島岡さんもお飲みになったら？」

「いや、僕はまだありますから」とワイングラスを示し、困惑したように髪に手をやった。その拍子に、彼がしている腕時計が目に入った。

「素敵な時計ですね」

「ああ、これ」

嬉しそうな顔になる。またまた子供っぽい表情。相談窓口で手渡された用紙には、三十八歳と記されていたが、もっと若く見える。

「ロレックスのアンティークなんですよ」

文字盤は深いグリーン。竜頭にはエメラルドが埋め込まれている。シルバーとゴールドのコンビのベルトにも、年月を経て初めて生まれる独特の風格が感じられる。

「手巻きでね。メンテナンスが少々面倒です。でも、手がかかるものほど、愛着が湧くんですよ」

「時計がお好きなんですね？　それともアンティーク全般がお好きなんですか」

「特に時計がね。ネットオークションで競り落としたりして。数少ない僕の趣味です」

「素敵なご趣味です」

「貴船先生は？　何かお好きなものはありますか」

そうですねえ、と彩は首を捻った。以前は、バイクが好きだった。風の中をひた走る感覚は、何ものにも代え難かった。だが、足を怪我して以来、バイクには乗っていない。

「これといってないですね。寂しいですけど」

正直に言うと、島岡は穏やかな笑みを浮かべ、日常が充実しているからですよ、と言った。

「だから、趣味や何かに癒しを求める必要がないんでしょう」

「そんなことありませんよ。私だって癒しがほしいわ」

むきになって言うと、島岡はわずかに目を見開いた。

「そうだわ。趣味とは言えないかもしれないけど、こうしてお酒を飲んでお喋りするのってすごく好き。リフレッシュできますから」

「僕が相手でもいいんでしょうか」

「もちろん。島岡さんは理想的かも。仕事絡みの人だと利害関係があって、くつろげないんです」

酒のせいか、調子のいい言葉がぽんぽん飛び出した。でも、嘘ではなかった。島岡と一緒にいると気持ちが和んだ。肩の力が抜けて楽になれたのだ。

「今までは誰かと喋りたくなったりすると、いつも、弟を呼び出してたんですけどね。いい加減にしてくれよ、なんて、最近はいやがられちゃって」

「へえ」

克己はスポーツインストラクターという仕事柄もあるらしく、ほとんど酒を飲まない。ペリエを頼み、聞き役に徹する。彩は飲み物のお代わりをしながら、思いついたことをあれこれ話し、少し陽気になって一人で笑う。素面《しらふ》の相手の前でよくそんなにうまそうに酒が飲めるね、などと言われる。自分でも呆れてしまうのだが、克己と一緒にいると、とても酒がおいしい。そして、島岡と話しながら飲む酒もとてもおいしかった。

「そろそろ出ましょうか」

島岡に言われて初めて、二時間近く店にいたことに気付いた。島岡が彩の分も一緒に会計を済ませてくれた。

高いスツールから苦労して下り、出口に向かって歩き出す。彩が右足を引きずっているのに気付き、島岡は驚いたようだった。訊かれるより先に説明する。

「十年以上前なんですけど、バイクの事故で足を怪我したんです」

「それはお気の毒に」

「もう慣れましたから、普段は別に気にしていないんです。ただ、バイクに乗れないのと、前のようにはスポーツできないのが残念です」

「分かりますよ」

と共感を込めて言われて、彼の顔を見直してしまった。どういう意味か分からなかったからだ。

「僕は心臓に持病を抱えてましてね。スポーツもできないし、酒もあまり飲めないんです」

「え？　そうだったんですか」

知らなかったとはいえ、さっき酒を勧めてしまった。思わず彩が眉を寄せると、島岡は安心させるように手を振って、

「最近は体調もよくて、心配するようなことは何もありません。だから、こうしてきょうも飲みに来たんです。雰囲気が好きで、ときどきバーに身を置きたくなる。ただ、あまり飲めないから店の人に申し訳なくてね。よかったら、また一緒に来ましょう。貴船先生がたくさん飲んでくれれば、僕も肩身の狭い思いをしないで済む」

「私が、すごい酒飲みみたいな言い方ですね」彩は頰をふくらませた。

バーを出てから、メールアドレスを交換し、一ヶ月後に同じ場所で会うことを約束した。

翌月に会ったときも、同じようにギムレットとグラスワインを飲みながら、雑談をした。一つ違っていたのは、彩がもっと彼と一緒にいたいと思い、その気持ちを察知したように、島岡が部屋をとりましょうか、と訊いたことだ。

島岡に妻があることは承知していた。最初の法律相談の際に家族構成について聞いていたからだ。けれど、この人とだったらいいかな、と思わせるものが彼にはあった。押し付けがましさの対極に位置するもの。おずおずと遠慮がちでありながら、どこかひたむきなもの。

島岡の誘いに、彩はうなずいた。

それから、一ヶ月に一度か二度の割合で逢瀬《おうせ》を重ねてきた。いつもホテルのバーで軽く飲んだあと、部屋に行く。同じ場所ではつまらないからと、都内のホテルをいろいろ訪れてみた。

島岡といるとき、彩は饒舌《じょうぜつ》になる。事務所でのあれこれをおもしろおかしく語って聞かせる。島岡は笑って聞いていて、そりゃあ、傑作だなあ、とか、中津川所長に一度会ってみたいもんだ、とか、伊藤さんっていう事務員はなかなかのしっかり者だね、などとコメントを挟むのだ。そして、先月会ったときに言ったのである。

「見てみたいな。彩さんの職場。日当りのいいところにある中津川所長のデスクだとか、伊藤さんがいつもお茶をいれるキッチン、クライアントの話を聞く応接コーナー、もちろん、彩さんのデスクもね」

「おもしろいものは何もないわよ」

島岡は首を横に振って、

「僕にとっては、どんなものでもすごく興味深いよ。自宅で仕事をするようになってから、人のオフィスに行くこともなくなったからね。仕事場の熱気とか、いかにもこれが物事を進めて行く現場なんだっていう感じだとか。懐かしいよ」と言うのだった。

正直言って、あまり気が進まなかった。職場に男を連れ込むような真似《まね》……。

しかし、島岡はとてもソフトな物言いで我を通してくる。言い出したらきかないところがあるのだ。

半ば押し切られるような格好で、島岡が事務所に来るのを承知したのだった。

下町にある雑居ビル。垢抜《あかぬ》けているとは言えない事務所の様子。新しくもないし、広くもないし、片付いてもいないけれど、気安い感じ、えも言われぬ温かな雰囲気があると彩は思っている。島岡も同じように感じてくれるだろうか。

時間を確かめようと、腕時計に目をやる。ロレックスのアンティーク。女性ものとしてはやや大振りだが、丸みを帯びたスクエア型が優しげな雰囲気である。十八金の温かみのある輝き。

何度目に会ったときだっただろうか。彩さんに似合いそうなのを見つけたんだ、と言いながら、島岡が小箱を差し出したのだ。開けてみると、腕時計が入っていた。こんな高価なものは受け取れないと断ったのだが、もらってくれないと困るよ、と島岡が困り果てた顔をした。

「彩さん以外にあげるあてはないんだから。してみて」

言われて左手に巻いてみると、ぴたりと手首に馴染んだ。クロコダイルのベルトは時計に合わせて、島岡が選んでくれたものだという。

「すごく似合うね」と島岡が言い、彩自身も心から、ほんとによく似合うと思っていた。

あのときから、ずっと大切にしている。褒められることも多い。テレビ局でも、他のコメンテーターや女子アナウンサーから、素敵な時計ですね、と言われた。克己からも、いい時計してんじゃん、どうしたんだよ、と訊かれた。普段は褒めてもらっても、ありがとうございます、としか言わない彩だったが、克己にだけは打ち明けた。

「友達からもらったのよ」

「へええ。そんな高いものを貢がせてるんだ。彩もやるもんだな」克己は呆れているんだかなんだか分からない顔で彩を見た。

「貢がせてるわけじゃないわよ」と反論したが、克己は聞いてくれなかった。

克己にはああいうところがある。一人決めして、人の話を最後まで聞かない。あれは直した方がいい。

ドアがノックされた。彩はぱっと立ち上がり、どなたですか、と訊いた。

「島岡です」

ドアを開ける。

島岡は薄いクリーム色のセーターにグレーのパンツを身につけている。若々しい雰囲気だった。左手にジャケットを持ち、右手にはデパートの紙袋を提げていた。

「はい、これ」袋を差し出す。「少し食べるものを買ってきた」

「ありがとう」

島岡は軽くうなずき、入ってもいいかな、と訊いた。

「どうぞ」

事務所に入ってくると、島岡は物珍しそうに辺りを見渡した。

ドアを入って右手が、衝立《ついたて》てに仕切られた応接スペースになっている。その奥には小さなキッチン。応接スペースの反対側は窓で、日がよく当たる。窓際の一番大きな机が中津川のもの。手前が伊藤。伊藤の向かい側が彩だ。他に空いた机が二つある。忙しい時期にはアルバイトを雇うこともあるからだ。北側の小部屋は書庫として使われている。

「どう?」

「想像通りだよ。なんだか、前にも来たことがあるような気さえする。彩さんから聞いていたせいだよな」

彩は島岡からジャケットを受け取り、ハンガーにかけた。

「ソファにどうぞ。お腹《なか》すいたでしょ? 買ってきてくれたお寿司《すし》を食べましょう」

「ああ、うん」生返事をしながら、島岡は事務所をもう一度見渡した。「ここが彩さんの職場か」

島岡から手渡されたデパートの袋をキッチンで開ける。太巻きといなり寿司が入っていた。あとは吟醸酒の小瓶。太巻きを切り分け、いなり寿司と一緒に皿に盛る。日本酒を飲むのにちょうどいいグラスがなかったので、普通のコップを持っていく。あまりたくさんは酒を飲まない島岡のために、お茶も一緒に。

「仕事場を見たいなんて、無理を言って悪かったね。僕と二人で酒盛りしているところを誰かに見られたら、まずいよね」

「所長も伊藤さんも、きょうは早く帰ったから大丈夫よ」

「たとえば、マスコミとかさ」と言って島岡がちょっと笑う。「最近の彩さんは有名人だから」

「そんなことないわよ」

「テレビの力はあなどれないよ」

「まあね」

タクシーの運転手にも、お客さん、テレビに出てる人？　と訊かれたのを思い出した。

「でも、大丈夫。ビルに入る前に、周囲を確認したから。スクープ記事を求めて張ってる人間はいなかったよ」真面目な顔で島岡が言う。

「そんな人、いるわけないじゃない。アイドルじゃあるまいし」

「それもそうか」と言って笑う。

島岡の口元にしわが刻まれ、彩の好きな子供っぽい顔になる。が、気のせいか、きょうは目元に少し翳《かげ》りがあるようだ。顔色もあまりよくない。

「疲れてるの？」

「なんで？」

「なんとなく」

「空腹のせいだよ。食べよう」

寿司をつまむ。いつものことだが、島岡は小食だ。酒もほんの一口二口だけで、あとはお茶を飲んでいる。

一通り飲み食いしても、彼の顔色は回復しない。口数も少なかった。

「このソファ、背もたれを倒すとベッドになるのよ。忙しいときはここで仮眠をとるの」

「そうなの」

「ちょっと立ってくれる？」

と言ってから、実際にやってみせる。簡単だ。あっという間に小さめのシングルベッドに早変わり。

「お疲れみたいだから、どうぞ横になってください」

「悪いね」

島岡は素直に横になる。戸棚からブランケットを取ってきて、ふわりとかけた。ジャケットを脱いで、彩も隣に潜り込む。

「狭いわね」

「落ちないように気を付けて」

「変な気分」

「彩さんにしてみれば、職場だもんな」

「でも、楽しい」

「なら、よかったけど」

「島岡さんは？」

「うん。楽しい。でも、ちょっと緊張する」

「緊張？　どうして」

「密着度が高いからね」

「密着度が高いと、どうして緊張するの？」

うん、と言って島岡は黙る。言葉を探しているようだ。少ししてから、口を開いた。

「緊張というのはちょっと違うかもしれないな。彩さんに申し訳ない気分になるんだ」

言いたいことは分かった。

彩は狭いベッドの上で身体の向きを変え、島岡の顔を覗き込む。

「こんなにくっついてても、その気にならないから？　気にしないで。私はこうして隣に寝ているだけでいいの」

「しかしな」

「本当よ。何もしないでいいの。その方がリラックスできる」

島岡は悲しげに笑うだけだった。

「彩さんは魅力的だよ。きみを抱けないのは、僕のせいなんだ。彩さんのせいじゃない。それだけは分かってほしい」

「いいのよ、そんなこと」

「ごめん」

もともとは心臓をかばっていたせいだと言う。結婚して間もなく、持病が悪化して妻との性生活を控えるようになった。しばらくして状態が安定し、医師からも許可が出たので、妻と愛し合おうとしたのだが、そのときはできなくなっていたのだと。妻は島岡を責めたりしなかった。焦ることはないわ、と言ったそうだ。けれど、いっこうに回復の兆しはなく、今では妻も諦めているようだという。

最初に彩をホテルの部屋に誘ったとき、島岡は、もしかしたらという期待と、やはりだめだったらという恐れの両方を抱いていたらしい。妻以外の女性となら、できるのではないか。部屋で彩と二人きりになったときは、その思いの方が強かったという。けれど、だめだった。

ごめん、と言ってうなだれる彼を前にして、彩は、気にしないで、と言った。添い寝しているだけで十分よ、なんだか、あなたをすごく近く感じるわ。そう言葉を重ねた。

「ごめん」島岡は繰り返し詫《わ》びた。

「謝らないで。私、ちょっとほっとしたの」

彩の言葉に、彼は驚いた顔をした。

「本当よ。だからまた会ってね。負い目みたいに思わないでね」

「しかし……」

渋る島岡に彩は言った。

「こんなことでおしまいになるのはいやよ。私たち、きっといい友達になれるわ。もしかしたら、もうなってるかも」

ようやく島岡もうなずき、また会おうと言ったのである。

いつもダブルベッドの部屋をとり、島岡とは添い寝をして過ごす。さまざまなことを話したり、何も話さずにうとうとしたり。彩は、それで十分だと思っていた。男性とともにベッドに入り、こんなに和んでいられたことはない。けれど、いくら言っても、島岡は自分を責めるのをやめない。それが彩の悩みのタネだった。

「きょうは何してたの?」彩が訊いた。

「仕事して、用事をいくつか済ませて、だいたいいつも通りだよ」

「お仕事はどう?」

「可もなく不可もなくって感じかな」口調がいつもよりゆっくりだ。会話を交わすのが、なんだか面倒そうである。

「少し寝る？」

「うん。いいかな」

「ええ」

島岡がゆっくり目を瞑《つぶ》る。

彼の肩に額を押し付けて、彩も目を瞑った。温かい。いい気持ちだった。

彩は島岡の身体が好きだ。身長は、一六三センチの彩よりもほんの少し高いだけ。男性としては小柄だろう。スポーツと無縁に生きてきた彼の身体には、力強い筋肉の張りは見当たらず、どこもかしこもすんなりしていて優しい。荒々しさを微塵《みじん》も感じさせない穏やかな身体。

いつの間にか眠っていた。夢の中で彩はバイクに乗っていた。事故で大破してしまったあのバイク。タンデムシートに乗っているのは、克己なのか島岡なのか。ギアチェンジをし、アクセルを思い切り吹かす。目映《まばゆ》いヘッドライト。鳴り響くクラクション。しっかり摑まって。しっかり。彩は必死で叫んでいた。

その瞬間、はっとして目を覚ました。自分がどこにいるのか、一瞬分からなくなる。なぜ事務所で寝ているのだろう。辺りに目をやり、テーブルの上に寿司の残りを見つけて、島岡と事務所で会っていたのを思い出した。

を待つ。
動悸《どうき》が激しい。ああ、またあの夢を見ていたんだ、と思う。胸に手を当てて静まるの

「う……ん、あ……あ……」
低い呻《うめ》き声《ごえ》がした。

「あ……う……」
彼も悪夢を見ているのだろうか。そう思ったとき、島岡がうっすら目を開いた。

「彩……さん」
「なに？　どうしたの？」

「あ……」
胸を押さえ、喘《あえ》ぐ。苦しげに顔を歪《ゆが》めている。

悪夢を見ていたわけではないと分かった。もっと怖いものがある。心臓の持病。

「島岡さん、大丈夫？」
返事はない。

「苦しいの？　どうしよう」
彩はベッドから起き上がり、タオルをキッチンの流しで濡《ぬ》らして絞ってきた。島岡の

額に冷たいタオルを当てる。島岡は目をぎゅっと瞑り、身体を海老《えび》のように丸めた。

心臓に持病を抱えているというのは聞いていたが、どの程度のものなのか、たとえば、

狭心症や不整脈と呼ばれるものなのか、発作を起こすことがあるのかどうかさえ彩は知らない。一緒にいるとき、島岡は病気の話をしたがらなかった。彩も無理に訊き出そうとはせず、最近は体調もよく、心配することは何もないと言っているのをそのまま信じていた。

今、猛烈に後悔している、こういう場合の対処方法だけでも聞いておけばよかった。温めてあげればいいのか、冷やせばいいのかさえ分からない。

「島岡さん」

呼びかけても返事はない。意識を失っているふうではない。苦痛に声も出せないのだろうか。

どうすればいいのか分からず、彩はおろおろと歩き回る。口の中が渇く。舌が喉の裏に張り付くようだ。息苦しい。窓を開け、外の空気を吸い込んだ。

「救急車、呼ぶ？　その方がいいわよね」自分自身に向かって問いかけるように言った。

携帯電話を取り出したとき、

「だめだ」島岡の声がして彩は振り返った。

唇が動いている。彩は耳を寄せた。迷惑をかけたくない、と彼は言っていた。

「迷惑だなんて、そんなことを言ってる場合じゃないでしょ」彩は再び電話をかけようとする。

「何？　何かしてほしいこと、ある？」

「彩さん」

「薬。水」

薬があるらしい。

「どこ？　どこに薬があるの？」

島岡が首をねじって事務所の入り口の方を示す。彼の着ていたジャケットがハンガーにかけてある。携帯電話を放り出すと、彩は飛びつくようにハンガーからジャケットを取り、ポケットを探る。胸ポケットに小さなビニール袋が入っていた。中には白い錠剤が二つ。これだ。

あとは水。

キッチンにすっ飛んで行き、ミネラルウォーターのペットボトルを引っ掴んだ。

「はい。お水と薬、飲んで」

島岡が薄く唇を開いたので、薬を差し入れ、ペットボトルを近づける。口元から首筋へと水が流れてしまうのも構わずに、ペットボトルを傾けて水を飲ませた。乾いたタオルを取ってきて、濡れたところを拭う。

島岡はまだ胸を押さえたままだ。

「大丈夫？」

「少ししたら、薬が効く」

島岡が横たわっているソファベッドの傍らに膝をつき、様子を見守った。血の気の失《う》せた顔。浅い息遣い。

「苦しい？」

島岡がうっすら目を開ける。

「その……うち……な……おる」

こういった発作はよくあることなのだろうか。薬を飲んで待てば、そのうち治るのだろうか。でも、そのうちというのはどのくらい？

いったいいつまで待てばいいのだろう。

「やっぱり救急車を呼ぶわ」

「だめだ！」信じられないような大声だった。「迷惑をかけたくない。治る、治るから。少し待って」

そう言い放つと、島岡は、うっ、と言ってまた身体を丸めた。

どうしよう。どうすればいいの？

もちろん、救急車を呼ぶのが最善だ。そんなの分かっている。なのに躊躇《ちゅうちょ》してしまう。

迷惑をかけたくない、と島岡は言った。

迷惑？

少し冷静になって彩は考える。この状況で救急車を呼んだ場合、どのような〈迷惑〉が生じるのだろうか。

まず、島岡の妻のことがある。状況から言って、彩が連絡しなければならないだろう。なぜ島岡が事務所にいたかについては、相続の相談に来ていたのだと言えば、信じるかもしれないし、信じないかもしれない。

もう一つ、事務所に救急車を呼んだとなれば、所長の中津川や伊藤に黙っておくことはできない。仮に、彩が言わずにおいても、いずれ耳に入るだろう。そのときになってから言い繕うよりは、島岡との関係を含めて正直に打ち明けた方がいい。事務所で男と会っていたことを知れば、中津川は怒るだろうし、伊藤だって彩を見る目が変わってしまうかもしれない。しかし、それは仕方のないことだ。迷惑などというほどのことではない。

携帯電話のフラップを開き、番号をプッシュしようとした。

そのとき、まるで花火の炸裂音《さくれつおん》のように、甲高い子供たちの声が響いてきた。はっとして彩は手を止める。時計を見ると、九時を回ったところ。学習塾が終わる時間だ。

このビルの学習塾には、小学校高学年の子供が多く通ってきているらしい。塾が終わった解放感からか、声高に喋り、笑い合う子供たちの声が聞こえる。窓を開けていたせいで、七階の事務所まではっきりと響いてくる。それに混じって、迎えに訪れた母親たちの声も。子供の名前を呼び、早くしなさい、と急《せ》かしている。

今、救急車を呼んだら、子供たちと、迎えの母親たちの好奇の眼差《まなざ》しを浴びる。母親の中には、彩の顔を知っている人もいる。ビルの出入り口ですれ違った折に、じっと見られたり、噂《うわさ》されたりするばかりでなく、一度など、携帯電話で写真を撮られたことさえあるのだ。

夜、九時過ぎ、弁護士の貴船彩が、男性に付き添って救急車に乗り込んだ。この事実から、人は何を想像するだろう。いずれにしろ、おもしろおかしく尾ひれがつけられ、話のタネにされるに違いない。万が一、それがマスコミにでも伝わったら……。

そう考えて、彩は小さく身震いする。

島岡は単なるクライアントだと言ったところで、マスコミが信じてくれるかどうか。あることないこと勘繰られるに決まっている。今まで、持ち上げられていた分、貴船彩という弁護士の存在は、ものすごい勢いで落とされるに違いない。こいつが次のターゲットだ、と決めたときのマスコミは容赦ない。そうやって、追い落とされていった芸能人や文化人は、決して少なくはない。

島岡との関係はもちろん、彩の生い立ち、過去も洗いざらい暴かれ、人目に晒《さら》されてしまう。バイクの事故についても詳しく報じられるだろう。後ろのシートに弟を乗せていたこと、その弟とは血の繋がりがないこと。

克己。

彩はぎゅっと拳を握りしめる。

今はだめだ。

携帯電話を閉じる。

あと少しだけ待って。

彩は島岡を見つめた。

あと少し。ビルの入り口からあの賑やかな声が消えたら、救急車を呼ぶから。

島岡は先ほどと同じ格好のまま、ベッドに横たわっている。静かだ。呻きも、喘ぎも聞こえない。

薬が効いて、痛みが引いてくれればいい。そうすれば、救急車すら呼ぶ必要がなくなるかもしれない。そうなったらどんなにいいか。

お願い。治って。

「島岡さん」

返事はない。

眠ったのだろうか。

薬が効いて痛みがなくなったのか。

彩はほんの少し安堵する。

身体を丸めているせいで、島岡の顔は見えない。そっと彼の頭に手をやり、髪をかき分けて覗き込んだ。目を瞑り、口が開いている。彩は耳を寄せ、彼の息遣いを確かめる。聞こえない。

もっと耳を近づける。

低く響いてくるのは、事務所のエアコンの音と、キッチンの冷蔵庫のモーター音。島岡の呼吸する音が聞こえない。

「島岡さん！」

身体を揺すろうとして、思いとどまる。動かさないほうがいいのかもしれない。

「しっかりして、島岡さん！」彩はひたすら呼び続ける。

島岡はぴくりとも動かない。

震える手で携帯電話を摑んだ。彩はすがる思いで、電話をかけ始めた。

第三章　遺　棄

『ジョーカーズ』は大手ではないが、知る人ぞ知る、といった感のあるスポーツクラブである。広尾と汐留《しおどめ》、お台場の三カ所にあり、メンバーリストには芸能人やモデル、若手実業家が名を連ねる。

貴船克己は、お台場店でチーフ・インストラクターを務めている。熱心で的確な指導ぶりが口コミで広がり、最近では克己の個人指導を希望しての入会も多い。

克己の容姿も人気に一役買っているようだ。一八〇センチの長身。無駄な贅肉《ぜいにく》の一切ない鍛えられた肉体。甘さとは無縁のシャープな顔だちをしている。ときとして、暗い光を放つことのある切れ長の目は、クラブの顧客を相手にするときは、温かな色を帯びる。

きょう克己を指名してきたのは、シナとナナエというモデルの二人組だ。同じ雑誌で仕事をしている仲良しというふれこみだが、本当に仲がいいのか、抜け駆けは許さないわよ、とお互いに牽制《けんせい》し合った結果なのか、彼女たちはいつも二人でやってくる。

今は揃《そろ》って血圧測定中。

「こんにちは」

克己が声をかけると、二人は右腕を血圧測定器に突っ込んだまま、こちらを向いた。

透明感のある肌、少し潤んだ大きな目。素顔と見間違うほどの巧みなナチュラルメイク。

「克己先生、こんにちは」

「よろしくお願いしまーす」

美しい笑顔。澄んだ声。二人はとてもよく似ている。

「きょうは？」

克己が訊くと、

「これから暖かくなるし」

「脚を引き締めたくて」

「特に膝から下」

「足首をきゅっと」

「次の撮影まで、あまり時間がないから」

「加圧がいいかなあって」

二人で交互に希望を伝えてくる。

「分かりました。加圧トレーニングをご希望ですね。向こうで待ってます。カルテに記入して持ってきてくださいね」

カルテと呼んでいるのは、個人のトレーニング記録である。初回のカウンセリングから始まって、これまでこなしたトレーニング内容の詳細、参加したエクササイズのクラス、トレーニング前後に測定する血圧、脈拍、体重が記されている。

彼女たちの肉体は、一般的な基準から言えば十分に引き締まっているのだが、プロである以上、ほんの数ミリのたるみも許されない。肉体にはこれっぽっちも余分な贅肉はなく、それでいて頬や目元はふっくらと幸福感を漂わせていること。それが彼女たちの武器。手入れを怠るわけにはいかない。

最近は、短期間で効果がはっきりと出る加圧トレーニングが人気だ。もともとはスポーツ選手や芸能人から火がついたものだが、最近では一般の人々も皆これをやりたがる。腕や脚の付け根に『加圧ベルト』と呼ばれる器具を装着し、血液の量を適度に制限した状態で行う。通常のトレーニングよりも軽い負担で、同等以上の効果を得ることができる。

ただし血流を調整するわけだから、しっかりしたインストラクターがついて、トレーニングを受ける人の身体状況をきちんと把握した上で行わなくてはならない。高血圧や心疾患、骨粗鬆症《こつそしょうしょう》の疑いが少しでもある人は、不可。健康な人でも、睡眠不足や過労気味のときには、勧められない。

幸いシナもナナエも健康体の上、トレーニングを受ける前夜は十分な睡眠をとってくる。これまでにも数回、加圧トレーニングを行ったことがある。

彼女たちのきょうの血圧や体調を確認した上で、プログラムを構成しよう。

「こんにちは、克己先生」

顔馴染みのメンバーが声をかけてくる。

近所に住む資産家の女性だ。五十代だが、週に三回クラブに通ってきているせいで、三十代でも通用するプロポーションを維持している。

「きょうはマシンジムですか。それともピラティス？」

「ヨガのクラスがあるの。本当は、私も克己先生に担当してもらいたかったのよぉ。でも、予約が一杯でキャンセル待ちだって言われちゃったの。それでしょうがないから、ヨガ」不満顔だ。

「申し訳ありません」

「ねえ、いつなら大丈夫なの？」

「スケジュール管理は受付のスタッフに任せているので、僕の一存では決められないんですよ」

「また、そんなことを言って。あそこにいるモデルの子たち、克己先生が担当するんでしょ。ああいう子は特別扱いなの？」

「いえ。単に予約順ですよ」

「本当かしら。まあ、いいけど。若い子の相手ばっかりしてないで、私みたいなおばさんのこともよろしくね」

「こちらこそ、よろしくお願いします」

「なんだったら、今夜、お食事でもどう？」

「あいにくですが」

深々と頭を下げる。

「つれないわね。じゃ、また今度、お誘いします」

彼女は、ヨガクラスのある第三スタジオへと歩いて行った。

鬱陶しいな、と思う。以前から、あの女性のアプローチを受けている。トレーニングを担当した日は、必ず食事に誘われるのだ。特定のメンバーと親しくなるのは避けるようにというクラブの方針と、克己自身が全くその気にならないのとで、何とか断り続けてきたが、機嫌を損ねないように誘いを退けるのには気を遣う。

「克己先生」

シナとナナエだ。血圧値や脈拍数の記されたカルテを差し出している。克己はにっこり笑って、受け取った。

克己は有明のマンションで一人暮らしをしている。仕事場のあるお台場までも近いし、ここ最近、マンション建設が盛んになってだいぶ雰囲気が変わってしまったが、克己が入居した頃は、物流会社の倉庫や運送会社の車庫などが多く、殺風景で閑散としたところとやたらに強い海風が気に入っていた。

ジョーカーズの勤務シフトは二通り。午前十時から午後六時までと、午後二時から午後十時まで。きょうは早番だったので、午後七時には帰宅した。

仕事の基本は身体。それも健康で、しなやかな身体である。インストラクターたるもの、クラブに通ってくるメンバーから、克己先生みたいになりたい、と憧れてもらえる存在でなければ。そのためには、コンスタントなトレーニングはもちろんのこと、規則正しい生活と食生活が重要である。

資格こそまだ取得していないが、克己は栄養学の基礎をマスターしている。減量プログラムを実施する際には栄養士がつくものの、インストラクターも知識を身につけておく必要があるからだ。

無論、自分自身の食生活についても気を配っている。外食や飲酒は控え、自炊が基本。と言っても、手の込んだものを作るわけではない。質の良い素材でバランスの取れた食事を心がけている。五穀米、具沢山の味噌汁《みそしる》、鶏のささみと青菜の和え物《あえもの》、納豆とマグロの山かけ。それが今夜の献立だ。

彩にも食べさせてやりたいな、と思う。和食好みの彩のことだ。おいしい、を連発して大喜びするだろう。

しかし、やはり彩をこの部屋に招くのは抵抗がある。部屋で二人きりになったのは、十六歳のあの夜が最後。今も克己の部屋には、当時と同じミッシェル・プラティニのポスターがある。炎を放ち、すべてを灰にしてしまおうと企《たくら》んでいたときでさえ、これだけは燃やすわけにはいかないと思い、持ち出すつもりでいた。

このポスターを彩が見たら、何と言うだろう。

「克己ったら」

そう言って、瞬きを繰り返すだろうか。

あの夜のことを思い出す場面に出くわすと、決まって彩はせわしなく瞬きをするのだ。涙が滲みそうになるのをごまかしているのだと、克己には分かっている。

ほぼ月に一度の割合で彩に会っていた。外食嫌いの克己が唯一、喜んで出かけていくのが彩との食事である。

「克己、付き合ってよ」と誘ってくるのは、たいてい彩の方だ。

食事をしながら、彩はとてもうまそうに酒を飲む。アルコールを口にしない克己は、お茶やペリエを飲みながら聞き役に徹する。飲むと、彩はお喋りになる。事務所でのあれこれ、無理難題を押し付けてくるクライアント、そうかと思うと、最近面白かった本や映画について、思いつくままに喋る。

そして別れ際、いつも言うのだ。

「克己に会えたから元気が出た。これでまた明日から頑張れる」と。

克己にしてもその思いは同じだったが、口には出さない。出さないが、おそらく彩は分かっているだろう。彩はいつだって一番、克己のことを分かってくれているのだから。

そこまで考えて克己は、突然、苦いものを覚えた。

本当にそうだろうか。

彩は、俺のことを分かっているのだろうか。

最近、彩からの誘いがめっきり減っている。前回会ってから、二ヶ月近くが経った。忙しいのだろうが、そんなのは理由にならない。忙しければ忙しいほど、彩は克己を必要とするはずだから。彩が安心して、愚痴をこぼしたり、弱みを見せたりできるのは自分だけだと思っていた。

一時期、頻繁に呼び出されたことがあり、いい加減にしてくれよな、俺も暇じゃないんだぞ、と冗談交じりに文句を言ったことがある。

彩は心底弱り果てた顔をして、

「だって克己しかいないんだもん」と言ったものだ。

しょうがねえなあ、と応じながら、克己はいい気分だった。彩に必要とされていると思うと、俄然《がぜん》、やる気が湧いた。仕事にも意欲的に取り組むことができた。

が、それが最近、変わってきたのだ。

この前、会ったときの彩を思い返す。白金《しろかね》に新しくできた和食屋で食事をした。あの日、彩は見たことのない腕時計をしていた。丸みを帯びたスクエア型のフェイス。ロレックスのアンティークだと分かった。

彩は時計やジュエリーなどの装飾品に無頓着で、ピアスもリングもネックレスも一切していなかったし、今まで愛用していた腕時計は、学生時代に買ったという国産の機能重視のものだった。その彩が、メンテナンスに手間のかかりそうなアンティークの時計をしているのは、どう考えてもおかしかった。

「いい時計してんじゃん。どうしたんだよ」

克己が言うと、彩は、ああ、これ、とちょっと笑った。そして、何でもないことのように言った。

「友達からもらったのよ」

「ふうん」

男からの贈り物だと直感した。それも、深い関係の男からのものだと。

「そんな高いもんを貢がせてるなんて、彩もやるもんだな」

「貢がせてるわけじゃないわよ」

彩は反論しようとしたが、克己は聞く気になれず、適当に受け流していた。

「もう！　ちゃんと私の話を聞いてよ」

彩はちょっと睨《にら》んだが、それ以上は時計のことに触れず、テレビの生番組の際に起こるハプニングについておもしろおかしく語り始めた。

出演しているワイドショーでの、女性弁護士としての冷静なコメントは視聴者の受けもいいらしい。

テレビなんてきらいだけど、少しでも中津川法律事務所の宣伝になればいいと思ったの、などと言っているが、テレビ映りはなかなかいいのだ。そう言って誉めると、困惑した笑顔を見せ、

「テレビでは、ずっと座っているからね」と言うのだった。

歩く姿を見られずに済むから、という意味だ。

克己が何と応じればいいか分からずにいると、彩は苦笑交じりに続けた。

「でもね、視聴者は私の足のことを知ってるのよ。元気をもらいました、だとか、ハンデに負けずに、これからも頑張ってっていう反応が局に届いたりするの」

「ふうん」

「複雑な気分よねー」と言って彩は笑った。

彩が平気なふりで自分の右足について語ってみせようとすればするほど、克己はたま

らない気持ちに襲われる。あんな目に遭わせてしまった原因を作ったのは自分だという強烈な罪悪感に苛《さいな》まれる。

　三十六歳の今まで彩が独身でいるのも、ハンディキャップのせいで恋愛に積極的になれなかったためかもしれない。事故さえなければ、彩はもっと幸せになれただろう。そう思うと、かわいそうで、気の毒でならない。しかし、その気持ちの中に、彩を独り占めしておける優越感というか満足感が、わずかとはいえ混じっているのを克己は自覚していた。それに気付いているからこそ、よけいに自分を責めてしまうのだ。

　自分が軽傷で済み、彩が一生足を引きずることになったのは、あまりに不公平だと思う。

　彩がバイクを飛ばしていたのは、克己のためだった。克己の心に住んでいた鬼を追い払おうとしていたのだ。

「もっと飛ばして」

　リアシートから克己は叫んだ。彩は微かにうなずき、スロットルを全開にした。その直後だった。火花が散り、すべてが闇に閉ざされた。

　病院で目覚めたとき、そばに父と範子がいた。

「彩は？」まず克己が訊いたのは、そのことだ。

「今、手術中だ」父が言った。「お前が軽傷で済んだのが、不幸中の幸いだったな」

不幸中の幸い？　何を言ってるんだ。不幸に幸いなんて、あるわけがない。

彩。彩。

克己はベッドの上でのたうち回った。父が必死で克己を押さえつけていた。

彩にようやく会うことを許されたのは、それから四日後。その日、克己は退院する予定になっていた。病室を訪れた克己を見て、彩は弱々しく微笑んだ。何と声をかければいいのか分からず、克己は病室のドアを背にしたまま無言で立ち尽くした。いつの間にか涙が流れていた。

「克己、泣かないで」彩はかすれる声で言った。

それにうなずいたのか、うなずかなかったのか、覚えていない。

家に戻ると、克己の部屋はきれいに掃除されていた。ポリ容器入りの灯油も、灯油のしみ込んだ古新聞もなかった。両親はあの晩、克己が何をしようとしていたか察知したはずだ。バイクの事故がなぜ起きたのかについても、彼らは推察していただろう。一言も触れようとはしなかったけれど。

あの事故で克己が失ったものは、彩の健康だった右足以外には何もなかったと言ってもいい。むしろ、手に入れたものの方が多かった。一言で言えば、自由。

父親の過干渉から解放され、スポーツインストラクターになりたいという夢をすんなり受け入れてもらうことができた。大学でスポーツ健康科学を専攻し、現在はジョーカーズの人気インストラクターである。

彩の右足を犠牲にして、今の生活を手に入れたようなものだ。

だからこそ、彩は俺が守る。

彩のためなら何でもする。

口に出したことはないが、それが克己の基盤にある。いくらでも頼ってほしい、迷惑だってかけてほしい。無理難題だって喜んで押し付けられてやる。

なのに、なのに、である。彩は最近、克己以外の誰かを頼りにしているようなふしがあるのだ。どこのどいつなのか。訊いたところで彩は答えないだろう。だから、克己も訊かない。

しかし、だいたいのことは分かる。

アンティークの時計を贈ってきた男だ。そこそこ金があり、女に対してまめで、自分のセンスに自信がある。はっきり言えば、鼻持ちならないやつ。

なんだってそんな男と彩が付き合っているのかが謎だが、女というのはときとして判断力が鈍る。彩のような聡明な女であっても、例外ではないのだろう。

「一時のことだ」

声に出してつぶやく。そうすれば、それが事実だと保証されるかのように。

食器をキッチンに運び、手早く洗った。汚れが落ちていくように、頭にこびりついた懸念が消えてくれればいいのだが、そう簡単にはいかない。

グラスを磨きながら、克己はまだ考えている。

問題は、彩がその男と数ヶ月以上、続いているらしいということだ。あの腕時計に気付いたのは、二ヶ月ほど前。知り合って間もない女に高価な時計を贈るとは思えないし、たとえ贈ったとしても彩が受け取るわけもない。となると、その前にも付き合いがあったと見るのが妥当だろう。

手にしていたグラスを叩き付けたい衝動に駆られる。が、思いとどまった。このグラスは彩が買ってくれたものだ。ずっと大事にしている。

グラスを片付け、克己はリビングルームのテレビをつけた。とり立てて見たい番組があるわけではないが、時間つぶしにはなる。

少しは気が紛れるだろうと思ったのに、なかなか時間が過ぎていかない。こんなことなら、女性実業家の誘いに乗ればよかった。あの甘ったるい口調と物欲しげな眼差しがいやで断ったが、こうして一人で思い悩んでいるのもつらい。

しばらく我慢してテレビを見ていたが、次第に息苦しくなってきた。

限界だ。

克己は立ち上がって、ジーンズに穿《は》きかえパーカーを羽織ると、車のキーを持って外に出る。

マンションの階段から空を眺めた。瞳を凝らすと、最初は見えなかった星が次々に姿を現す。都会で見る星は不思議だ。そこにないようでいて実はある。見ようとして見る者にしか、その姿を現さない。見えたとしても、ほんの小さなゴミのような光。

階段を駆け下り、駐車場に停めてあった車に乗る。

四駆のフォードか何かに乗っていそうだとよく言われるが、克己の車は国産のコンパクトカーだ。車は足。使いやすくて、場所を取らないのがいいと思っている。

エンジンをかけて走り出す。

有明《ありあけ》のマンションの辺りは、広く走りやすい道が続く。巨大なショッピングセンターや高層マンションの群れの前を抜け、さらにアクセルを踏み込み、南砂町《みなみすなまち》へ向かう。

行き先は決まっている。江東区の端っこにある小学校。何年か前に近隣の学校と統合されたとかで、今、その校舎は使われていない。

古い団地が建ち並ぶ地域を抜けると、ちまちまとした住宅の密集する昔風の街並が広がる。目指すのは、さらに先。都営住宅が取り壊され、大規模な再開発が予定されている一角に出る。高層マンションが建築されるらしい。廃校になった小学校は、その裏手にある。

マンションが建設されて住人が増えたら、この学校も復活するのだろうか。取り壊されずに残っているのはそのためなのか。定かではないが、この場所の存在は克己にとって有り難い。

工事現場の端に車を停めた。

もうすぐ九時になる。新宿や六本木にいたら、まだ宵の口という時間だが、この辺りに人影はなく、工事現場に置いたままになっている重機の影を除けば車もなく、森閑としている。

車のトランクを開けてスポーツバッグを取り出し、ひょいと肩にかけると、克己はごく自然な足取りで歩き始めた。

校門は施錠されており、周囲には金属製のフェンスが巡らされている。が、その気になれば、乗り越えるのは造作もない。克己はフェンスに手をかけ、ぐいと身体を引き上げた。次の瞬間には、フェンスの上部に足が乗っている。思い切り蹴って、飛び降りる。ほんの数秒。誰にも見られていない。

都内の学校は皆、似たり寄ったりなのだろうが、ここも校庭は狭い。克己の通っていた静岡の小学校と比べたら、半分、いや、三分の一ほどの広さしかない。トラックも一周、ぎりぎり百メートルあるかないかといったところ。

バッグを置き、足首と手足を回し、膝の屈伸、前屈、さらには腿上げをする。それからゆっくりとグラウンドを走り始めた。三周してから、今度はストレッチ。どんなときでもアップはきちんとやる。徐々に身体が温まり、筋肉が柔らかくなっていくのが分かる。

一通りやったところで、バッグを手に校庭の端に向かう。目の前にあるのはサッカーゴール。鉄の支柱が錆《さ》び、ネットもよれよれだった。

克己は少年チームでディフェンスの要だった。中学に入ってからもポジションは同じ、チームメイトから頼られる存在だった。父にやめさせられるまでは、の話ではあるのだが。

バッグのファスナーを開ける。サッカーボールは入っていない。取り出したのは、金属バットだ。

両手に手袋をはめ、がっちりと握る。重心を軽く落とし、視線をしっかりと前方に据え、思い切り振った。

ガキッ。

支柱にバットが当たって鈍い音が響く。両手がじんじん痺れる。

この感じ。支柱を痛めつけているのか、自分が痛めつけられているのか分からない。混乱した暴力なのか、一種のトレーニングなのか、克己にも判断がつかないし、もしも誰かに見られたとして、その誰かにも分からないだろう。

もう一度、バットを振る。鈍い音。もう一度、もう一度、さらにもう一度。腕や肩だけでなく、腰にも衝撃が伝わる。

また克己はバットを振る。強く、より強く。

どれだけ繰り返しただろう。息が弾む。額の汗を拭い、克己はゴールの支柱に目をやった。バットが繰り返し当たった部分に傷がつき、ほんの少し凹んでいたが、それだけだ。他にも傷や凹みがある。その中のいくつかは、以前に克己がつけたものだ。

どれだけ打ち付けても壊れないサッカーゴール。腕や肩に残る痺れ。流れ落ちる汗。いつもはこれで満足する。胸の中にもやもやと漂っていた黒ずんだ空気が、消えていくのだ。けれど、きょうはダメだ。

彩の左手にあったアンティークの時計が、繰り返し脳裏に浮かぶ。

克己はバットを握りしめ、校舎へと向かった。

十六歳のあの夜、一度は飼い馴らしたはずの鬼。すべてを壊してしまいたい、何もかも消してしまいたいという抗《あらが》い難い衝動。それが今、腹の底で暴れ出そうとしている。

もとは花壇であったらしい場所を踏み越えて、一階の教室に向かう。暗闇の中で、窓ガラスが夜空に浮かぶ雲のようにうっすら白く見える。克己は窓に手を当てた。試しに横に引いてみたら、開いた。がらんとした空間。巨大な洞窟のようだ。普通、一階には低学年の教室がある。かつてはここに一年生が集っていたのだろうか。

ふと一年生だった頃の自分が浮かぶ。参観日が嫌いだった。母は既に亡く、代わりに父がやってきた。着飾った若い母親の中に混じった父は、場違いな所に飛び込んできてしまった猪《いのしし》のように見えた。

窓を閉め、深く息を吸った。思い切りバットを振る。派手にガラスが飛び散るものと思っていたのに、結果は意外に地味だった。ひびが入り、破片がぱらぱらと落ちた。全然、すっきりしない。

次だ、と克己は思う。次こそ、粉々にしてみせる。

重心を下げ、バットを握り直す。脇を締めて後ろに引く。そのとき、ジーンズの後ろポケットで携帯電話が振動した。気勢をそがれて舌打ちしそうになったが、電話をかけてきたのが彩だと分かった瞬間、舌打ちなどどこかへ飛んでしまった。

どうしたんだろう。

メールならともかく、夜、彩が電話をかけてくるのは珍しい。

通話ボタンを押し、もしもし、と応じた。

「克己？」彩の声が震えていた。

「どうした？」

「克己、克己」

心臓をわし摑みされたようだった。彩のこんな声は聞いたことがない。

「何があった？」

「どうしよう。克己、どうしたらいい？」

彩の嗚咽が聞こえた。

彩の事務所のある人形町までは、普通に走っても二十分もあれば着く。けれど、その二十分が、今の克己には堪え難かった。アクセルを踏み込み、前の軽自動車を抜く。早く、早く、早く。一刻も早く彩のもとに行かなくては。

トラックを抜きにかかって、ふと我に返る。

今、事故を起こしたら元も子もない。彩を助けてやれるのは、俺しかいないのだから。

落ち着け、自分に言い聞かせる。

それからは意識して、ゆっくり車を走らせた。

彩の話は、まったく要領を得なかった。とぎれとぎれの言葉をつぎはぎしてなんとか理解できたのは、中津川法律事務所で島岡という男が心臓発作を起こし、倒れているらしいこと、島岡は個人的な用事で彩に会いに来たということだけだった。

個人的な用事というのが何なのか、現在、島岡の状態はどうなのか、なぜ心臓発作を起こすようなことになったのか、という克己の問いかけに対する答は、彩のすすり泣きだった。

最初に克己の頭に浮かんだのは、腹上死という言葉だった。高血圧だったり、心臓に問題を抱えている男が、興奮し過ぎたあまり女の腹の上で命を落とすというやつだ。島岡も、おそらくそれなのだろう。彩を抱いている最中に発作を起こしたのだ。

思わずハンドルを握る手に力がこもる。アクセルに載せた右足を踏み込みそうになり、自制するのには努力が要った。

水天宮の脇の道を入る。事務所のあるビルの前に車を停め、階段を駆け上る。ちんたらしたエレベーターに乗っている暇はない。

ドアをノックし、俺だよ、とだけ言う。

ドアが開いた。白いシャツにライトグレーのスカートを身につけた彩が立っている。彩のきちんとした服装を目にして、克己は密かに安堵する。

「彩、大丈夫？」

幾日も泣き続けたかのように目元が腫れていた。髪が乱れ、顔色が悪い。

「入るよ」

彩を押しのけるようにして、克己は事務所に入った。その男はソファベッドの上にいた。ブランケットのふくらみ具合から、身体を丸くしているのが分かる。

迷うことなく歩み寄り、ブランケットを剝いだ。島岡が全裸でいるのを半ば覚悟していたのだが、彼はクリーム色のセーターにグレーのパンツを穿いていた。想像していたような死に方ではなかったらしい。

島岡の左手で脈を計ろうとしたが、手首の腕時計が邪魔をする。ロレックスのアンティークだ。思わず、奥歯を噛みしめる。克己は荒々しい動作で腕時計を剝ぎ取り、自分のパーカーのポケットに落とし込んだ。指先を手首に当てる。肘の内側、首筋にも当ててみたが、脈動は感じられない。瞼《まぶた》を持ち上げてみる。瞳孔が開いている。

「発作を起こしたのはいつ？」

彩はぶるぶると身体を震わせていて答えない。

「しっかりしろよ。発作を起こしたのはいつなんだ？」

「八時、ううん、八時半くらいだと思う」

「こういう状態になったのは？」

「よく分からない。九時に下の学習塾が終わって子供たちの声がした。迎えにきたお母さんたちの声も。それで、救急車を呼んだら騒ぎになると思って、すぐに一一九番できなかったの。その少しあとくらいに島岡さんの口元に手を当てたら、息をしていないみたいだった」彩は事実を羅列していく。

九時前後には、島岡の呼吸は止まっていたのか。今は九時四十分。かなり時間が経っている。人工呼吸や心臓マッサージなどの緊急蘇生《そせい》処置を試みたところで、もはや効果はないだろう。

克己は彩を振り返り、ゆっくり首を横に振った。ひっ、と彩の喉が鳴る。手の甲を口に押し当て、彩は泣き声を漏らさないようにした。

「落ち着いて」静かに克己は言った。「泣いたり、叫んだりしても意味がないんだ」

「そうね。そうよね」彩は必死で自分に言い聞かせている。「克己、一緒に警察に行ってくれる？　一人じゃ行けないの」

「警察？」克己の声が跳ね上がる。「何言ってるんだ」

「だって」

「だめだよ。彩がすぐに救急車を呼ばなかったのは、スキャンダルを心配したからだろう？」

「うん。マスコミに知れたらと思ったら、怖くなって」

「賢明な判断だったと思うよ。マスコミはこういうネタにすぐ飛びついてくるに決まってる。彩だけの問題じゃない。事務所にだって迷惑がかかるよ」

実際のところ、克己は中津川法律事務所など、どうでもよかった。彩が糾弾され、批判され、人気と評判が堕《お》ちていくのが耐えられないだけだ。

「事情を知っておきたい。この男はなぜ事務所にいる？　クライアントじゃないんだよね？」

「違うわ。弁護士会館の相談窓口で知り合ったけど、今は友達。私の働いている場所を見たいと言ったの」しゃくり上げながら彩は言う。

「この男が事務所にいるのを他に知ってる人間は？」

彩が首を横に振る。

「俺以外に誰かに連絡した?」

また彩が首を横に。

克己は質問を重ねていく。島岡はもともと心臓に問題を抱えていた? 以前にも発作を起こしたことがあるのか。ここには自分の車で来たのか、それとも地下鉄、タクシー? 男の住まいは? 家族は? 職業は?

一通り訊き終え、克己はしばし黙る。

付き合っている女の職場で密会したいなどという不埒《ふらち》な考えを起こし、おまけにそこで心臓発作に襲われ、命を落とした。迷惑千万な島岡という男のために、彩が責任を負う必要は微塵もない。それが克己の下した結論だった。

「克己」

彩が充血した目で見ている。

「あとのことは、俺に任せてくれよ。彩は今夜、ここで島岡に会ったことは忘れるんだ。それだけでいい」

「でも……」

「いいから。もう何も言うな。俺が島岡を車に乗せたあと、彩は事務所を元通りに片付けて、自分のマンションに帰って寝る。明日の朝は普段通りに出勤して、仕事。いいね？　あと、その時計」彩の左手を目で指した。「その時計、島岡からもらったんだろ？　外せよ。で、もう二度とするな」

彩は素直にうなずいた。

「この男の携帯は？」

あ、と言って彩が目を向けたところに、男物のジャケットが落ちていた。拾い上げて、ポケットから携帯電話を取り出し、履歴を確認する。彩に関するものは何も残っていない。まめに消していたらしい。

少し考えてから、彩のアドレスや電話番号を消しておくべきだと思いつく。そらんじている彩の番号を検索した。貴船と登録されていたデータを削除する。

「これでいい。ぐずぐずしている時間はない。行こう」

屈《かが》み込み、島岡を背負った。島岡は男にしては小柄で軽い。

「待って」

「何？」

「克己、どうするつもりなの？」

「ここで死んだっていうのはまずい。街を歩いていて、心臓発作を起こしたように見せかければいい。少し、酒を飲んでいるようだから、ちょうどいいよ」

「そんな」

「彩は何も考えるな。ほら、早くドアを開けて。下までついて来てくれよ。辺りに人がいないかどうかを確かめて」

彩はぎくしゃくとした動作でドアを開け、外廊下に出る。左右に目を配ってから、ボタンを押してエレベーターを呼んだ。少しして、克己の方を向き、うなずいた。それを合図に、克己は島岡を背負ったまま事務所を出る。エレベーターに乗り込んだ。

「誰かに見られたら、酔った友人を介抱するふりをして」一階に着くまでの間に彩に言い含めておく。

彩は強ばった顔でうなずいた。

一階に着いた。呼吸が速くなる。ドアの前に誰かがいたらと思うと、恐ろしくてならない。彩が克己の肘を掴んだ。ごくりと唾液を呑《の》み下す。エレベーターのドアが開く。

誰もいなかった。力が抜ける。

しかし、ほっとしたのも束の間、男女の笑い合う声が響いてきた。遠くはない。裏手の路地だろうか。

近くには飲食店が多い。だからこそ、酔った友人を介抱している芝居も不自然ではないと思ったのだが、今の彩には期待できそうもない。次第に近付いてくる笑い声に、身を強ばらせている。

「彩、こっち」

ビルの一階は弁当屋で、エレベーターと店の間の狭い空間に段ボールや古いプラスティックケースが重ねられている。暗がりに身を潜めれば、通りからは見えないだろう。島岡を下ろしてしまうと、もう一度、抱え上げるのに苦労しそうだったので、島岡の身体を壁と自分の身体で挟み込むようにして克己が隅に立つ。彩は克己の足下で身を低くした。

「やだあ」

女の甲高い声。若くはなさそうだ。妙にはしゃいでいる。

「嘘じゃないって。サキエさんは、絶対二十代で通るって」

「また、そんなこと言って」

声がビルの前を通り過ぎる。ほっとして力が抜けそうになったとき、

「あ、ここ」女が戻ってくる気配がした。

「え？」

「このビルに学習塾があるの。姪《めい》っこが通ってるのよ」

「へえ、そうなんだ」

「ねえ、子供の頃、塾に通ってた？」

「俺？　まさか通ってないよ」

「私は通ってたのよ。算数が好きだった」

どうでもいいから、早くいなくなってくれ。

克己の足下で、彩ががたがたと身体を震わせている。それに、克己も島岡を壁に押し付けて立っているのに、いい加減疲れてきた。少しでも気を抜いたら、島岡はずり落ちてしまうだろう。

「なあ、もう少しだけ付き合ってよ」

男の声に、女が、どうしようかなー、と歌うように応じている。なあ、なあ、と繰り返す男。ようやくのことで二人の声が遠のいていく。

「彩、立てる?」

「ええ」

彩はゆっくりと立ち上がり、何度か肩で大きく息をついた。

「外を見てきて。大丈夫そうだったら、車の鍵を開けて。尻のポケットに鍵があるから」

少し身体をずらし、彩に尻を向ける。背中に乗っている島岡を意識してか、彩はおそるおそる手を伸ばして鍵を取った。そして一歩一歩確かめるような足取りで、ビルの出口に向かった。そのまま通りに出て、リモコン操作で鍵を開けたようだ。克己は一歩ずつ慎重に歩を進める。島岡がいくら小柄な男だとはいえ、ずっと背負い続けているせいで背中から腰にかけて張ってきた。

「急いで」後部のドアを開け、彩が泣き出しそうな声で言う。

克己は島岡を担ぎ直し、一息に車まで行く。後部座席に島岡を寝かせた。

「あとは俺がやる。彩は事務所に戻って」

克己は素早く運転席に乗り込み、エンジンをかけた。

「じゃあ、行くよ」

窓を細く開けて言うと、克己、と彩が呼ぶ。

「何？」

彩はじっと克己を見つめ、かすれた声で言った。

「ごめん」

「もういいから、早く事務所に戻りなよ。じゃあな」

アクセルを踏み込み、車を出した。バックミラーに彩の姿が映っている。早く戻れと言ったのに、同じ場所に立ち尽くしたままだ。

克己は彩の子供の頃を知らない。初めて出会ったとき、既に高校生だった。けれど、今、はっきりそれが見える。バックミラーに映る彩は、まるで子供だ。小さく、頼りない。ただひたすら克己の車を目で追っている。

「安心しろよ」克己はつぶやいた。「大丈夫だよ。彩、大丈夫だから」

交差点で左折すると、彩の姿は見えなくなった。

克己は迷うことなく、車を走らせる。

さっき彩から聞き出したところによれば、島岡はネットでの株取引を仕事としているということだ。株式と聞いて思い浮かぶのは、兜町《かぶとちょう》の証券取引所だった。それしか思い浮かばないと言ってもいい。

ネット取引専門の島岡のような人間が、兜町に足を運ぶことがあるのか、そこにいる必然性があるのかどうか、全く分からない。ないわけではないだろう、という漠然としたイメージだけである。しかし、他に思いつかない以上、そこがベストな場所だと考えるしかない。

兜町は彩の事務所のある人形町から近い。

おまけに、克己はそこに行ったことがある。株式に関する用事ではない。ジョーカーズのインストラクター仲間に頼まれて、買い物に付き合ったことがあるのだ。恋人へのプレゼントにシルバーの小物を買いたいのだが、自分のセンスに自信がないとかで克己を頼ってきた。日本橋の老舗《しにせ》デパートで待ち合わせたのだが、デパートの駐車場が満車で兜町にある契約駐車場というのに案内された。そのすぐ近くに東京証券取引所があったのだ。灰色の、ごく普通のビル。まったく目立たない。休日だったせいもあって、人通りもなく、静かだった。

ここか。

こんなところで、日本の経済が動いているのか。

これが日本のウォール街か。

平日の昼間であれば、違った顔を見せるのだろう。今、見ているのは眠っている獅子《しし》の顔なのだと自分に言い聞かせてみても、拍子抜けするような思いは消えなかった。

今、克己はそこに向かっている。

高速をくぐり、右折。記憶を頼りに進んでいく。しんと静まり返ったオフィス街である。名前も知らない証券会社のビルが並んでいる。その先に、東京証券取引所があった。玄関脇の植え込みが、暗く沈んでいる。

静かに車を停めた。車を降り、周囲に目をやる。首都高を車が行き交い、証券会社のビルの窓には灯《あか》りが点《とも》っているが、近くを歩いている者はいない。

克己は不思議なほど落ち着いている自分自身を意識した。東証ビルの壁、証券会社や銀行の看板、道路脇の小石、粉塵の混じる空気、高速道路から響いてくる車の音。おそらく、今、見ている風景、鼻孔に感じる空気のにおいを、一生忘れることはないだろうと思った。

後部座席のドアを開けた。島岡は寝かせたときと同じ格好で横たわっている。腕の付け根に手を差し入れて上半身を抱き上げ、肩で支えながら歩く。ビルとビルの間の細い道に島岡を下ろした。

今の今まで、克己の腕や肩や背中や、おそらくは身体の芯の方までずしりとかかっていた重みが消え、同時に何かがすっと克己の心の中から抜けていった。

それがなんだか分からないままに克己はすぐに運転席に戻り、車を出した。

これでおしまい。

簡単だ。

あとは、通りかかった誰かが親切心を発揮して、島岡に声をかけるのを待つだけだ。いくら呼びかけても返事がないと分かれば、一一九番するだろう。あるいは一一〇番か。そして島岡の死が確認される。その後、どういった手順が踏まれるのかは定かでないが、心臓発作で命を落としたのは間違いがないのだから、自然死で処理されるだろう。

克己はハンドルを軽く拳で叩き、うっすら微笑みを浮かべる。

五分ほど走ったところで、いったん車を路肩に停め、彩に電話をかけた。

「もしもし」彩の緊張した声が聞こえてくる。

「終わったよ」

「島岡さんは、どこに？」

「彩は知らなくてもいい。全部、忘れるんだ」

「無理よ」

「無理じゃないよ。彩、今どこにいる？」

「まだ事務所」

「片付けは？」

「だいたい終わったわ」

「じゃあ、早く帰って、ゆっくり眠ることだけ考えて」

「克己は？」

「俺も今、家に向かってるよ」

「今夜、眠れる？」

「眠るさ」

「本当に？」

「本当だよ。だから、心配しないで、彩もゆっくり休むんだ。いいね？　今夜、事務所を訪ねてきた人間はいない。島岡は街を歩いている最中に心臓発作に襲われ、不幸にも近くに人がおらず、助けを呼ぶことができなかった。それだけだ」

　彩のすすり泣きが聞こえてくる。

「泣くことなんか、何もないんだよ」

　彩は答えない。

「とにかく、早く帰って寝ること。いいね？」

　電話を切った。

再び車を走らせる。

彩の泣き声が耳の奥で響いている。

大丈夫だろうか。

動揺している彩のそばについていてやりたい思いもある。一方で、今夜は一緒にいてはいけないと自戒する気持ちもある。彩には、一人で気持ちを鎮める時間が必要だ。彩ならきっと大丈夫。決して弱い人間じゃない。

それに、離れていても今までのような不安はない。彩をとても近く感じる。彩の心が見えるような気さえする。彩だって、きっとそうだろう。今まで以上に俺を近くに感じているに違いない。

マンションの駐車場に車を入れ、キーを抜いて自分の部屋に向かう。何の気なしにパーカーのポケットに手を突っ込んだら、指先に何かが当たった。ひんやりとした感触。時計だった。島岡の手首にあったものを外して、ポケットに入れたのだ。

じっくり眺めてみる。

悪くない、と思う。

島岡の手首にこれを見つけたときは、かっと頭に血が上り、抑えるのに苦労した。こいつか。こいつだったんだな。彩に腕時計を贈った、鼻持ちならない男。こんなやつのために俺は呼び出されたのか。

しかし、改めて見ると、この腕時計は悪くなかった。島岡は趣味の悪い男ではなかったらしい。

自分の部屋に戻り、キッチンで水を飲む。海外のメーカーから取り寄せている、高酸素ミネラルウォーターである。通常の約四倍の酸素が配合されている。運動により失われた水分や不足する酸素を迅速に補給し、疲労した身体の回復を助ける、という謳《うた》い文句。

実際、この水を飲むと短時間で体力が回復する。気のせいかもしれないが、身体に合っているのは間違いないだろう。

口の端から喉まで滴った水を無造作に拭うと、克己はリビングのソファに座った。壁に貼ってあるミッシェル・プラティニ。『将軍』と呼ばれたサッカープレーヤーは、かつて克己の憧れであり、遠くにそびえる美しい山のような存在だった。しかし、今ならその彼に向かって、よお、と気軽に声をかけられそうな気分だ。なんでもできそうな気がする。

いったい俺はどうしたんだろうかと思う。

今の気持ちを表現すれば、達成感と爽快感だろうか。ほんの数時間しか経っていないのに、廃校でバットを振っていた自分が嘘のようだ。あの愚かしい自分が。

生きていてよかった。克己はしみじみ思う。

そんな気持ちになれたのは、あの事故以来、初めてだった。

ずっと心の隅で、俺なんか死んでしまえばよかったと思っていた。彩にあんなハンディキャップを負わせた自分が、日々、つつがなく暮らしているばかりか、どちらかと言えば成功して、幸せを感じているのが許せなかった。

俺はあの事故で死ぬべきだった。その思いがどうやっても消えていかなかった。

けれど、今ようやく、生きていてよかったと思えた。生きていたからこそ、健康で強《きよう》靭《じん》な肉体があったからこそ、彩の役に立つことができた。もしも自分がいなかったら、彩はたった一人で対処しなければならなかった。そんな思いをさせずに済んだことに、克己は心から安堵する。そして、彩を守ったという満足感を嚙みしめる。

本当によかった。

気持ちがとても穏やかになる。

安らいだ気分のまま克己は考える。

東京証券取引所近くの道路に島岡を下ろしたときに、自分の中からすっと抜けていったものは何だったのだろう。すべてを壊してしまいたいという思い、あらゆるものを消し去りたいという衝動。鬼がいなくなったのか。それとも、鬼を抑えつけようと闘い続けてきた自分が消えていったのか。

いくら考えたところで分からない。分かるのは、妙に身体が軽いということだけ。

軽快な足取りでバスルームに行き、シャワーを浴びる。熱い湯を頭から浴びていると、生まれ変わっていくようだった。

バスルームを出て、また高酸素ミネラルウォーターを飲もうとしたら、メールの着信音がした。携帯電話を見ると、彩からである。

〈今、家に着きました。お風呂に入って寝ます。眠れるか分からないけれど〉

克己は、携帯電話の小さな液晶画面に微笑みかける。

大丈夫だよ、彩。眠れるさ、きっと。きっとね。

第四章　依　頼

平和である。

もちろん、事務所を訪れるクライアントはさまざまな悩みを抱えているし、その解決のために乗り出していくのだから、神経をすり減らす場面に多々行き会い、平和とはほど遠い精神状態にある。それでもなお、彩は平和だと感じる。今、自分が心の中に抱えている不安や恐れに比べたら、信じられないほどの平和さだと。

島岡の死については、新聞にごく小さく載っただけだった。

〈××日午後十時三十分ごろ、中央区日本橋兜町の路上で男性が倒れているのを通りかかった会社員が発見し通報したが、男性はすでに死亡しているのが確認された。亡くなっていたのは、世田谷区在住の証券トレーダー、島岡義男さん(38)。死因は心臓発作と見られる〉

あれから一週間が経った。

彩はいつも通り事務所に出勤し、仕事をし、所長の中津川や事務員の伊藤と雑談を交わしたり、笑ったりする。残業はするときもあるし、しないときもある。夜はマンションに帰って一人で食事をし、雑誌やテレビを見て適当に時間を潰してからベッドに入って寝る。今までと何一つ変わることのない過ごし方。月に一、二度会っていた島岡との予定がなくなったところで、彩の日常にはさしたる影響はない。

全てがあまりにも普段通りで空恐ろしい。島岡と知り合い、逢瀬を重ねてきたのが夢の中の出来事のように思われる。

でも、これでいいはずがない。

一人の人間が、それも自分と親しい間柄にあった人間が亡くなったというのに、その死に関わっているというのに、こんなに普通に時間が過ぎていっていいはずがない。

彩はぎゅっと拳を握りしめる。

「貴船先生、どうなさったんですか？　難しい顔をして」伊藤に声をかけられた。

思わず頬に手をやる。

「もしかして、百瀬さんの件？」

違うけれど、うなずいておく。

離婚訴訟で揉めている百瀬ユリの件で頭を悩ませているのは嘘ではないのだし。訴訟中の夫の母親が、習い事に出かけていた孫娘を迎えにいき、そのまま連れ去るという突拍子もない行動に出たのだ。そして、なかなか返そうとしない。娘を連れていかれてしまい、感情的どころか、半狂乱になっているユリを落ち着かせつつ、先方の弁護士を通じて祖母の説得を続けている。だが、娘はまだ母親のもとに帰っていない。一刻も早く娘を取り返さなくてはという焦りは、彩にもあることはある。とはいえ、祖母が孫娘を連れ去ったのはかわいさゆえ、身内の愛情ゆえ、危害を加えられるおそれは微塵もない。いずれは母親のもとに戻るだろうから、彩はそれほど心配してはいなかった。

心にかかっているのは島岡のこと。そして新聞記事を読んだあと、すぐに彩が電話をかけ、島岡さんを兜町に置いてきたのね？　と問いかけたときに、なかなかいいアイデアだろ？　と言った克己のことだ。

克己には心配しているようなふしも、怯《おび》えているような気配も全くなかった。それが彩にはどうにも気にかかる。

克己はいったいどうしてしまったのだろう？

事務所のドアがノックされた。伊藤が開けにいく。

「すみません。貴船彩先生にお目にかかりたいのですが」

おずおずとした口調で言ったのは、黒っぽいワンピースに身を包んだ若い女性である。ほとんど化粧気はなく、泣き過ぎたあとのように瞼が腫れている。

弁護士事務所を訪れる人は、幸せとは言えない体験をしている場合が多い。彼女もそうなのかもしれない。

「貴船ですが」

彩が立ち上がった。

「あ」女性がほっとした顔をする。「突然すみません。私、島岡といいます。島岡真由《まゆ》美《み》です」

ひっ、と息を呑《の》みそうになる。なんとか堪《こら》え、彩は無言で女性を見た。

島岡真由美。島岡……。

彩の知っている島岡は一人しかいない。

でも、まさか。

「あの、相談させて頂きたいことがあって」真由美が言った。

すぐには言葉が出てこないでいると、どうぞこちらへ、と彩の傍らで伊藤が言った。

すみません、と真由美が応接コーナーへ歩いていく。茶色い髪が揺れる。小柄だが、華《きゃ》奢《しゃ》という感じはしない。布地の張り具合から、腰の辺りの肉付きの良さが感じられる。

手足が自分のものではなくなってしまったような感覚と闘いながら、彩は二人のあとについていった。真由美と向かい合ってソファに腰を下ろす。

「覚えていらっしゃるかどうか分からないんですけど、主人が以前、貴船先生にお世話になったことがあって」と言って真由美は、大きな目でじっと彩を見る。

主人、と彼女は言った。ということは、やはりこの女性が島岡の妻なのだろうか。島岡から彼の妻について聞いていたことは多くはない。が、漠然とイメージしていた島岡の妻と違う。簡単に言えば、若い。子供っぽいと言ってもいい。島岡は三十八歳だった。彼の妻も同じくらい、彩にしてみれば自分と大差ない年齢だろうと勝手に想像していた。けれど目の前にいる女性は、おそらくは二十代。

ええと、と言って彩が口ごもる。真由美が続けた。

「弁護士会館の相談窓口で、貴船先生にアドバイスをしてもらったそうです。不動産の相続の件で」

「ああ、はい。覚えています」やっとのことで言った。

「本当ですか。覚えてててくださったんですね。よかった。すごく親切に相談に乗ってもらったって言ってました。弁護士の知り合いがいると心強い、何かあったらあの先生に頼めばいいな、なんて、ちょっと嬉しそうに」

バーで一緒に飲んだことについては触れなかったようだが、貴船彩という弁護士と知り合いになったという事実を島岡は妻に話していた。彩との関係を妻に隠す必要はないと思っていたのだろう。あるいは、妻以外の女性とホテルのバーで過ごした後ろめたさが、彼を饒舌にさせたのか。

「そのときに頂いた名刺があったので、貴船先生なら力になってくれるんじゃないかと思って来てみたんです」真由美が言った。

　力になってくれる？

　どういうつもりで言っているのだろう。

　彩が黙り込むと、代わりに伊藤が如才なく言った。

「お力になれるかどうかはお話を伺ってからでないと。で、きょうはどういったご相談でしょうか？」

　実は、とだけ言って、真由美は俯いた。彼女の顔に影が落ち、それまでとは打って変わってひどく老けた印象になる。

「先日、主人が亡くなりました」

「まあ！　それは、お気の毒なことでした。御愁傷様でございます」すぐに伊藤が頭を下げる。

「御愁傷様でした」

　彩も深々と頭を垂れる。胸の底の方から突き上げてくる思いに、二度と顔を上げられなくなりそうだった。

「主人はもともと心臓が弱くて。狭心症だったんです」

　真由美が話し出したので、彩はゆっくりと顔を上げる。

そうか、島岡は狭心症だったのか、と今さらながら思った。心臓に持病があるというのは聞いていたが、彩は今の今まで病名すら知らなかった。

「主人は身体のことを気遣って、お酒やコーヒーもほとんど飲まなかったんです。激しい運動は避けて、その代わりに、毎日、ウォーキングをしてました。適度に身体を動かすのも大事だからって。心臓の病気って、血液をさらさらにすることで改善されるんですよね。ですから、私はいつも、野菜や海藻やきのこを十分とってもらえるような食事を作ってましたし、漢方薬なんかも取り寄せたりして、主人のためにいいと思うことはなんでもしてきたつもりです。おかげで最近は体調も良くなってきて、発作を起こすこともなく、心臓をかばった生活をする必要もなくなっていたんです。なのに……」真由美の両眼に涙が滲む。

「発作を起こされたんですか？」伊藤が訊く。

「そうなんです。それも出先で。なんだって、こんなことになっちゃったのか。よく分からなくて」

バッグからハンカチを出して、真由美は目元を拭った。

「お茶をいれてきますね。ごめんなさい、気が付きませんで」伊藤が立ち上がった。

真由美を見ているのがつらくなって視線をよそに移すと、こちらの様子を心配しているらしい中津川と目が合った。大丈夫か？　と口の動きだけで訊いてくる。彩はうなずいた。

「すみません。泣いてもしょうがないのに」真由美が震える声で詫びる。

「いえ」

他になんと言えばいいのか分からないので、ぶっきらぼうな応じ方になってしまう。

「主人が亡くなっていたのは、兜町の証券取引所の近くだったんです。そこを歩いているときに心筋梗塞の発作に襲われたんだろうっていうことでした。夜になると、人気のない場所らしくて、助けてくれる人もいなかったんじゃないかって」

「そうでしたか」

「もし、家で発作を起こしたのなら、なんとかしてあげられたのにって悔しくてしょうがありません。あの日、主人が何をしにそんなところに行ったのか、私には全然、分からないんです。主人は株の仕事をしてましたけど、ネットで取引をしているようでしたし、もし、何か証券取引所に行く用事があったとしても、人気のない時間に行ったたって仕方ないですよね」

「ええ」

「あと、もっと分からないのは、なんで心臓の薬が栄養剤に替わっていたのかってことなんです。どういうことなんだろうって思って」

「え？」

「ごめんなさい。こんな話し方じゃ分かりにくいですよね。新聞を持ってきました。まず、これを見て頂かなくちゃ」

真由美がバッグから取り出したのは、すでに彩がいやというほど読んだ記事である。受け取り、もう一度、目を通すふりをする。

「ご主人が亡くなられた状況は、ある程度、分かりました。ただ先ほどおっしゃった、心臓の薬が栄養剤に替わっていたというのは？」

「警察から言われて、私も驚いちゃって。路上で亡くなったりした場合、警察も死因について調べるそうですね。で、心臓発作ってことが分かって。持病があったことを話したんです。ご主人は心臓の薬を携帯していませんでしたか、って訊かれたから、ジャケットのポケットに入れて、いつも持ち歩いていたはずですって答えました。ニトロール錠っていう薬です。でも、主人のジャケットに薬が見つからなくて、じゃあ、発作を起こして苦しくなったときに飲んだんだろうって調べたらしいんですけど、薬の成分が検出されなかったようで。その後、家にある薬を見せてほしいって言われて渡したんです。薬局でもらった薬の袋にごそっと入っているのを、外出するときに小さいビニール袋に入れ替えて持ち歩いていました」

薬、と言った島岡のかすれ声が蘇《よみがえ》る。彩は彼のジャケットのポケットを探り、薬を見つけたのだ。真由美の言う通り、ビニールの小袋に入っていた。処方箋薬局で渡されるシートで分けられた錠剤が。

「警察が調べたら、薬局から渡された袋の中には心臓の薬と栄養剤が半分半分入っていたとか」

「半分半分？」

「そうなんですよ。すごくよく似た錠剤だったそうで。最近は主人が発作を起こすこともなかったので、薬を飲む必要もなく、袋を開けることがなかったんです。病院にもずっと行ってなくて、家にあった薬は前にもらったものだと思います。中に入っているのは、ニトロール錠だとばかり思ってました。いつの間に、そこに栄養剤が混じってしまったのか、全然、分かりません」

伊藤がお茶を運んできたので、新聞記事を見せ、真由美から聞いた話をかいつまんで伝える。

伊藤は新聞記事に目を通したあと、お気の毒なことでした、ともう一度、真由美に言った。真由美はうなずいて続ける。

「それでもって、警察はなんだか私のことを疑ってるみたいで。お葬式やなんかで大変なときに、事情を訊きたいとか言ってくるし、ほんとに何がなんだか分からなくなっちゃって」

最初の緊張感が薄れてきたせいか、言葉遣いもどんどんくだけてくる。目を充血させ、口をへの字にしてハンカチを握りしめている真由美は、まるで子供だ。

島岡はきっと真由美のことを大事にしていたんだろうな、と思った。幸せにしてやりたいと思ったはずだ。同時に、心臓の病のために普通の夫婦生活を持てないことをどれほど心苦しく感じていたことか。

「お茶でも飲んで、一息ついてはいかがですか」伊藤が優しく言う。

真由美は素直にうなずき、湯呑みに口をつけた。伊藤がいれてくれるお茶はそれほど熱くはないはずだが、猫舌なのか、ふうふう冷ましながら飲んでいる。

しばらくすると、湯呑みをテーブルに置き、真由美は姿勢を正した。

「お願いします。力になってください」

頭を下げられ、彩の方が驚いてしまう。

「私、主人の言葉を思い出したんです。何かあったら貴船先生に相談しようって言っていたのを。それできょう、ここに来たんです。よろしくお願いします」

すがるような目で彩を見る。

「まあまあ、そんなに硬くならないで」伊藤が母親のような口調で真由美に話しかける。「貴船先生だったら大丈夫。きっと力になってくれますから、なんでも話してみたらいいですよ」

「ありがとうございます」

冗談じゃない、と叫びたい気分だったが、もちろんそんなことはできはしない。当惑を押し隠して、話を聞く態勢をとる。

「警察に疑われて、あれこれ質問されるのが耐えられないんです。まるで私が財産狙いで主人と結婚して、心臓の薬をわざと栄養剤にすり替えたみたいに」

「警察への対応を私にご依頼なさりたいのでしょうか」と彩は確認した。

「そうです。それと疑いを晴らしてもらいたいんです。私が財産狙いなんかじゃないってこと、薬をすり替えたりしてないってこと」

「なるほど」

普通に考えれば、どんなことをしてもこの依頼は断るべきだろう。しかし、断るための正当な理由も見つからず、伊藤もそばにいれば事務所の奥に所長の目もある。適当にごまかすことなどできない。そしてもう一つ、彩自身も興味を引かれていた。薬をすり替えた、ということについて。そういう事実があったのかなかったのか。とても断るわけにはいかなかった。

「伊藤さん、書類を」

彩が言うと、伊藤はさっと腰を浮かし、クライアントから正式に依頼を受ける際に記入してもらう用紙を持ってきた。真由美の前に置き、ボールペンを差し出す。

「記入して頂けますか」

依頼人氏名、年齢、現住所、電話番号、紹介者の有無といった必要事項を記す欄が並んでいる。真由美は一つ一つ丁寧に書いていった。

「これでいいですか」

用紙を受け取り確認する。年齢の欄には二十六歳と書かれていた。島岡とはちょうど一回り違いだったわけだ。

彩が料金について説明するのを真由美は軽くうなずきながら聞いていた。そしてもう一度、よろしくお願いします、と頭を下げた。


「嘘だろ」と克己は言った。

「嘘じゃないのよ」

「なんだって、そんな依頼を引き受けるんだよ」

「断れなかったの。突然、事務所に現れて、すがるような目で私を見るのよ」

「それにしたって」

克己が黙り込む。戸惑い、困惑しているのだろう。あるいは呆れているのか。

帰宅するとすぐに彩は克己に電話をかけ、きょう真由美が訪ねてきたことを伝えたのである。彼女の依頼を引き受けたことも。

「しかし、本当なのかな。前に彩が島岡の相談に乗ってやったから、そのときの名刺を頼りに訪ねてきたっていうのは」

「嘘をついているようには見えなかったけど」

「その真由美ってやつが警察に疑われてるってのも、本当なのか」

「本当よ。所長のつてを使って確認したわ。今後、警察が真由美さんに何か訊きたいって言ってきた場合は、私も同席する予定」

「心臓の薬が栄養剤に替わっていたって言ったよな」

「半分だけね」

もしかして、と言って克己が考え込む。

「何？」

「島岡は真由美に殺されたのかも。亭主の浮気に感づいて、真由美がキレたってことも考えられる」

それは彩も考えないではなかった。袋に入っていた薬の半分を栄養剤にすり替えるのは、妻の立場ならそれほど難しいことではない。

真由美に会ったとき、島岡と私のことに気付いていたのではないかと、まず彩は思った。今も思っている。もし気付いていたとしたら、真由美は島岡を憎んでいた可能性もある、と。

しかし島岡自身も真由美も言っていたように、ここのところ島岡の体調は良かったのだ。もしも真由美が島岡に憎しみを抱き、彼の死を望んでいたとして、飲むかどうか分からない薬に細工をするのは効果的な方法だとは思えない。

それに、島岡の死を悲しむ真由美の涙、必死で彩に助けを求めてくる様子が芝居だとは、とても彩には思えないのだ。もちろん、きょう初めて会ったのだから、彩は真由美のことを何も知らないに等しい。子供じみた外見の裏で緻密な計算をし、巧みな演技で彩を欺いていないとは言い切れないのだが。

では、栄養剤と心臓の薬が混ざっていたのには、どういう意味があるのだろう。

真由美の話によれば、島岡家に親しく出入りする人間はいないというから、真由美が薬をすり替えたのではないとしたら、島岡自身がそうしたとしか思えない。なぜそんなことをしたのだろう。

「島岡は資産家だったんだろ？」彩の思いとは裏腹に無頓着に克己が言う。

「不動産を相続していたし、ネットを使った株取引でも利益を得ていたようね」

「財産ほしさに、真由美が島岡を亡き者にしようとした。その可能性もあると警察は考えているわけだ」

「そのようね」

「俺も警察に賛成したい気分。真由美は二十六歳。結婚したのが四年前だとしたら、二十二だ。そんな若い女が、心臓に問題を抱えるひ弱な男と一緒になりたいって思うかな。

財産目当て以外にさ」

「人間性に惹《ひ》かれていたのかもしれない」

彩の言葉に克己が黙る。しばらくしてから言った。

「彩もそうだったのか」

「え？」

「島岡の人間性に惹かれていたのか」

少し考えてから答える。

「そうね。島岡さんには、相手をありのままに受け入れてくれるところがあった。うまく言えないけど、一緒にいると、ほっとしたの」

「ふうん」

島岡の隣に横たわったときの安堵感。会って、軽く食事をし、添い寝をするだけ。愛人関係とも呼べない淡い付き合いだった。けれど、あんなに安らげる関係を、男性との間に築けたことは今までない。彩にとって島岡は、横たわっている間に疲れを吸い取ってくれる低反発枕のようなものだった。

なのに、その島岡の命を救えなかったどころか、救う努力さえしなかった。そして、遺体を放置しにいく克己を見送ったのだ。

なんということをしてしまったのだろう。そして、克己になんということをさせてしまったのだろう。

島岡の死に不審な点を感じ取ったのか、警察は真由美に目を付けているという。

島岡が事務所で倒れたときにすぐ救急車を呼んでさえいれば、こんなことにはならなかった。

今さらどうにもならない悔いが、泥水のように彩を呑み込んでいく。

「彩、何考えてるんだよ」克己が低く訊く。

「いろんなこと」

「考えちゃだめだ」

「そんなの、無理よ」

「だめだ。彩は何も考えるな。島岡のことは忘れるんだ。できれば、真由美って女にも関わらない方がいいけど、依頼を引き受けてしまったんならしょうがない。他の依頼人に対するのと同じように接するんだ。引き受けた分だけ仕事をして、それでおしまい。さっさと縁を切る」

「そうね」

「そうだよ。できる？」

「難しいけど、やってみるわ」

「彩」

「何？」

「彩は少しも悪くないんだよ」

そんなことを言ってくれるのは、世界中で克己ただ一人だけだろう。

「主人は以前、会社に勤めてたみたいですけど、私と知り合ったときは、家で仕事をしてたんです。毎日の通勤もしんどいし、親父《おやじ》も歳だから一人にしておけない、それで在宅で仕事をすることにしたんだ、って言ってました。私、ヘルパーの仕事をしていて、主人の家にお手伝いにいってたんです。家政婦みたいなものです。お義父《とう》さんの介護もしました。最初、お義父さんに気に入ってもらって、そのうち主人とも仲良くなって、だんだん家族みたいな感じになって、で、結婚しようってことになったんです。そのときも主人は、自分の身体のことを気にして乗り気じゃなかったんですよ。健康な若い男を探した方がいいよ、なんて泣きそうな顔で言うんです。切なくなりました。それで、私の方が積極的に結婚を進めちゃいました。私、もともと年上の男の人が好みだし、誰かのお世話をしてあげることが好きなんです。私が頑張ってお世話をして、主人をいつかは元気にしてあげるって思ってたんです。でも、主人の方が気にしてたみたい。結婚してすぐ、何度か狭心症の発作を起こしたことがあったんです。安静にしてなくちゃならない時期があって。悪いね、ってよく言ってましたから。謝ることなんてないのにって、私は思ってました。栄養バランスを考えた食事を作ったり、主人の体調に気を配ったり、疲れてるときにはマッサージしてあげたり、いつでもそばにいて手を貸してあげたいって思ってました。主人のために何かできるっていうのが、私は嬉しかったんです」

歩きながら彩は、真由美の話を反芻《はんすう》する。

翌日、改めて真由美に会い、詳しい話を聞いたのだ。

少し甘ったれた口調で語る真由美だったが、内容は母性的な、甘えとはほど遠い包容力を感じさせるものだった。

ふと彩は不思議になる。

こんなに妻に愛されていたのに、なぜ島岡は私と会っていたのだろう？　てっきり島岡は妻とうまくいっていないのだろうと思っていた。けれど違った。真由美は島岡のために献身的に尽くしていた。愛情を持って、夫を大事にしていた。彼女は世話女房タイプで、島岡のような状況にある男性にとっては、得難い妻だった。

献身。

それが重かったのだろうか。

尽くされたら、その分、何かを返したくなる。返さなくてはならないと思う。けれど、それができなかったら……。

真由美の話には、まだ続きがある。

「ここのところずっと主人の体調が良くて、病院に通うこともなくなりました。それで、そろそろ子供を作れるかなーって考え始めたんです。私、もともと子供が好きだし。それに、こんなことを言うと変かもしれませんけど、義父が亡くなって、主人の病気も良くなってきて、お世話をする相手がいなくなるのが、なんだかちょっと寂しいっていうか、手持ち無沙汰っていうかそんな感じになってきちゃったんです。それで、子供がいたらいいなーって思いました。主人もそうだなって賛成してくれて、二人で頑張ることにしたんです」

真由美の言葉を、彩は複雑な思いで聞いた。

彩と会っても、添い寝だけの関係しか持てないことを負い目に思っていた島岡。夫婦の営みもないと言っていた。妻も諦めているようだと。けれど、真由美は二人で頑張ることにしたのだと言う。

「実は、人工授精にチャレンジしていたんです」真由美が言う。

「人工授精？」

「はい、こんなことまでお話しする必要はないかもしれませんけど……」真由美が上目遣いに彩を見る。

「差し支えなければ聞かせてください」

真由美はうなずいて、話し続ける。

「私たちの間には、夫婦の関係がありませんでした。セックスレスだったんです。できないって主人が思い込んじゃってるようなところがあって。それで専門のクリニックに相談に行ったんです。まず検査をしてみましょうってことだったので、主人も私も検査を受けました。その結果、精子の数が少ないっていうのが分かったんです。先生から、普通に妊娠するのは難しいかもしれない、人工授精という選択肢もあるって言われました。主人の身体が丈夫になれば自然に妊娠できるって、私は単純に思っていたので、それを知ったときはショックでした。今までは、子供、子供って焦る気持ちは全然なかったのに、急に不安になっちゃって。でも、主人の方がショックだったはずですよね。それで、気持ちを切り替えて、人工授精を真剣に考えようって思ったんです。定期的にクリニックに通っていました。あの日もそうだったんです。主人が亡くなった日。昼間、二人でクリニックに行ってたんですよ。そのせいで疲れてしまったんだと思うんですけど、家に帰ってから主人はしばらく休んでいました。でも、夕方になったら出かけてくるって言い出したんです。気分転換に行くんだなって思って、あまり気に留めていませんでした。でも、夜の十時になっても帰ってこないし、どうしたんだろうって心配になり始めました。そうしたら、警察から連絡があって……」

あの晩、中津川事務所を訪ねてきた島岡は、少し疲れた顔をしていた。島岡の食が細いのはいつものことだったが、食事を終えたあと、すぐにソファベッドに横たわり、寝息を立てていたのは、やはり普通ではなかった。

不妊治療や人工授精のための検査は、女性だけでなく男性にも、肉体的、精神的にかなりの負担を強いるものだと聞いたことがある。

島岡はひどく疲労していたのだ。それなら家で休んでいることもできたはずなのに、彩に会いにきた。妻との間に子供を望みながら、一方で、彩の傍らに身体を横たえたいと彼は思っていた。

彩の中にあるのは、真由美への嫉妬ではなかった。ましてや、島岡の疲れた身体を癒せるのは妻ではなく私だ、などという思い上がりでもなかった。ただ、島岡が心の中に抱え込んでいた幾筋かの思いに、何かひどく痛ましいものを感じただけだった。


真由美の言葉を頭の中で辿《たど》り直しているうちに、目的の場所に着いた。

島岡が心臓病の治療に通っていたという個人病院である。前もって電話をして、担当医師に面会の予約を取り付けてある。

循環器科の受付で来意を告げると、しばらく待つようにと言われた。

薄いクリーム色の壁。ベージュのソファ。明るい雰囲気の待合室だが、病院特有のこの空気はどうにもならない。人々の不安や恐れが混じり合っている。バイク事故で入院していたあのときが蘇ってくる。

彩は目を瞑った。

お待たせ致しました、という声で目を開ける。受付の女性が彩に向かって呼びかけていた。

「一番の診療室へどうぞ」

ソファから立ち上がり、診療室に向かう。ノックをして、失礼します、と言いながら中に入った。

「どうぞ、かけてください」眼鏡をかけた中年の医師が言う。

きょうはどうしました？　と続けて訊かれるのではないかと思ってしまう。訊いてほしいと願っているのかもしれない。訊かれたら、全てを打ち明けてしまいたい。そんな気持ちになる。が、違った。

「島岡義男さんに処方した薬の件ですね」と医師は切り出したのだ。

「はい。島岡さんは狭心症を患っていたと聞いています」

手元の書類に目を落としながら、医師が言う。

「ええ。しかし、ここ半年以上は来院してらっしゃいませんでした。最後に薬を処方したのは、七ヶ月前ですね」

「体調が良かったということですよね？」

「だと思います。しかし、急性の心筋梗塞で亡くなられたわけですから、体調が万全だったとは思えないのですよ。何かしら不調があったはずなんです。自覚がなかったのかもしれませんが」

「なるほど。それでお薬の件ですが？」

「処方していたのは、通常の硝酸薬ですよ。ニトログリセリン錠というのを聞いたことがおありでしょう。島岡さんに処方していたのは類似のニトロール錠というものです」

　真由美から聞いていた通りである。

「島岡さんは、その薬と栄養剤を同じ袋に入れて保管していたそうなんです。二種類の薬は見かけ上、よく似ていたとか」

　医師はちょっと肩をすくめた。患者が自宅でどんなふうに薬を保管しているかまで、目を光らせてはいられないと言いたいのだろう。

「ニトロール錠と一緒に栄養剤も処方していたのですか」彩が重ねて訊く。

「最近はニトロール錠だけです。以前、風邪気味だと言っていたときに、栄養剤を出したこともありますが」

「そうですか」

「しかし、いくら似ていたとはいえ、大きさや形状が全く同じということはないですから、区別はつきますよ」

錠剤はシートに入っていた。落ち着いた状態で確かめれば区別はつくだろうが、焦っているとき、たとえば発作に襲われたようなときは、見極める余裕がないのではないだろうか。

「実は、警察からも同じような問い合わせがあったんですよ。薬の種類や保管の仕方について」

「そうでしたか」

「警察は、二種類の薬を混ぜたのは、島岡さん以外の人間だと考えているようでした」

彩はうなずいて、先を促す。

「ですがね、なんでそんなことをするのかが分からない。そもそも島岡さんは、薬を飲む必要があまりなかったのです。最近は体調もよく、狭心症の発作を起こすこともなくなっていましたから」

「つまり、誰かが悪意を持って心臓の薬に栄養剤を混ぜておいたところで、薬そのものを飲む機会がないのだから、意味がないということですか」

「ええ」

「ですが、島岡さんは発作に襲われ、亡くなりました。これは事実です。島岡さんは常に薬を携帯していたそうですが、発作を起こしたときに持っていたのが栄養剤だった可能性がある。そのせいで、発作が治まらなかったとは考えられませんか。亡くなったのはそのためだと」

いえ、と言って医師が首を横に振る。

「先ほども申しましたが、心筋梗塞の発作でしたから」

「どういう意味でしょう？」

「狭心症で亡くなることは稀《まれ》で、狭心症から心筋梗塞になったときに急死する可能性が高いんです。島岡さんの場合も、心筋梗塞で亡くなったと聞いています。彼の場合、狭心症はかなり良くなっていました。体調が良かったせいで、ご本人が無理をしてしまったのかもしれませんね。ストレスもあったでしょうし、疲労が蓄積していたのかもしれません。それが心筋梗塞の発作の引き金になったとも考えられます。だとしたら、ニトロール錠は効きません」

「え？」

「ニトログリセリン錠やニトロール錠のような硝酸薬は、狭心症のための薬です。心筋梗塞の胸痛には無効です」

「では、島岡さんが発作を起こした際にニトロール錠を持っていたとして、それを飲んでも治らなかったんですね」

「そうです。心筋梗塞の場合は、一分でも早く専門の病院へ運んでもらわなければなりません。また、既に心停止を起こしている場合は、そばにいた人が心肺蘇生処置をするかどうかがキーになります。救急への迅速な連絡、そして心肺蘇生処置、どちらも人の手にかかってくることなんです」

そばにいた人……。

私だ。

私しかいなかった。

ふいに目眩《めまい》を覚えて、彩はこめかみに手を当てる。

「どうしました？」

「大丈夫です。少し貧血気味で」

「一度きちんと検査を受けた方がいいですよ」

「そうですね」まだこめかみに手をやったまま応じる。

医師は気遣わしげな目で彩を見やり、貧血検査の必要性について繰り返した。

「近いうち、検査を受けることにします」彩は努力して微笑みを浮かべてみせた。

医師に礼を言って、病院をあとにした。

同じ袋に栄養剤と狭心症の薬の両方を混ぜて保管していたというのは、真由美がそうしたのか、島岡が自分でしたのかは分からないが、確かに不思議なことではある。が、そのことが島岡を死なせたわけではない。医師の説明によれば、心筋梗塞にはどっちみち狭心症の薬は効果がなかった。

警察も既にその辺りのことは承知しているだろう。薬の保管方法の不自然さと、真由美が相続することになる資産から、裏があるのではないかと勘繰って事情を訊いてはみたものの、島岡の死は心筋梗塞によるもので、真由美が関与していた証拠は何もない。今後、真由美に事情を訊くことはもうないのではないだろうか。

そのことを真由美に伝え、早く安心させてやらなくてはならない。書面で伝えるのは明日にして、とりあえず電話をかけて口頭で説明すればいい。

分かっているのに、彩は電話をかけるのを躊躇《ためら》った。簡単なことなのに、できない。今聞いてきた心臓病の薬についての情報を伝えるのは、自分で自分を糾弾することだった。

駅へ向かう途中にあったセルフサービスのコーヒーショップに寄る。疲れていた。とにかく座って休みたい。それしか考えられないほどに。

カフェオレを買い、空いていたテーブルに座る。身体がどんどん沈み込んでいくような気がする。

医師の問いかけに貧血気味だと言ったのは、その場しのぎの嘘だったが、なんだかそれが本当になってきたようだ。頭がぐらぐらする。

午後四時。

本来なら、事務所に戻ってもう一仕事という時間だ。

でも、きょうは帰ろう。

携帯電話を取り出し、伊藤に宛ててメールを打った。体調が悪いので、きょうは外出先から直帰します、と。すぐに返信が届く。

〈大丈夫ですか。質《たち》の悪い風邪がはやっているようですから、気を付けて〉

優しい言葉をかけてもらう価値など、私にはないのに。

こみ上げてきた涙を呑み込んでしまおうと、彩は顔を上げた。店の中を見渡す。

ドアが開いて、男性が一人入ってきた。少し長めの髪。男性にしては肩幅が狭く、線の細い印象。デニムのパンツにレザーのジャケットがよく似合っている。

一瞬、島岡がそこにいるような気がした。彼とこの店で待ち合わせしていたような錯覚に陥る。

「カプチーノ、レギュラー」男性が注文する。

「はい、カプチーノ、レギュラーですね」

店員が復唱して確認し、金額を告げる。小銭入れを取り出して、男性が支払う。

コーヒーを受け取り、彼は窓際のカウンター席に座った。

後ろ姿を凝視してしまう。

もちろん、島岡ではない。そんなことは分かっている。島岡はコーヒーを飲まなかった。

それ以前に、島岡はもういない。

マンションに帰ると、着替えもせずに彩はベッドにもぐりこんだ。ブランケットを身体に巻き付け、目を瞑った。眠りたかったが、頭の芯は冴《さ》えている。

じっとしていると、ブランケットの中が温まってくる。

島岡と会うのは、いつも都内のホテルだったから、彼が彩の部屋を訪れたことはない。彩のベッドに二人で横たわったこともない。島岡となら、ブランケットの暖かさを分かち合いながら、この部屋で心地よく過ごせただろうけれど。

誰にも言えずにいることだが、彩はセックスが怖い。快感など、感じたことがない。しないで済むなら、こんなに嬉しいことはない。

これまで、親しくなった男性がいなかったわけではない。男性は、当然ながら身体の関係を望んだ。彩も可能な限り、それに応えようと努力した。拒絶したことはなく、なんとか身体を開いてきたつもりだ。けれど、あるとき男性が言ったのだ。

「何か俺がひどいことをしているような気分になる」

そんなことない、と彩は懸命に言った。私、こういうことがあまり好きじゃないだけなの、と。

じゃあ、俺が好きにならせてやるよ、などと男性も笑っていた。けれど、それは最初だけ。

「彩は少しも幸せそうじゃない。俺がどんなに愛しても、彩は少しも喜ばない」

男性はとても悲しそうだった。

時間が経てば、慣れていけば、変わるのではないかと彩も相手の男性も思っていた。けれど、ダメだった。むしろ、親しくなればなるほど彩の身体は強《こわ》ばってしまう。相手への信頼感と身体の反応は正比例するはずなのに、彩の場合は違った。

男性の身体の下になった途端、さまざまな場面が浮かんでくる。病院にいた父の痩せ細った身体、よそゆきの服で出かけていく母、再婚することにしたから、と母から告げられた夜、弁護士を目指して勉強に明け暮れた日々、大学時代からずっと親しかった友人、そして克己。目を血走らせ、灯油のにおいの立ちこめる部屋に立っていた。バイクで疾走した国道、事故、病院。

男性が彩の身体の上で、懸命に悦《よろこ》びを与えようとすればするほど、過去のシーンが彩を苦しめた。

彩はぎゅっと目を瞑り、両手でシーツを握りしめる。全身が強ばり、鼓動が激しくなる。

「そんなにいやなのか」突然、男性が動きを止め、彩の身体から離れた。「そんなにいやがられることを、俺はしてるんだろうか」

はっと我に返った彩は、大丈夫よ、と彼をもう一度、自分の中に導き入れようとした。

彼は彩の顔を見下ろし、別れようと言ったのだ。

以来、男性と付き合うのが怖くなった。付き合えば、自然に身体の関係へと進んでいく。そうなったとき、相手を傷つけてしまう。苦しめてしまう。そしてもちろん、彩自身も傷つく。

だったら、もう誰とも付き合わなくてもいい。男性から誘われることがあっても、彩は断った。愚痴や泣き言は克己が聞いてくれる。励ましてもくれる。それでもう十分だった。

なのに、なぜ島岡からまた会おうと言われたとき、そしてホテルの部屋に誘われたとき、躊躇いもなくうなずいたのか。

単純に、話していて楽しかったのもあるし、生臭さの微塵も感じられない、島岡の佇《たたず》まいが好ましかったのも、もちろんある。けれど、それ以上に、心臓に持病があると彼が打ち明けるのを聞いたときに、妙な安心感を覚えたことが大きい。この人なら性に対して貪欲ではないんじゃないか。私がセックスを恐れているのを理解してくれるのではないか、そんな予感があったのだ。

結果は予想していたよりももっと、彩には好ましいものだった。初めてホテルの部屋で二人きりになったとき、島岡は、ごめん、できない、と言った。とても済まなそうに。

けれど、彩はその言葉を、これ以上ない安堵とともに聞いた。

男性の方から、できない、と言ってくれるなんて。

そして、ただ添い寝をして過ごした。その後も会うたび、ただ身体を添わせて横たわり、うつらうつら眠ったり、とりとめもない話をするのが、彩と島岡の逢瀬だった。

奇跡のようだと彩は思った。身体の関係を求められたら応じなくちゃ、うまくやらなくちゃ、という義務感と強迫観念を一切持たずに、男性と一緒にいられること。

島岡はかけがえのない存在だった。

なのに……。

彩は両手に顔を埋《うず》める。

なぜ、あのとき救急車を呼ぶのを躊躇ってしまったのか。

なぜ、マスコミに取り沙汰されるのをあんなに恐れてしまったのか。

なぜ、私はこんなに弱い人間なのか。

なぜ、なぜ、なぜ……。

携帯電話の呼び出し音が響いた。ベッドから手を伸ばし、サイドテーブルの上の電話を手に取った。克己からだった。

深く呼吸をしてから、通話ボタンを押す。

「もしもし」

普通に応じたつもりだったのに、彩の声はかすれていた。

「彩、大丈夫か」

大丈夫とも、大丈夫じゃないとも言えずに、彩は黙る。

「飯、食ってないだろ？」決めつけるように克己が訊いてくる。

時計を見ると、午後七時を過ぎている。そろそろ夕飯の時間ではあった。

「食欲がなくて」

「そんなことだろうと思った」苦笑している気配。「電話してよかったよ」

「そのうち、食べたくなったら食べるわ」

「だめだよ。食わないに決まってる。今、近くにいるんだ。迎えに行くから、これから食事に行こう」

「え？　近くにいるの？」

「うん。角のコンビニの前」

「だったら部屋に来る？」

「いや、いいよ。ここで待ってる」

「あんまり出かけたくないんだけど」

「いいから、早く支度しなよ」

それだけ言って、克己は電話を切ってしまった。

待っていられると思うと、いつまでもベッドでぐずぐずしているわけにはいかなかった。

洗面所に行って、鏡を覗く。ひどいありさまだった。髪が乱れているのは横になっていたから仕方がないとして、口角の下がった口元とどんよりと曇った目は自分ではないような、まさにこれが今の自分であるような、いずれにしても見ているとよけいに気分が下降していく。

顔を洗い、手早く化粧をし、髪をさっと梳《と》かす。無理矢理、笑顔を作ってみる。ちっとも楽しそうではないが、少しはましだ。着替えるのは面倒だったので、仕事のときに着ていたスーツのままで出かけることにする。しわにはなっているが、気にすることもないだろう。

マンションを出てコンビニに向かう。路肩に見覚えのある車が停まっていた。歩み寄ると、克己が気付いたらしく、車を降りて彩を迎えてくれた。眉根を寄せ、上から下まで視線を動かして彩を見る。

「この服、変？」心配になって彩が訊いた。

「いや」

短く言って、克己は助手席に回り込み、ドアを開けた。彩が乗ってから克己は運転席に座り、すぐに車を出す。

「何食べたい？」

「何でもいい」

「どんなものなら食べられそう？」

「分からないわ」

それ以上、克己は訊いてこなかった。車を停めたのは、ごく普通のファミリーレストランだ。食材や味付けにうるさい克己にしては珍しい。

「こういうところなら、何かしら食べられるものがあるんじゃないかな」と克己は言った。

店に入る。食欲はなかったが、野菜のスープとパンを頼んだ。克己は煮魚の和定食。

「きょう、島岡が通ってた病院に行ったんだろ？」

「ええ」

「何か分かった？」

うなずき、彩は胸に手を当てる。

きょう分かったことを克己に伝えなくちゃ、と思うのに言葉が出てこない。島岡と真由美がどんな夫婦だったかについても、まだ克己には詳しい話をしていない。話さなければならないことが、いくつもある。

「彩？」

　克己が心配そうに見ている。彩はただ黙って見返した。ファミリーレストランの明るい照明の下で見るせいだろうか、克己はとても顔色が良く、健康そうだった。

「話は食べてからでもいいよ」克己が言う。

「そうね」

「大丈夫か？」

「克己は？」

「うん？」

「克己は大丈夫なの？」

　彩はそれが知りたくてならなかった。

　なぜ、克己はこんなに落ち着いていられるのだろう。そう見せているだけなのか。それとも、本当に落ち着いているのか。

「克己？」覗き込むようにして訊く。

　克己は苦笑を浮かべただけだった。

第五章　帰　郷

島岡の妻からの依頼を引き受けるなんて、彩の人のいいのには呆れる。何か適当な理由をこじつけて断ってしまえばいいものを。

警察が島岡の妻に疑惑の目を向けているのなら、好都合ではないか。わざわざ疑いを晴らしてやる必要などない。

フィットネスシューズの紐をぎゅっと結びながら克己は考える。

栄養剤と狭心症の薬を一緒くたに保管していたことや、外出の際に栄養剤を携帯していたのは、おかしな話だ。病に怯える人間がそんなことをするとは思えないから、身近な人間、つまりは妻の仕業に決まっている。島岡の妻は夫の浮気に気付いて、ひそかに憎しみを募らせ、夫が死んでくれるのを願っていたのではないのか。自らの手で殺害するといった積極的な行動をとるつもりはなかったとしても、狭心症の薬と栄養剤を混ぜて保管しておくことで、あわよくば夫が発作を起こしたときに薬が効かず、そのまま死んでくれたらいいな、くらいは思っていたに違いない。

そもそも島岡が彩と付き合っていたことからして、彼ら夫婦の不協和音の証拠。妻とうまくいっていたら、よその女に手を出したりはしないだろう。だとしたら、あの日、彩の事務所で島岡が息を引き取ったのは、夫婦間のごたごたが引き起こした結末ということになる。彩が責任を感じる必要はまったくないのだ。なのに、彩ときたら昨夜もひどくやつれた顔をしていた。食欲がないと言うのを、食べなきゃだめだよと半ば強制的に食べさせたのだ。

野菜スープを一口一口、ようやくのことで飲み込みながら、彩はその日分かったことをおしえてくれた。島岡のかかりつけの病院で、医師から聞いてきた話である。島岡が狭心症の薬の代わりに栄養剤を携帯していたのは不思議ではあるが、たとえ狭心症の薬を持っていたとしても、あの晩の島岡の発作は心筋梗塞によるもので、狭心症の発作ではなかったため効力はなかったということだった。

「心筋梗塞の発作の場合、そばにいた人が、どれだけのことをしてあげられたかが大きく影響してくるそうなの。救急への迅速な連絡、心肺蘇生処置、そういったこと」と彩は言った。

島岡の死の責任は自分にあると言っているのと同じことだった。

今さら悔やんでも、責任を感じても、どうなるものでもないのに。

まったく彩ときたら……。

「克己先生、お願いします」

声をかけられてはっとして顔を上げた。目の前で微笑んでいるのは、ジョーカーズ常連の女性資産家だ。

「こちらへどうぞ」

ストレッチのためのスペースに案内する。

「久しぶりだわ。克己先生にストレッチからじっくりコーチして頂くのって」

「そうですね」

軽く応じながら、カルテに目を通す。前回、彼女のトレーニングを担当してから、一ヶ月近くが経っていた。

「だいたい一ヶ月ぶりですね」

克己が言うと、彼女は軽く睨んだ。

「克己先生ったら、ずっと私のことを放っておくんだもの。自己流のトレーニングをしてたから、なんだかお腹周りがたるんできちゃって」

「そんなことないですよ。コンスタントにトレーニングをしてらっしゃるから、いい感じに引き締まっています」

「あら、やあねえ。私のお腹を見ないでよ。恥ずかしいじゃない」ぴしゃっと克己の腕をぶつ。

苦笑いしていると、こんにちは、と声をかけられた。別の会員が通りかかったのだ。二十歳の女性である。

「休憩ですか？」克己が訊く。

「ええ」

短く答えて、彼女は休憩用のスペースに向かう。どこかのヒップホップ・ダンスチームに入っているという彼女は均整のとれた身体をしており、ジムでは、もっぱら筋力トレーニングに励んでいる。全てはダンスのための身体作りだと言っていた。

「よそ見しないの」女性資産家が言う。「克己先生も、やっぱり若い子がいいのねえ」

「そんなことありませんよ。さあ、始めましょう。楽な姿勢で座ってください」

「はあい」

女性があぐらを組んで座る。

「目を瞑って」

ストレッチに入る前、三分ほど瞑想《めいそう》の時間を設けている。ゆったりとした呼吸をすることで、筋肉に酸素を行き渡らせ、ほぐすのだ。克己も同じように瞑想の姿勢を取りながら、もう一度、ダンサーの女性に目をやった。姿勢良くまっすぐに立ち、スポーツドリンクを飲んでいる。壁に手を置き、時折、軽く足を上げる。バレリーナのようにしなやかで美しい。決して大柄ではないのに、姿勢が良く動作の一つ一つが伸びやかなせいか、とても背が高く見える。

彩に似ている、と克己は思った。正確には、事故に遭う前の彩に。

ライダーズスーツに身を包んだ彩は、手足が長くほっそりとしていて、動きが滑らかなせいか、それほど背が高くないのにとても大きく見えた。いつも視線をわずかに上に据えているせいで顎が上がり気味になり、それがまた彩の毅然《きぜん》とした雰囲気によく合っていた。

なのに……。

今の彩は、俯き加減でいることが多い。彩は努めて明るく振る舞っているが、克己は知っている。

待ち合わせの店にやって来るときなど、決まって彩は俯き加減に歩いている。目元が翳り、ひどく寂しそうに。けれど克己がいるのに気付いた途端、それが一変するのだ。表情が明るくなり、丸めていた背がまっすぐ伸び、引きずっている足でさえ軽やかになる。

「克己」と伸び上がって手を振ることもある。

会うのを喜んでくれているのは、嘘ではないだろう。けれど、それ以上に彩は克己に気を遣っている。心配をかけまいとしているのだ。

彩の足をあんなふうにしてしまったのは俺だ。

彩は、そんなことない、事故だったのよ、私が悪いの、と言うだろう。しかし、これはごまかしようのない事実。バイクのリアシートから、もっと飛ばして、と叫んだのは克己だった。あの晩、彩が克己を乗せて疾駆するしかない状況を作り上げたのもまた克己だった。

克己は奥歯を嚙みしめる。

休憩スペースにいるダンサーの女性に、若い男性会員が何か話しかけている。彼女は愛想のいい顔で応じている。男に話しかけられても、少しも臆するところがない。自分に自信がある証拠。

彩は男性に対して臆病だ。弁護士というステータスのある職業、彩の美貌と聡明さとを考えれば、今まで誘いがなかったはずがない。足を引きずっていることも、男にとっては庇護《ひご》してやりたいという気持ちをかき立てられこそすれ、マイナス要因ではないはずだ。彩さえ望めば、どんな男とだって付き合うことができただろう。にもかかわらず、彩が選んだのは島岡だった。

島岡さんには、相手をありのままに受け入れてくれるところがあった。うまく言えないけど、一緒にいると、ほっとしたの。と彩は言った。それを聞いたとき、克己の中の血がたぎりそうになった。

ありのままに受け入れてくれる？　ほっとする？　彩が望んでいたのは、そんなことなのかと思った。その程度のことなら、俺がいつだって与えてやれるじゃないかと。

「まだかしら」

資産家の女性が、かすかに身じろぎしながらつぶやいた。

我に返って、克己は時計に目をやる。瞑想を始めてから、そろそろ三分経つ。

「では最後に、もう一度、深く、深く、呼吸をしてください」

言いながら、克己はだめ押しのように考える。

俺のせいで、彩は男に対して臆病になってしまった。女性としてごく普通の幸せに辿り着けずにいる彩を思うとかわいそうでならないが、同時に、彩を他の男に渡さずに済むかもしれないのは幸運なことだとも思う。

島岡もいなくなった。

兜町に島岡を横たえたときのことを、克己は陶酔感を持って思い返す。

今の彩には俺だけだ。

島岡のおかげで、彩との間に強い絆《きずな》ができたのを感じる。

「はい、ゆっくり目を開いてください」

声をかけ、うっすら目を開けた女性に向かって克己は微笑みかける。

彩は俺だけのものだ。そして、俺は彩だけのものだ。彩がいるから生きていける。十六歳のあの日、バイクのリアシートで彩にしがみついたときからそう思っている。彩のためならどんなことだってする。何だってできる。いつ割れてもおかしくない薄氷の上だって、彩とならば歩いてゆける。

「ご気分はいかがですか？」

克己の問いかけに、女性はうっとりとした表情で答える。

「たった三分間でも、こうして瞑想しながら自分と向き合うと、生まれ変わったような気持ちになるの」

「よかった」と克己は応じた。


家に帰ると、留守番電話のメッセージランプが点滅していた。再生ボタンを押す。低い声が流れてきた。

「俺だ。元気か。たまには帰ってこいよ。とりあえず連絡してくれ」

父だった。

声を聞いただけで、げんなりする。げんなりしながら、妙な感慨を覚えてもいる。親父はこんな声をしていたんだな、こんな喋り方をしていたんだな、と思ったのだ。

あの晩以来、父とまともに会話を交わした記憶がない。それ以前は、なぜもっといい成績がとれないんだ、努力が足りない、お前のためを思って言ってるんだぞ、彩にできてお前にできないわけがない、と口を開けば克己を鞭打《むちう》つ言葉を連発し、手を上げることになんの躊躇いもなかったくせに、バイク事故が起きた夜、別の言い方をすれば、克己が家に火を放とうとしていた夜を境にして、父は借りてきた猫どころか、麻酔銃で撃たれた虎のように大人しくなった。

怖がってやがる。

十六歳だった克己は、心の中でせせら笑った。と同時に、こんな腰砕けの男に圧迫され苦しんでいたのかと思うと、自分が悲しかった。憎む価値もないような男のために、自分の一生を棒に振らないでよかったとも思った。

その後は、もう克己の思うままだった。父などどうでもよかった。希望していた通り、東京の大学でスポーツ健康科学を学び、スポーツインストラクターになった。

大学進学と同時に家を出て以来、実家に帰ったのは祖母の葬式のときだけだ。彩は盆や正月に日帰りで実家を訪れるようだが、泊まることはないらしい。

「さっと行って、さっと帰ってくるだけ。だから、克己も一緒に行こうよ」と毎年誘われ、毎年断っている。

「来年は克己も連れておいでって言われちゃったわよ」静岡から帰ってくると、彩は決まってそう言うのだった。「お父さん、克己に会いたいのよ」という一言も添えて。

が、これまで父が克己に直接電話をかけてきたことはない。いったい、どうしたわけだろう。

たまには帰ってこいよ、と父は言った。連絡してくれ、と。

電話を睨みながら迷う。迷っている自分がいやだった。迷うのは弱い証拠だ。情けない。

さっさと電話してしまえばいい。

克己は受話器を取り、電話番号をプッシュした。三回目のコールで相手が出る。

「貴船でございます」

少し鼻にかかった声は、範子のものだ。昔も今も母とは思えない。克己はずっと心の中で、「範子」と呼び捨てにしていた。

「克己だけど」

「あら、まあ。克己くん。元気？　久しぶりねえ」

声のトーンが高くなる。懐かしい息子からの電話で、喜びに声が上ずっている、ともとれるが、喜んでいるふりをするのに一生懸命になり過ぎて上ずっているようにも感じられる。

「よかったわあ、電話をくれて。お父さんに代わるわね。ちょっと待っててね」

範子が離れた。

すぐそのあとに、もしもし、という少しくぐもって響く父の声を耳にして、なぜか息をつきたくなった。あれほど嫌悪し、憎んだ父だというのに、範子の声を聞いたあとだとほっとしてしまう。これはいったいなんなのだろうか。などと思っていたら、父の咳払いが聞こえてきた。

「克己か。俺だ」

克己は、ああ、とだけ応える。

「お前、この間、なんとかっていう雑誌に出てただろう?」

フィットネス雑誌でジョーカーズが紹介され、チーフ・インストラクターとして克己の写真が大きく掲載されたのである。

「知らせてくれればいいものを」

克己は黙っていた。

もとより、父に知らせるつもりなどなかった。スポーツクラブのインストラクターという仕事を、父が見下しているのは分かっていた。おそらく、父はそんなことはない、立派な仕事に就いた息子を誇りに思っている、と言うだろう。しかし、あの父である。そんな受け止め方をするはずがない。

他の人間をだませても俺はだませないぞと、克己は腹の底で思うのだった。

父は克己に、知的で社会的にステータスのある仕事に就いてほしいと望んでいた。その代表が弁護士であり医師だ。彩が弁護士になったのだから、それに比肩しうる別の職業と言えば、医師、というのが父の考え方だった。

「お前は弁護士よりも医者に向いている」

父はそう決めつけ、克己に勉強を強いるようになった。あのときの圧迫感を思い出すと、今でも胸苦しくなる。

「議員仲間でお前のことが話題になってな」と父が言う。

何年か前から、父が市会議員を務めているというのは、彩から聞いていた。地主の息子として生まれ、不動産業を生業《なりわい》としている父は、別の言葉を使えば、地元の名士なのである。立候補しないかという誘いは前々からあったらしく、社長とは名ばかりで不動産会社の経営のほとんどを人に任せ、暇をかこっていた父にとっては市会議員の職はもってこいだったらしい。

「たまには帰ってきたらどうだ」父が言った。

帰ってきてほしいと頼んだらどうだ、克己は心の中で言い返す。が、実際には口に出さない。父を相手にするときは黙するのが長年の習慣になっている。

沈黙が落ちる。父が何度か咳払いをした。やがて、考えてみてくれ。じゃあな、と言って父は電話を切った。

短く息を漏らしてから、克己は受話器を置いた。

バカにされたような気分だが、あれでも折り合おうということらしい。

「まったく」

苦笑まじりにつぶやき、シャワーを浴びるために克己はバスルームに入っていった。

翌朝、彩からメールが届いた。

〈お母さんから聞いたんだけど、昨夜、お父さんと電話で話したんだって？　克己、静岡に帰るのね？　何年ぶり？　克己が帰るなら、私も一緒に帰ろうかな。前から、日帰りじゃなくてゆっくり泊まっていきなさいって、お母さんに言われてるのよ。気分転換したいし。そうだ！　克己と一緒に、もう一度、いちょう公園に行ってみたいな〉

おいおい、と思う。昨夜の電話で克己が父親に向かって発した言葉は、ほとんどない。なのに、克己が帰省するのは半ば決定事項のようになっている。

ちょっと待ってくれよ、と言いたい反面、いちょう公園という単語に惹かれていた。

彩とよくボールを蹴りに行った公園のことを、子供たちは、いちょう公園と呼んでいた。いちょうの大木が、秋には黄金色の山のように見えることからついた呼称である。

彩と一緒に、もう一度いちょう公園に行く。

そう思ったら、父と話したときに覚えた苛立《いらだ》ちが霧散していく。

それに、今の彩にとって気分転換は是非とも必要なことだ。島岡の死後、彩はぴんと張りつめた糸のように見える。いつ切れてもおかしくない。気持ちを解放できるゆったりとした時間を持つことが、最優先課題である。

それにしても一泊か。実家に帰るだけでも気が重いのに、泊まるなんて冗談じゃないと言いたいところだが、彩のためだと思えば我慢できないこともない。

彩のメールを読み直し、少し考えてから克己は返信した。

〈今週末に休みがとれたら、一緒に静岡に帰ろうか〉

N市は伊豆半島の入り口に位置している。長く美しい海岸線と富士の眺めは、まさに宝だ。というのは、N市を離れた人間だからこそ思うことで、ここに暮らしていた頃は、富士にしろ、ちょっとバスか車で行けば、すぐに目にすることのできる青く輝く駿河湾にしろ、耐え難い日常の一部でしかなかった。

「やっぱり東京とは空気が違うよね。においっていうか、密度っていうか」

高速道路のインターを下りるとすぐに彩は車の窓を開けた。夕暮れ時の風が流れ込んでくる。

「生臭くないか？　死んだ魚の臭いがこびりついてる」

「潮の香りって言ってよ」彩がくすっと笑う。

それきり話が途切れた。彩とならば、沈黙は少しも気詰まりではない。

薄暗くなってきたのでフォグランプを点《つ》けた。

東京を出たのは、午後四時近かった。

土曜、日曜に休まれるのは困るんだよ、とジョーカーズのマネージャーに渋い顔をされ、いっそのこと実家に帰るのを取りやめようかと思ったのだが、父なり範子なりに事情を説明しなければならないと思うと、それもまた面倒で、土曜日のきょうは午前中から午後三時まで、明日は午後三時から夜まで仕事をすることで、マネージャーに了承してもらったのである。

仕事を終えてから急いで着替え、車に飛び乗ると、彩をピックアップして静岡に向かった。幸い、渋滞もなく順調にここまできた。

彩は窓の外を懐かしそうに眺めており、克己は無言で車を走らせた。

次第に実家に近付いていく。緊張しているなんてことは情けなくて認めたくないのだが、胃が痛み始めているのは事実だった。それを空腹のせいだと、克己は無理矢理、自分に言い聞かせる。実際、腹が減っていた。

お腹すかせてきてね、ってお母さんが言ってたわ、と彩から言われたのを忠実に守ったというより、単純に食事をする時間がなかったためだ。それほど忙しかった。

思い返してみると、範子の手料理をおいしいと思った記憶はない。範子はよく中華風の炒《いた》め物や天ぷらを作っていた。十代だった克己は、とにかくなんでもいいから腹に入れたくて貪り食っていたのだが、おいしいと思っていたわけではなかった。が、それを口に出したことはないから、範子はずっと克己が自分の料理を喜んでいたと思っているはずだ。またあの油っぽい料理を食べさせられるのかと思うとげんなりだが、実家に帰ると決めた以上、それも仕方がない。

国道を左に折れ、しばらく行く。その後もう一度、左折。緩い勾配の道を進んで行くと、周囲の民家よりも一回り、もしくは二回り大きく見える日本家屋が目に入る。こんもりとした庭木の緑。そこが貴船の家だった。

家の手前のだだっ広い場所は、ほったらかしにされている空き地のように見えるが、昔も今も、父が所有している月極駐車場だ。車十二台が停められるのだが、今、停まっているのは二台だけ。相変わらず、あまり需要がないらしい。

「空いてるところに適当に停めていいって言ってたわよ」駐車場を指さし、彩が言う。

入り口寄りのスペースが空いていたので、そこに車を停めた。

「さてと、行きましょうか」

トートバッグを手にして、彩が車を降りる。運転席のドアを開け、克己も地面に足を下ろした。駐車場の敷地は細かな石が敷き詰められている。靴底に当たるじゃりっとした感触。

「どうしたの?」すぐに歩き出そうとしない克己を、彩が振り返った。

「いや、なんでもない」

実家にまつわるあらゆること、親父が所有している月極駐車場の砂利の感触までが、耐え難く思えるのだと口にするのはやめておいた。

彩と一緒に家の門をくぐる。

手入れの行き届いた庭木。どこかの山奥から取り寄せた庭石の数々。

彩がインターフォンを押した。

間がある。

娘と息子が帰ってくると分かっているのだから、インターフォンが鳴ったら間を置かずに玄関が開けられるのが普通じゃないのかと思うが、この間はもしかしたら、お互いに必要なものなのかもしれないとも思う。

「はい」ようやく、インターフォン越しに範子の声がした。

「彩です」

「今、開けるわ」

少しすると、引き戸が開いて、範子が顔を覗かせた。

範子はきっちり化粧をしていた。五十代後半、もしかしたらもう六十になったのかもしれないが、運動と無縁に生きてきたらしき筋肉のまったく感じられない身体と、華やかさのある容貌は、おそらく父の世代の男にとっては魅力的な女性として映るだろう。彩とよく似た顔立ちなのだが、何かが決定的に違う。彩にある知性という要素を取り去って、計算高さに置き換えたら範子になるのかもしれない。

範子は、香水もずっと同じものを使っているらしい。甘ったるいにおいに覚えがある。香水のことなどまるっきり忘れていたのに、においを嗅いだ途端、さまざまな場面が思い出された。範子がこの家を頻繁に訪れるようになった頃のこと、そして正式に父の後妻として家にやってきた日のこと、ときどき範子は克己の部屋を勝手に覗くことがあったらしく、学校から帰ってきたとき、自分の部屋にそのにおいが残っていたこともあった。あのときの不快感、不信感までが一気に蘇る。

思わず顔をしかめそうになったのを横を向いてごまかした。その瞬間、彩が目に入った。引き締めた口元が歪んでいる。嘔吐《おうと》したいのを堪えてでもいるように見えた。

「よく来たわね。久しぶり」範子が克己に向かって言う。「克己くん、立派になっちゃって」

克己は無言で頭を下げた。

「さ、入って。お父さんも待ってるわ」

範子はぱたぱたとスリッパを鳴らして奥に消える。彩と克己は靴を脱いで、家に上がった。リビングルームに入ると、父がソファに座ってビールを飲んでいた。

「よぉ、来たか」

磊落《らいらく》に笑ってみせるが、父も緊張していたに違いない。すでに顔が赤く、額に汗が光っている。

「お父さんったら、待ちきれずに一人で飲み始めちゃったのよ」範子が笑う。

「彩ちゃんも克己も遠慮せずに飲みなさい。そっちのテーブルに行くかな」

グラスを手に、父はソファからダイニングテーブルに移る。テーブルの上には寿司桶《すしおけ》が置かれていた。手料理ではなく、出前をとることにしたらしいと思って、克己がほっとしていると、

「今、天ぷらを揚げるわね。克己くん、好きだったでしょ」と範子が言う。

「おかまいなく」

「やあねえ、他人行儀なことを言って」範子は笑いながら料理に取りかかる。

「私、手を洗ってくる。克己も一緒に行こう」彩に誘われ、洗面所に向かう。

「あらまあ、仲のいいこと」冷やかすような範子の声が聞こえてきた。

洗面所で彩は水を勢いよく出し、手を洗った。克己は後ろで行儀よく自分の順番を待つ。

昔と同じだ。

公園でボールを蹴ってきたあとなど、こうして順番に手を洗った。あのとき彩は克己よりも背が高かった。彩を見上げるようにしていたことを覚えている。けれど、今は彩を見下ろす格好になる。彩のほっそりとした首筋から、すんなりとした腕。守ってやりたいと痛切に思った。

「お待たせ。はい、どうぞ」昔と同じように言って、彩は場所を譲った。

手を洗い、ついでに顔も洗ってダイニングルームに戻る。

「克己、ほら」父がグラスを差し出した。

受け取り、ビールを注《つ》いでもらう。先にテーブルについていた彩のグラスには、すでにビールが注がれている。

「私も仲間に入れて」菜箸を持ったまま範子がやってきた。

余っていたビールを、父が範子のグラスにあけた。

「乾杯」父が言う。「再会を祝して、だな」

グラスを合わせ、一口だけ飲んだ。久しぶりに飲んだせいか、やけに苦く感じられる。

「すぐに天ぷらもできるから、先にお寿司食べていて」範子は慌ただしく、揚げ物へと戻って行く。

握りを一つつまんで口に入れてから、

「彩ちゃん、相変わらず忙しそうだね」父が妙に柔らかな声音で言った。

「ええ、まあ」

「テレビにも出てるし、大したもんだよなあ」

「そんなことないですよ。冷や汗かきながらなんとかやってます。テレビ、向いてないんです。当意即妙な受け答えなんて、絶対にできないし」

「そんなことないよ。堂々として立派なもんだ。議員仲間でも評判でね、彩ちゃんの話題がよく出る」

「恥ずかしいです」

「私としては、たいへん鼻が高いんだよ。娘は弁護士で大活躍、おまけに息子も有名人だ」と言って、父は声を立てて笑う。

克己は黙々と寿司を食べる。

「なあ、克己？」と父が言う。

「何？」挑むような調子になってしまう。

「何じゃないだろう。お前も有名人だって言ってるんだ。雑誌にでかでかと写真が載っていたじゃないか。範子、あの雑誌どうした？」

「リビングのラックにありますよ」範子が叫んでよこす。

父が立ち上がり、ラックをごそごそやっていたと思ったら、フィットネス雑誌を手にして戻ってきた。

「これだ、これ。彩ちゃんは見たか？」

「見ました」

「いつ？」

「雑誌が出たときに」

「なんだ、そうか。彩ちゃんには知らせてたのか」

克己は無言でいる。内心、当たり前じゃないか、と思っていた。彩には知らせるに決まっている。

父は、克己の載っているページを開いてテーブルに置いた。

「自分の写真を見ながら飯を食うのは落ち着かない」と言って、克己は雑誌を閉じて脇に置いた。

「なんだよ、せっかく」と不満げに父が言ったとき、範子が大皿に盛りつけた天ぷらを運んできた。

「はい、お待ちどおさま」

衣の厚い、いかにもぼってりした天ぷらだが、礼儀上、一つ取って食べる。作り甲斐があるわ、と範子が機嫌のいい笑顔を見せた。

「なあ、俺たちは鼻高々だよなあ」父が範子に同意を求める。

「できのいい娘と息子を持って？」

「そうだよ、もちろん。彩ちゃんは弁護士。克己は、なんだ、トレーニングコーチって言うんだったか？」

「スポーツインストラクターだよ」

「ああ、そうか。スポーツインストラクターだな。まさに今どきの仕事だよな。彩ちゃんと克己が並ぶと、知力と体力が揃ってバランスがいい」

バカだと言われているように感じてしまう。知力はないが体力があってよかったな、と。

父がぐいとビールを飲み干してから言った。

「ところで、克己に頼みがあるんだが」

「何？」

「市議の一人から、是非、お前を紹介してほしいと言われていてな。メタボリック症候群というのを心配してて、腹の回りの肉を落としたいんだそうだ。で、お前にどんなトレーニングがいいかおしえてもらえないかって言ってるんだ。もともと、健康に人一倍気を遣う人だからな」

「近所にあるジムにでも行けばいいだろ？　そこにインストラクターがいるはずだ」

「それじゃあ、だめなんだよ。有名な貴船克己についてもらって、トレーニングしてみたいと言っているんだ」

「無理だよ。静岡くんだりまで出張してくる気はない。どうしても俺のトレーニングが受けたいなら、東京に来いって言ってくれ」

「無茶を言うな。世話になっている人なんだ。長谷《はせ》さんと言ってな、私が市議になれたのだって、その人の力添えがあったからこそなんだぞ。長谷さんは、もともとは彩ちゃんと同じように弁護士をしていたんだ。人権派で通っていた」

「そんなこと、俺が知るかよ」

「克己、お前、長谷さんに礼を言ってもバチは当たらないと思うがな」

「礼を言う？　なんでだよ」

「分かってないようだな、お前は」父が、酒臭い息を大げさに吐き出す。「あのなあ、スポーツインストラクターなんて職業、ここらでは知っている人の方が少ないんだよ。貴船さんところの克己くんは、どこかのサッカーチームのマネージャーでもしてるんじゃないかって、思ってる人が多かったんじゃないかな。そうじゃないってことをみんなに分かってもらえるチャンスなんだよ。そのチャンスを作ってくれたのが長谷さんなんだ。雑誌に載っているお前のことを見つけてきてくれた。で、議員仲間の集まりでそれを話題にして、克己くんは大したもんだって言ってくれたわけだ」

「だから何なんだよ？」

「つまりだ、長谷さんが、お前の株を上げてくれたってわけだよ。スポーツインストラクターっていうのは、東京ではもてはやされる職業らしいじゃないか。芸能人なんかも、お前のところに客としてくるんだろ？」

答える気にもなれず、克己は黙っていた。

「こんなこと言いたくないんだがな、これまでずっとお前は、彩ちゃんのあとを追いかけてるみたいだった。口には出さないが、ここいらの人間はみんなそう思ってた。彩ちゃんのあとを追って上京し、東京で暮らしている。あんなに優秀なお姉さんがいたら、憧れるのも無理はないなって思われてたんだ」

「そんなこと……」

彩が言いかけるのを、父が、いやいや、と言って遮った。

「彩ちゃんは、この街ではちょっとした有名人なんだよ。ハンディキャップにも負けずに頑張っている女性弁護士としてな。克己はずっとその後ろをついて歩いていた。金魚の糞《ふん》みたいにな」

思わず克己は箸を握りしめる。父はそれに気付かずに続けた。

「お前にとって、名誉挽回《めいよばんかい》のチャンスなんだよ。長谷さんのトレーニングを見てやれば、お前の仕事をアピールできる」

「克己くん、私からもお願い。長谷さんのトレーニングに付き合ってあげてよ。ね？」

範子が口を挟んだ。

怒りを押し込めるだけで精一杯で返事もできずにいると、彩が代わりに口を開いた。

「克己も忙しいから、即答はできないんじゃない。スケジュールの調整だってしなくちゃならないだろうし」

「そうか。そうだな。じゃ、とにかく考えておいてくれ」まとまりをつけるように父が言った。

克己の部屋だった二階の洋間は、今は納戸として使われている。食器類や、もらいものらしきシーツやタオルの入った紙箱が棚に積まれ、古いゴルフセットやシューズがごちゃごちゃと置かれていた。

邪魔なものを蹴飛ばしてある程度のスペースを確保し、克己はごろんと横になった。板張りの床は、ほこりっぽかった。

習慣で腹筋を始める。夕食で摂取した余分なカロリーを、さっさと落としてしまおう。ついでに、嫌な気分も。

金魚の糞。

父はそう言ったのだ。

雑誌に載ってお前も有名人だ、まさに今どきの仕事だ、などとちやほやするようなことを言いながら、腹の底では少しもスポーツインストラクターという職業を評価していない。自分の息子が彩のようになれなかったことを残念に思っている。どんなに苦労して、スポーツインストラクターとして一人前になり、ジョーカーズの看板とも言えるチーフ・インストラクターという今のポジションに就いたかを少しも理解していない。

おまけに彩についてなんて言った？

ハンディキャップにも負けずに頑張っている？

よけいなお世話だ。彩の足について、お前ごときに触れてもらいたくはない。ハンディキャップなどと軽々しく言ってほしくない。

腹筋五十回二セット。それが終わると、次は腕立て伏せである。二十回やったときに、階段を上る足音が聞こえた。ドアがノックされ、克己、いい？　と彩が尋ねる。答えるより先にドアが開いていた。

「トレーニング中？　邪魔したかな」

「別に」

克己はあっさりと腕立て伏せを中断し、手の甲で汗を拭った。

「いちょう公園に、お散歩に行かない？」

「いいよ」

「すぐ行ける？」

「着替えてからにするよ。汗かいたから、シャワーを浴びるかな」

「そうして。じゃ、リビングで待ってるね」彩は階段を下りて行った。

この家にいるときの彩は、東京で会うときとは違う顔をしている。実家に帰ってほっとしているというのとは逆。どこかぎこちないのだ。演技派からはほど遠い新人女優という感じ。

考えてみれば、当たり前だ。彩がこの家で暮らしたのは、ほんの数年に過ぎない。愛着など、あろうはずもない。

母親が再婚し、新しく家族になった父と弟と暮らすためにやって来た。仕方なく、というか、他にどうしようもなくて、この家で暮らしていたに違いない。高校生だった彩は、九歳だった克己には想像もつかないさまざまな思いを抱え、相当、無理をしていたのだろう。

風呂場でさっとシャワーを浴び、持ってきたトレーニングウエアに着替えた。リビングルームを覗き、行こうか、と彩に声をかけると、範子が、きゃあ、とも、ひゃあ、とも聞こえるような妙な歓声を上げた。

「克己くん、そういう格好をすると、スポーツのプロって感じねえ。かっこいい」

取り合わずに、スニーカーを履いて外に出た。外は暗い。街灯はあるにはあるが、闇の力は圧倒的だ。ときどき克己がバットを振りに出かけて行く江東区の廃校も暗いが、東京とここでは闇の濃さが違う。

すぐに彩が追ってきた。先ほどまではワンピースを着ていたが、彩も着替えたらしくジーンズに長袖のTシャツという軽装だ。

角を曲がると、貴船の家が見えなくなる。

「あー」突然、彩が声を上げながら大きく伸びをした。

「どうしたんだよ」

「ほっとしたの」彩が微笑んだ。

「あの家にいると、息が詰まるからな。昔、あそこで暮らしてた頃、毎晩、逃げ出す夢ばっかり見てた。親父たちに見つかりませんようにって祈りながら、よその家の物置とか、庭木の陰とかに身を潜めてんの。追っ手がだんだん迫ってくる。俺は必死で逃げる。次第に追い詰められて、心臓ばくばく」

「分かりやすい夢」

「単純なもので」と言うと、彩が声を立てて笑った。

彩と並んで公園までの道を歩いていく。サッカーボールを持たず、手ぶらなのが変な気分だ。車も人も通らず、静かだった。途中の自動販売機で、彩がペットボトル入りのウーロン茶を二本買い、一本を克己にくれた。

いちょうの大木は変わらずそこにあった。子供の頃、山のようだと思った巨木なのに、今見ると、なんということもない普通のいちょうの木だった。

「座らない？」と言って、彩はベンチに腰を下ろした。

ウーロン茶を一口飲んでから、克己は隣に座る。

「懐かしいわね」

「遊具は新しくなってるのかな。でも、基本は変わってない気がする」

「そうよね。ここでボール蹴ってたのよね」

「けっこううまかったよな、彩は」

「そう？」

「ああ。サッカー少年だった俺の相手ができたんだからさ」

「無理して走り回って、頑張ってたのよぉ。感謝してほしいな」

「してるよ」

「ほんと？」

「うん」

ならいいけど、と言って、彩はウーロン茶を飲んだ。しばらくして、来てよかった？

と彩が訊いた。

「この公園？」

「違う。実家」

「どうかな。彩は？」

「克己と一緒だから」

よかったという意味だろう。

「東京にいると、いろいろ考えちゃうの。あのときああすればよかった、こうすればよかった、どうしてあんなことをしてしまったんだろうって」と彩が言う。

「島岡のことか？」

「そう」

「忘れろよ」

「無理よ。絶対、無理」

「島岡が死んだのは、彩のせいじゃないよ」

「私のせいよ」

「だったとしても、もうどうにもならないよ」

「そうね」

彩が俯く。

「好き……だったのか？」思い切って克己は訊いた。

彩は少し考え、言葉を選ぶようにして答える。

「島岡さんは、私にとって貴重な存在だったのよ」

恋人なり、愛人なりだった男を貴重な存在と表現するのは、おかしなものだ。大事な人、とか大切な存在だったと言うのが普通ではないか。

「どれほど貴重な存在だったかは知らないけど、彩だったら、いくらだってもっといい男が見つかるよ」さっさと島岡の話題を終わらせてしまいたくて、克己はできるだけ軽い調子で言った。

「無理よ！」

あまりにも強い否定だった。ついまじまじと彩の顔を見てしまう。

「ごめん、大きな声を出したりして。私ったら」彩が口元に手を当てる。「でもね、島岡さんの代わりになれる男の人なんていないのよ。もうああいう人は現れない」

「なんでだよ、そんなにいい男だったのかよ。俺にはそういうふうには思えないけど」

「克己は知らないから」

「知らないって何を？」

「島岡さんと私の関係。特別だったのよ。すごく……特別」

「なんだよ、それ。何か特殊な関係があったってことか。あいつ、おかしな趣味でもあったのか。二人だけの世界で楽しんでたってことか」

かっと頭に血が上った。いったいあの島岡って野郎は、彩に何をしたんだ？

「そんなんじゃないわよ」

「じゃ、なんだよ」

「あのね……、島岡さんと私はなんでもなかったの。そういう関係じゃなかったのよ」

「どういうことだよ」

だから、と言っていったん言葉を切り、聞こえるか聞こえないかの声で彩は付け加えた。

「男と女の関係じゃなかったの」

「え？」

目の前にぽっかりと穴でもあいたようだった。得体の知れない穴。中に何があるのか、それとも空っぽなのか、見当もつかない。

「ずっとプラトニックな関係だったの」

「嘘だろ」

「嘘じゃないわ」

「なんでだよ」

思わず克己は立ち上がった。

なんでって言われても、とつぶやきながら彩も立ち上がった。足下に目をやったまま、公園の外周に沿って歩き始める。克己も歩調を合わせた。遊具の後ろを通り、小高い丘のようになっている一角へ向かう。周囲は木々で囲まれ、他の場所よりもいっそう闇が濃い。

「島岡さんは心臓の病気だったでしょ。だから、セックスができなかった。私の方も、しないで済むならそれに越したことはないと思っていたの。だから、島岡さんと会っているときはベッドで添い寝をして、あれこれお喋りしていただけ。楽しかったわ。すごく安らげたの。男の人と二人きりでいて、あんな気持ちになったことってない。友達っていうか、パートナーっていうか、兄と妹っていうか、そんな感じ」

ベッドに添い寝をして島岡ととりとめもないお喋りに興じ、ときには笑い声を上げたのだろう。手や足が触れ合い、もしかしたら頬や髪も触れ合い、お互いの温もりやにおいに包まれたに違いない。

でも、それだけ。それ以上のことはない。

克己は身体の両脇で拳を握りしめる。

彩が男とやっていると思うと耐え難いが、やるべきことをやりもせずに親密な関係を築いていたと思うと、それ以上に許せない気がした。

なぜだ。なぜ普通の男と女の関係じゃなかったんだ？

心臓に問題を抱えているならいるで、島岡は最初から彩と付き合おうなんて気を起こさなければよかったんだ。それなのに島岡は図々しくも彩と付き合い、抱くこともせず、寄り添って横たわっていた？　彩もそれを好ましく思っていた？

冗談じゃない。

こんな中途半端な関係。中途半端ゆえに、友情だの、親愛だのが混ざり込んでしまう関係は、受け入れ難い。

立ち止まり、大きく肩を上下させて克己は呼吸をした。

「克己？」彩が振り返る。

見つめ合う格好になる。公園のところどころに据えられた常夜灯の明かりが、克己と彩のいるところまでかすかに届いていた。

「彩」

気が付いたら、彩の肩を抱きしめていた。そのまま押し倒す。落ちていた木の枝が、ぱきぱきと折れる音がした。まるで彩の骨が折れるようだと、頭の隅で考える。

「克己！　やめて」

やめない。やめられない。

彩のTシャツをまくり上げ、胸に顔を埋める。彩のジーンズに手をかける。彩が左足をばたつかせて暴れるが、体重をかけて押さえ込んだ。彩の肌に汗が浮いていた。

「克己」

あまりにも静かに呼ばれて手が止まる。彩は悲しげに克己を見上げていた。

「克己がそうしたいのなら、好きにしていいわ。でも、私は何も感じない」

「俺だからか？　俺とじゃ、何も感じないのか」唸るように克己が言う。

彩は首を横に振った。

「違うのよ。相手が誰でも同じ。男の人に抱かれても、私は何も感じないの。だから、島岡さんとぴったりだったのよ！　分かった？」

彩の顔が歪み、瞳から涙が溢れる。克己は呆然と彩を見下ろしていた。彩、と低く呼んだ瞬間、両腕を回して彩がしがみついてきた。克己の胸に顔を埋めて、泣きじゃくる。

克己の内部でふつふつと湧き上がっていた荒々しい感情が急速に消えていく。彩はさらに力を入れてしがみついてきた。優しく彩を抱きしめ、背中を撫でた。激しくしゃくり上げていた彩が、少しずつ落ち着いてくる。

頃合いを見て、克己は彩の上からそっと下り、隣に身を横たえた。冷たい土の感触が背中に伝わってくる。身体の向きを変えようとしたとき、克己の左足が彩の右足にぶつかった。克己は慌てて足をどけたが、彩の右足は投げ出されたままで動かなかった。まるで何も感じなかったかのように。

まさか。

克己ははっとして息を呑む。

右足だけではなかったのか。

あの事故で彩が傷を負ったものは。

右足が不自由になっただけではなく、女性としての感覚にも何らかのハンディキャップを負ったのか。だから、男に抱かれても感じないのか。

まさか。

彩は泣き止んだようだ。自分を落ち着かせようとするように、深い呼吸を繰り返している。その横顔を克己はじっと見つめた。

第六章　母

克己の体温が残っている。身体の重みも。

熱くて、力強い身体。

いつから克己は、大人になっていたのだろう。あんなにも大人に。

バイクの後ろに乗せていた頃は違った。後ろから腕を回して彩にしがみついていた克己は、確かに弟だった。

「彩、そっちの端を持って」畳んであった客用シーツを広げながら、母が言う。

母が布団の足下、彩が枕元で立て膝になり、シーツの端と端を持ってぴんと張ってしわが寄らないように布団にかけてから、端を中に折り込んだ。

リビングルームの隣の客間に寝床を準備している。

この家で暮らしていた頃、彩の部屋は二階にあった。今、そこは母の衣装部屋になっている。ベッドはおろか、布団を敷くスペースさえない。それで、客間に寝ることになったのだ。

「残念ね。克己くんが先に帰っちゃうなんて」

「忙しいのよ」

「それはそうかもしれないけど、でもねえ」

「でも、何？」

「仕事は明日の午後からだから、お昼前にこっちを出れば間に合うって言ってたのに」

「事情が変わったんじゃないの」

「事情がね」とつぶやきながら、母が探るように彩を見る。

彩は黙って枕にカバーをかけた。

「ねえ、彩」

「なあに」

「何かあった？」

「何かって？」

「克己くんと、公園で」

「どうして」

「だって、帰ってきたときの克己くん、ものすごく思い詰めたみたいな顔をしていたわ。急に東京に戻るって言い出して。あっという間にいなくなっちゃったでしょ。なんだかちょっと、おかしな感じだった」

「仕事のことを考えてたんじゃない？　お父さんから、長谷さんのトレーナーをしてくれないかって言われたあとだったし。今のうちに仕事をたくさんこなしておかないと、スケジュールの調整が難しいと思ったのかも」

「そう？　ならいいんだけど」

まだ何か言いたそうにしている母を残して、お風呂に入ってくるね、と彩は立ち上がった。

確かに克己が東京に帰ると言い出したのは急だったが、彩は当然のこととして受け止めた。公園であんなことがあったあと、克己がぐずぐずと静岡の家に留《とど》まっているわけがない。もしも予定通り一泊すると言われたら、同じ家の中でどんな顔をして過ごせばいいのかも分からないし、克己の車に同乗して帰るなんて、考えただけで死にそうになる。そんなことになっていたら、彩の方が適当な口実を作って帰ってしまったかもしれない。

だから、克己が東京に戻ってくれて彩はほっとしたのだ。なのに、克己がいないのが寂しくもあった。この家に一人で泊まらなければならないのかと思うと、憂鬱だった。

脱衣場で衣類を脱ぎ、風呂に入る。

風呂場は広い。かなり金をかけている。全部、継父の貴船の好みである。よくそう言っていた。家の中で、もっともくつろげる場所じゃないとな。

普段、貴船と母がここでくつろいでいるのかと思うと、気持ちが悪い。自分のマンションの狭いバスルームが恋しくなる。

髪と身体を洗って、湯船に浸《つ》かる。スイッチ一つでジェットバスになるのだが、彩はただ静かにお湯に身を浸していたいと思う。

そういえば、公園に散歩に出かける前、克己もここでシャワーを浴びたんだったな、と思う。

汗を洗い流した克己からは、とても清潔な香りがしていた。

彼が覆いかぶさってきたとき、彩は驚きはしたが、いやではなかった。怖くもなかった。克己がそれを望むなら、好きにしてもらっていいと本気で思ったのだ。なのに克己は、彩の身体からさっと離れてしまった。行き場を失った欲望を持て余しているふうもなく、あっさりと。

克己にはああいうところがある。

ぐずぐず躊躇うことがなく、0か1かはっきりしている。好きか嫌いか、やるかやらないか、要るか要らないか。とてもきっぱりとしていて清潔で好ましいのだが、ときに彩の目には危うく映る。0と1の間にあるもの、たとえば0・3だとか0・5といったものに克己は目もくれず、最初からそこにないかのように振る舞う。彼の歩いて行く道筋から、何かが抜け落ちてしまうように思えるのだ。

けれど、それは自分の驕《おご》った考えかもしれないと彩は思う。何かが抜け落ちているのは、自分の人生の方で、克己のそれは彼なりの価値観とスタイルが貫かれ、十分に充実しているとも考えられる。

いずれにしろ、彩は克己のそういうところを頼りにしたのだ。事務所で倒れた島岡が呼吸をしていないことに気付いたとき、克己に電話をしたのは、きっとなんとかしてくれると信じたからだった。

亡くなった島岡を遺棄するという決断が正しかったとは思えない。今のこの苦しみは、間違った決断ゆえだというのも分かっている。それでも、彩はあのときの克己の決断を誇りに思う。純粋に彩のことを思い、どうしたら彩を苦境に立たせずに済むかを瞬時に考え、導き出されたものだった。

両手でお湯をすくい、顔にかける。

克己、と彩は思った。

私は本当にあなたを誇りに思っている。

その気持ちを伝えていなかったと思い当たり、克己に対して申し訳ない気持ちになる。

私はどうしていつも、肝心なことを伝えられないのだろう。

風呂を出て客間に行くと、布団が二組敷かれていた。

さっきシーツをかけたのは、一組だけだったのに。

「今夜はお母さんも、ここで寝ようかと思って」母が言う。

「そうなの？」

不快さがにじまないようにと気を付けたつもりだが、成功したかどうか。

「いいでしょ？」母が上目遣いに訊く。

「構わないわよ」

「たまには、彩ちゃんと水入らずで話がしたいもの」

「何かあったの？」

「別に何もないけど。何かないと話をしちゃいけないの？」

「そういうわけじゃないわ。何もないなら、それに越したことはないわけだし」

「なんだかいやな言い方ねえ」

ぼやきながら、母はナイトクリームを顔に擦り込む。下から上へ。頬の肉を引き上げるように、首のしわをぐいと伸ばして消し去るように。昔から母はこうやってクリームを塗りたくっていた。雑誌で特集されている美顔術などを見ると、母のやり方は正しいようだ。マニュアルもちょっとした情報もなかった大昔から、母は効率的な方法を実践してきたことになる。本能なのかもしれない。

「彩ちゃんも塗る？」

じっと見ていたら、母がクリームの容器をこちらに差し出した。

「自分のがあるから」

彩は母が使っているクリームよりもずっと香りの薄い、ナチュラル志向のナイトクリームを取り出す。母はちらっと目をやっただけで、自分の顔にまた一生懸命になる。

「それにしてもねえ」母が言う。

「何?」

「克己くんよ」

「克己がどうかした?」

「あの子ってやっぱり変わったところがある。どうしても、ちょっと怖いなって思っちゃうのよ」

「そう?」

「彩は感じない?」

「怖いなんて思わないけど」

「そう?」と言って母は黙る。

そのまま黙っていてほしいと願ったが、そういうわけにはいかなかった。

「お父さんの言う通りなのかもしれないわね」と言うのである。

「何が?」

「ほら、夕飯のときにお父さんが言ってたじゃない。彩ちゃんのあとを追いかけてばかりだって。金魚の糞だって」

「そういう言い方は良くないと思うわ。だいたい、克己がいつ私のあとを追いかけたのよ。東京に出てきたのは、たまたま行きたい大学が東京にあったからでしょ。就いた仕事だってまるっきり違うし、克己は克己自身の力で今までやってきたのよ。なのに、なんでそんなふうに言うのかな」

「違う、違う」母が大げさに手を振る。「そういうことじゃないの。イメージよ。イメージ」

「何よ、イメージって」

「優秀なお姉さんを追いかけていく弟っていうイメージが、もう出来上がっちゃってるのよ」と母は言う。

塗りたくったクリームのせいで肌がてらてら光っている。どういうわけか、夕飯に食べた天ぷらを思い出した。油っぽくて、胸焼けがしそうだったが、貴船はうまいな、と言って箸を伸ばしていた。

「彩と克己くんが一緒にいるのを久しぶりに見て、改めて考えちゃったわ」母が言う。

「何を考えたの？」

母が黙る。芝居じみた妙な間《ま》である。

小さく息をついてから母が言った。

「これでよかったのかしらって。私がお父さんと結婚したことは正しかったのかしらって。あなたたち二人を不幸にしてしまったような気がするのよ。もし、そうだったらと思うと……」俯いて神妙な顔だ。

何を今さら。

あまりのばかばかしさに、言うべき言葉が見つからなかった。

勢いよく立ち上がると、母が驚いた顔をした。

「水飲んでくる」

それだけ言うと、彩は客間を出た。

母と、後に継父となる貴船が出会うきっかけを作ったのは、皮肉なことに彩の実の父、野上貢一《のがみこういち》だった。

大学で政治学の教鞭《きょうべん》を執っていた父は、『未来の政治を考える会』という地元の有力者たちによって構成される勉強会にたびたび招かれ、講演会というか、セッションのようなものを行っていた。その勉強会のメンバーの中に貴船がいた。貴船はなかなか熱心に勉強会に参加していた上、社交的で、会が終わったあと、よく仲間を誘って飲みに繰り出し、そういった際には必ず父のことも誘ったらしい。父はそれほど飲む方ではなかったが、誘われれば断るタイプでもなかった。

貴船がセッティングした食事会に、一度、母と彩もよばれたことがあった。地元では名の知れた料亭で、玄関に出迎えに現れた女将《おかみ》の物腰やら態度やら、店全体のかもし出す雰囲気やらに、中学生だった彩はひどく気後れした。できることなら回れ右をして家に帰ってしまいたいと思っている彩の隣で、母は頬を上気させ、彩が聞いたこともないような気取った口調で女将に挨拶をしていた。おそらく母もああいった店は初めてだったのだろうが、それを悟られまいと必死で、あら、いい絵が掛かってる、などと場慣れした様子で装飾品を褒めたりしていたのである。

ここぞとばかりに着飾ってきた母だったが、それでもまだ足りないと思ったのか、座敷へ案内される途中の廊下でバッグをごそごそやって黒真珠の指輪を取り出し、結婚指輪に重ねて嵌《は》めた。必要とあらば重ね付けできるように指輪を持ってきていたらしい。料亭の佇まいと、女将と相対したときの印象とから、もう一つ指輪が必要だと判断したのだろう。その用意周到さといおうか、いかに自分を良く見せるかということについて常に心を砕いている情熱に、彩は呆れ、驚いた。

案内された座敷に入ると、

「いやあ、これはこれは」と言って、中年の男が立ち上がった。

短い髪、濃い眉、浅黒い肌。上半身にみっしりと肉がついており、首が短いせいもあって猪を連想させるのだが、決して醜くはない。たくましい生命力に溢れていた。痩身で、知的な雰囲気の父が静だとしたら、男はまさしく動。それが貴船だった。

「野上助教授の奥さんとお嬢さんですね？　さすがさすが。野上助教授のように立派な方は、さぞかしご家族に恵まれていらっしゃるんだろうと推察していましたが、想像以上です。美しい奥さんに、かわいらしくて賢そうなお嬢さんだ」

「いえ、そんな」と言って母は柔らかく微笑んだ。

「どうぞ、お座りください」

勧められて腰を下ろした。

彩は父の隣に。母は貴船の隣に。

適切な並び方なのかどうか分からなかったが、彩は父の隣でほっとした。そして母は、貴船の隣に座ったことに興奮していたはずだ。

あの瞬間から、二人の仲が始まったのだと、彩は確信している。

キッチンで水を飲んで客間に戻ると、母はすでに布団に入っていた。午後十時半を回ったところで、彩にとっては寝るには早すぎる時間だが、母に合わせて早寝するのもたまにはいいか、と思う。

彩も布団に入った。その途端、母がくるっと身体を回して、彩の方を向いた。

「ねえ、彩」

母と目を合わせるのがいやで、彩は天井を見つめていた。

「何」

「あなたたち、大丈夫よね？」

彩は黙る。母のしつこさにうんざりだった。母は彩と克己の仲を心配し、正確には邪推し、心を痛めている自分自身に酔っているのだ。

彩、と再度、呼びかけられた。彩には大丈夫とも、大丈夫じゃないとも答えようがない。

彩が気分を害して黙り込んだものと思ったのか、母は慌てたように少し早口で言った。

「だってほら、彩は年頃をとっくに過ぎて、もういい歳なのに浮いた噂一つないでしょう。すごくきれいで、男の人に好かれそうなのに。克己くんだって付き合っている女の子がいるんだかいないんだか、さっぱり分からない。それでもって、久しぶりにあなたたち二人が一緒にいるのを見たら、昔以上に仲がいいっていうか、ぴったりくっついているようなんだもの。急に心配になっちゃったのよ。おかしなことになってなきゃいいけどって」

「いい加減にしてよ」彩は天井を向いたまま言った。

「だって」

「だって、何よ」

「思い返してみると、あなたたち、本当に仲の良い姉と弟だったのよね。彩が心を開いていたのは、克己くんだけだったでしょ?」

「さあ」

「私が再婚したとき、あなたはすごく難しい年頃だった。ほとんど口をきかないで、いつも冷たい目で私を見てたわ」

「そうだった?」

そうだったのは重々承知しつつ、彩は一応言ってみる。

「そうだったわよ。私に対して、全然、心を開いてくれなかった。貴船さんと結婚しようと思うって私が言ったときだって、あなた、すれば? って言ったのよ。すればって」

「覚えてないわ」

「私、ショックだったわ。娘にあんな突き放した言い方をされて。あなたの、すればって言葉は、結婚すればじゃなくて、勝手にすればだったんだもの。あなたはいつも私を批判的に見ていた。私のやることなすこと全部、気に入らないってふうだった。あなたは何も言わなかったけど、そう思ってるのは分かってたの。だから会食に出向くのは、ひやひやものだったの。会食って覚えてる? ほら、克己くんとあなたが初めて顔を合わせたあのときよ。あなたがその場の雰囲気をぶち壊しにするようなことを何かぴしゃりと一言言いそうで、気が気じゃなかった」

「言わなかったでしょ？」

「言わなかったどころか、あなたはいつもとは別人みたいに朗らかで、楽しそうだった。克己くんのおかげよね」

「そうね。弟ができて単純に嬉しかったの」

「私もお父さんもどれだけほっとしたか。あなたと克己くんが仲良くなってくれるかどうかっていうのが、一番の心配事だったんだから。でも、心配する必要なんてなかった。この家で暮らし始めてからも、克己くんといるときのあなたは、とても無邪気な顔をしていて楽しそうだった。もちろん、克己くんもあなたを慕ってたわ。夕方、二人でよくいちょう公園にボール蹴りに出かけていったじゃない？　そして、土にまみれて帰ってきた。どこから見ても仲の良い姉と弟。私、すごく嬉しかったの。本当に嬉しかったのよ。なのに……」一度言葉を切り、母はこみ上げてきた熱いものをやり過ごすような顔をしてから続けた。「いつからあんなふうになっちゃったの？　いつから克己くんは、あなたを女性として見るようになったのかしら」

「やめてよ」

「お母さんはね、彩のことが心配なの。もしもね、本当にもしもなんだけど、克己くんと彩の間に特別なことがあるのなら、私にだけは相談してほしいと思うのよ。そりゃ、ややこしいことにはならないに越したことはないんだけど、あなたたち二人には血の繋がりはないんだし、絶対に許されないというわけでもないでしょ？」

「克己は弟よ。私の弟」

「克己くんも、そう思っていればいいけど」

「もう寝ましょう」

彩は半身を起こして、部屋の照明を消した。

「おやすみなさい」

宣言するように言うと、母もおやすみなさい、と応えた。

呆れたことにと言おうか、感心してしまうことにと言うべきか、母はすぐに寝息を立て始めた。

人の気持ちをこんなに波立たせておいて、自分はさっさと夢の中か。

彩は小さく嘆息する。

母のこの図太さを父、野上貢一は許容できたのだろうか。あの繊細で聡明な父が。

答はイエスである。父は母に甘かった。母をたいそう愛していた。母だってそうだ。父に惚《ほ》れていたのは間違いないと思う、その惚れ込んだ対象が、主に父の知性と大学教員というステータス、いずれは大学教授夫人になるという将来の展望だったにしても。

幼い頃の彩は、そんなことまで考えが回らず、ただ、仲の良い両親を自慢に思っていた。

母は常に父の言うことに耳を傾け、お父さんは本当に頭がいい、と感に堪えないような顔をしてみせることもあったし、勉強で分からないことがあって母に訊きにいったりすると、お父さんにおしえてもらいましょう、と言って一緒に父の書斎に行き、まるで天の声でもあるかのように父の説明に聞き入るのだった。

おまけに母は美しかった。娘の彩でも自慢に思うほど。近所のおじさんや、商店主などが母を見るときの目には、とろりと甘いものが滲んでいるのに彩も幼い頃から気付いていた。母だってそうだろう。自分の魅力を十分承知していたはずだ。

その魅力的な母にあんなふうに手放しで尊敬されて、父だっていやな気がするわけがない。内心、嬉しかったのだろう。彩と母の二人を前に説明しながら、父はやたらに照れ笑いを浮かべていた。

そういう顔をすると、いつもの気難しそうな雰囲気が消えて温かみが加わる。彩は、父のその表情が好きだった。父にそんな顔をさせることのできる母を、すごいとも思った。

なのに、母は貴船と出会ってから変わってしまった。

あんなに父を崇拝していたのに、お父さんは本当に欲がないんだから、と忌々しげに口にするようになったのである。

「なんで？」

彩が尋ねれば、娘相手でも平気で不満のタネをぶちまけるのだった。

父は学究肌の人間で、論文さえ書いていられれば幸せというところがある。政治学を専門としているくせに、学内の政治に疎く、そのせいで損をしている。助教授になったのも遅かったし、このままでは教授になれるかどうかも怪しい。学内の実力者に取り入ることもときには必要なのに、父はまるでそういうことに関心がない。関心がないどころか、上司と言ってもいい政治学の教授に論争をふっかけ、論破して機嫌を損なうという失点まで重ねてしまった。これじゃあ、もうどうしようもない。というようなことを母は滔々《とうとう》と述べた。

彩は、教授に論争をふっかけたというエピソードを父らしいと思い、

「お父さん、かっこいい」とつい言ってしまった。

「どこがかっこいいの？　バカなことを言わないで」

母が暗い顔で彩を睨んだ。

あの頃の母は、期待はずれな気分と毎日格闘していたのだろう。父の知性という魅力に少々飽きていたのかもしれない。知性だけでは十分ではなくなったと言うべきか。

父に対する物言いがぞんざいになったかと思うと、翌日には、お父さんは誰よりも賢

いのだから、その気になれば教授なんてすぐになれる、肝心なのは、その気になることよ、などと言ったりした。そんな母を前に父は常に穏やかな笑みを浮かべていたが、それは彩の好きな照れ笑いとは違って、どこか冷たい感じのする笑みだった。

そんな折、定期検診で異常が見つかり、父が検査入院することになった。

入院と聞いて驚いた彩に向かって、父は、「大丈夫だよ、すぐに戻る」と言った。なのに、検査の結果、手術が必要だと分かった。肺癌《はいがん》だった。

手術は成功したようだった。少なくとも彩はそう聞いていた。

できる限り頻繁に、彩は父を見舞った。母はいつも午前中に病院に行くらしく、学校帰りに見舞いに訪れたときに、母と病院で顔を合わせることはなかった。

もともと細かった父はさらに痩せ、青白いというより青黒い顔色をしていた。それでも彩が行くと笑顔を見せ、やあ、と言うのだった。

元気か、と父に問われるたび、彩は返答に困った。うん、とうなずくだけで精一杯。お父さんは元気？　と訊き返せないのが悲しく、俯くことしかできなかった。

ベッドサイドの椅子に座り、学校での出来事をぽつぽつと話して帰ってくる。父を疲れさせてはいけないと母から言われていたので、長居はしない。ほんの十分ほどで切り上げる。彩にとっては、一日のうちで一番貴重な時間だった。

その日も学校帰りに病院の父を見舞った。いつもと違っていたのは、教師たちに研究授業の準備だかなんだかがあって、午前中いっぱいで授業が終わったことだ。

午後の面会時間にはまだ間があったが、看護師とは顔見知りで、ある程度融通を利かせてくれるのを知っていたから、父が昼食を食べる傍らで一緒に食べようとコンビニでパンを買っていった。

「彩と一緒に食事をすると、うまいな」と父が言ったのを覚えている。

空になった食器を目にした看護師が、

「野上さん、毎日、お嬢さんと一緒にお食事したらいいんじゃないですか」と言ったのも。

父が回復するための手助けができたのだと思い、彩は嬉しかった。これからは、もっと父の食事に付き合おうとも思った。十分な栄養をとれば、父の身体にも肉がつき、元のようになる。そう信じていた。

父が健康を取り戻すためのとっかかりを得たような、希望に満ちた気分で家に帰った。その彩の足が門の前でぴたりと止まった。玄関のドアが開き、男が出てきたのだ。貴船だった。その後ろには、微笑みを浮かべた母の姿も。

二人は彩を見て、ぎょっとしたようだった。

「彩。早いのね」母が上ずった声で言った。

「明日、研究授業があるから先生方はその準備。だから早く終わったの」

「あら、そうだった？」

「学校からの手紙に書いてあったでしょ」

「よく見てなかったわ」と言って、母が曖昧に笑った。

「彩ちゃん、久しぶりだね」

最前のぎょっとした顔はきれいに消し去り、如才ない笑顔を浮かべて貴船が声をかけてきた。

「こんにちは」

彩は頭を下げる。

「お母さんには、『未来の政治を考える会』を手伝ってもらってるんだよ。野上さんが入院なさっていて講義をしてもらえないのは、とても残念だよ。でも、その代わりと言っちゃなんだけど、彩ちゃんのお母さんが裏方の仕事をあれこれやってくれて、助かってる。きょうは、次の会合の打ち合わせで伺ったんだ」

訊いてもいないのに、貴船はくどくどと説明した。貴船の息には、ビールのにおいが混じっていた。

「そうですか」

「うん。じゃあ、きょうはこれで。どうも、お邪魔したね」

彩と母の両方に向かって言い、貴船は歩き出す。

「あの」と言って、母が貴船を追った。

貴船が立ち止まる。母が小声で何か囁《ささや》き、頭を下げる。それに対して貴船は苦笑いの表情で、軽く手を振って見せる。気にしなくていいよ、とでも言っているような感じだった。

「じゃあ、また」

貴船が言い、母は、はい、と答えた。

母がこちらを振り返った瞬間、彩は家へ走り込み、自分の部屋に入ってドアの鍵を閉めた。母と顔を合わせるのも、言葉を交わすのもいやだった。

彩は、はっきりと理解していた。母が父から貴船に乗り換えたのだということを。


翌年、父が亡くなった。葬儀に貴船から花輪が届いていた。

父の亡きあと、母はそれまで以上に『未来の政治を考える会』の活動に熱心になり、頻繁に出かけるようになった。表向きは若くして夫を亡くした気の毒な未亡人だったが、その実は、新しいエネルギーで動き出した別の生き物だった。

着るものも派手ではないが金のかかったものになり、宝飾品もそれまでとは比べものにならないほど増えた。貴船に買ってもらったのだろう。

男によって生かされている母。

一緒にいる男によって、姿を変える生き物。

思うだけでぞっとした。目を背けたくなった。

ああいうふうにだけはなりたくない。

自分の力で生きていきたいし、何があっても変わることない確固たる自分を築きたい、と彩は心底思った。

そのためには、どうすればいいのか。

必死で考え、辿り着いた答は、職業を持つということだった。それも、専門的な職業を。一緒にいる男によって、母がスライムのようにぐにゃぐにゃと姿を変えるのは、職業を持っていないからに違いない。

専門職、と考えたときに真っ先に頭に浮かんだのは、医者だった。けれど、あいにくなことに、彩は理数系があまり得意ではなかった。文科系科目の方が好きだったし、成績も秀でていた。それで、専門職の代表としてもう一つ、意識に上った弁護士を目指すことにしたのだ。中学三年にして弁護士を目指すのが、早すぎるのかどうか分からない。けれど、とにかく彩は決めたのだ。弁護士になる、と。

勉強に励み、その甲斐あって成績はぐんぐん上がり、希望していた高校よりワンランク上の進学校に合格した。高校生になった彩は、それ以前にも増して勉強した。

気が付けば、父の死から一年が経っていた。一周忌を終えた頃、母は改まった口調で、貴船との結婚を考えていることを告げた。そのときだろう。彩が、「すれば」と母に向かって言ったのは。

彩にしてみれば、他に言うべき言葉が見つからなかったのだ。貴船との結婚は、もう決定事項で、彩が口を挟むことなどできないように見えたから。

「すれば」という彩の言葉に内心ではショックを受けていたのかもしれないが、あのときの母はとても楽しげに言った。新しく家族になる記念にみんなで食事をしましょうと。

「貴船さんには、息子さんが一人いるの。彩より七つ年下よ」と聞かされたとき、初めて彩は、貴船と母の結婚に興味を持った。

七歳年下の弟。

どんな男の子なのだろう。

貴船に似ていたら、いやだ。でも、似ていなかったら、少し楽しい。

神様、どうか貴船には似ても似つかない、爽やかで、かわいらしい男の子でありますように。

会食の日、彩の目は貴船の傍らに立つ男の子に釘付《くぎづ》けになった。

紺色のズボンに白のポロシャツ。どこといって特徴のない服装だが、とても垢抜けて見えた。

彼はズボンのポケットに両手を突っ込み、所在無さそうにしている。

貴船に全然似ていない。

なんて知的で、強い光を宿す目をしているのだろう。

九歳だと聞いていたが、大人びて見える。

「克己くん、よく来てくれたわね」と母が話しかけた。

笑いかける母を前に、克己と呼ばれた男の子が不愉快そうに口元を歪め、身体を引いた。毒があるのかないのか分からない蛇でも見つけたような顔。自衛のために少しでも離れようとしている。

それを見て、彩は心の中で大喜びした。

仲間だ！

仲間ができた。

こんなにすてきで、賢そうで、おまけに母の魅力がちっとも通じないかわいい仲間ができた。

「そうだ。紹介するわね、娘の彩」気を取り直したように母が言った。

「彩です。克己くん、よろしくね」そう言った彩の声は弾んでいた。そして、心からの思いを込めて付け加えた。「弟ができて嬉しい」

「よかったな、克己。お前も姉さんができて嬉しいだろう？」と言いながら貴船は、克己の肩に肉厚な手を置いた。

「ほら、挨拶しなさい」

貴船に促され、彼は一歩前に出て頭を下げた。

「貴船克己です」


あのときのわくわくする気持ち。

胸の高鳴り。

もう一人じゃないという思い。

今でも鮮やかに蘇ってくる。

思わず、彩は布団の中で身じろぎした。

「まだ寝ないの？」隣から母のぼんやりした声がした。

「ごめん。起こしちゃった？」

「ううん。いいの。なんだか眠れなくてね」寝息を立てていたくせに、そんなことを言う。「気持ちが変に昂《たかぶ》っちゃってるみたい」

「どうして」

母はすぐには答えなかった。枕元のスタンドライトを点け、なんだかタバコが吸いたくなったわ、と言う。

「吸えば？」

「寝タバコはしないようにしてるんだけど」

言いながらもぞもぞと起き出し、部屋を出ていった。戻ってきたときには、マイルドセブンとライター、灰皿を手にしていた。

「一本だけね」と言い訳するように言う。

「何本でもどうぞ」と彩。

ライターで火をつけ、至福とでも言いたげに目を細めて母はタバコを吸う。その横顔を見ていると、父が元気だった頃を思い出した。あの頃の母は、よくキッチンでタバコを吸っていた。外では真面目で堅い奥さんを演じていたためだろう、タバコを持ち歩くことさえなかったのだ。その分、家で吸うときには、これ以上ないほど幸福そうな表情をしていた。

満足げにタバコを吸う母の横顔を見て、きれいだな、とふと彩は思い、そう思った自分に驚いた。昔はあんなに嫌悪していたのに。

「あなたも要る？」

母がタバコの箱を差し出した。

少し迷ったが、一本もらうことにする。火をつけてもらい、深く吸い込む。今、母と私の肺の中は同じ香りのする空気で満たされているのだと思うと不思議な気持ちだった。

克己くんは、あなたを女として見ている。

先ほどの母の言葉が脳裏で反響する。

克己の中で自分の存在が大きくなり、絶対的なものになっていくことに、彩はとっくに気付いていた。ずっと前から。もしかしたら、二人でいちょう公園にボール蹴りに行っていた頃からだったかもしれない。

弟の憧れの存在である姉、という役割に夢中になっていた。弟がいてくれる限り、私には居場所がある。存在価値がある。そう思えた。

無謀な運転をして事故を起こし、あげくの果てに右足が不自由になった。そのことで克己が彩に対して負い目を感じているのはよく分かっている。

そんなふうに思う必要はないのよ。私は大丈夫。

彩はずっとメッセージを発してきたつもりだ。もしかしたら、テレビ出演を引き受けた理由の一つもそれだったかもしれない。右足を引きずることなんて、私は少しも気にしていない。ハンディキャップを逆手にとるくらいのバイタリティを持ち合わせているのだと、証明したかったような気がする。

それも全て、彩が克己の姉だから。

弟に心配をかけるわけにはいかないから。

私は大丈夫よ、克己。

そう言い続けることが姉としてのプライドでもあり、自分の存在意義でもあると思った。

克己がいくら彩を女性として意識しようとも、彩の方は弟としか思っていない。それをはっきりと伝えてきたつもりだった。だから、大丈夫だと思っていたのだ。そのときがくれば、お互いに愛する相手を見つけ、それぞれ違う道を歩むことができる。何の苦労もなくできるはずだと思っていた。

つい数時間前までは。

克己の熱い身体を感じた、あのときまでは。

今はもう分からない。

自分が姉でいられるのかどうか。

もっと早い時点で、終わらせるべきだったのだろう。たとえば彩に恋人ができたときに克己に紹介する、彩が結婚すればもっと決定的だ。そうすれば、葛藤はあったにせよ、いずれは克己の中でも感情の整理ができただろう。他の男の所有物になった姉として、彩を見るようになったはずだ。

けれど、彩はそうしなかった。付き合っている相手がいたときも、克己には極力知られないようにした。島岡のように家庭のある男ではなく、紹介しても差し支えないような相手であっても、克己には知られたくないと思った。克己を失いたくなかった。

母が灰皿にタバコを押し付けて消し、ふうー、と長く息をついた。

「一本吸ったら落ち着いたわ」と言う。
「寝る？」訊きながら、彩もタバコを消す。
「そうね」
スタンドライトを消し、布団にもぐる。
「おやすみなさい」二人同時に言った。

翌朝は快晴だった。これぞ晴天というような、青く澄み渡った空。静岡の空の色だ、と彩は思った。東京で克己が見ている空の色とは違うのだろうな、と。

遅い朝食を済ませると、やることが何もなくなって時間を持て余してしまう。貴船と母はリビングルームでテレビを見ている。そこで一緒に過ごす気にはなれない。昨日のこともあるし、もしかしたら克己からメールが入っているかもしれないと思って携帯電話を確認してみたが、何もない。フラップを閉じる音が虚《むな》しく響く。

もう帰ろうかな、と思いながら、ふと気が向いて二階に上がった。克己の部屋だった洋室のドアを開ける。

ここにも、ごちゃごちゃと荷物が詰め込まれ、物置の様相を呈している。あの夜のことを思い出させる物は、当然だが何もない。なのに、十六歳だった克己の思い詰めた眼差しがまざまざと蘇る。

この部屋で相対したとき、克己の頰は引きつっていた。口元は歪み、顔色が悪かった。ただ瞳だけが、異様なまでにぎらぎらと光っていた。

大事な弟をこんなにも追いつめてしまったのだと知って、凝然としたのを覚えている。貴船が克己に勉強を強いていること、克己が望んでもいない、むしろいやがっている医師になる道を進ませようとしていることは、時折かかってきた克己からの電話で知っていた。

克己ははっきりと言わなかったが、血の繋がりのない姉と比較されて苦しんでいるらしきことは察せられた。母からも聞いていたことだ。

「彩ちゃんがあんまりお勉強ができたから、克己くんがたいへんよ」と言う母の口調からは、本気で克己を心配している様子は伝わってこなかった。むしろ、面白がっているような、あるいは得意がっているようなふうさえあった。

「彩ちゃんと克己くんじゃ、父親が違うんだもの、お勉強の出来が違うのは当たり前よね。彩ちゃんのお父さんは、それはそれは頭が良かったんだから。大学の先生だったんだものね」

知性という点において亡夫と貴船を比較し、やすやすと亡夫に軍配を上げてしまう母の無神経さがよけいに貴船を駆り立て、克己に勉強を押し付ける結果となっているのだと、母自身は少しも自覚していないようだった。

かわいそうな克己。

サッカーが何より好きだった弟を思って、彩は胸を痛めた。

何とかしてやりたいと思ったが、東京の大学に通っていた彩にはどうしてやることもできなかった。ただ克己が電話をかけてきたときに黙って話を聞き、最後にこう言うだけだった。

「いつでも電話して」

あの晩、彩が静岡の家に戻ってきたのは運命としか言いようがない。もし、戻ってこなかったら、克己は家に火を放っていただろう。そして、全てが大きく変わっていたはずだ。今頃、この家はここにはなかったのだ。

かつて克己の部屋だった洋間にぺたんと腰を下ろし、彩はぼんやりと壁を見つめる。

昔、この壁にはポスターが貼ってあった。克己が尊敬していたサッカープレーヤーの写真。確かフランスの選手だった。なんという名前だったか思い出せないのが、もどかしい。克己に訊けばおしえてくれるだろうが、彩は自分で思い出したいと思った。ラストネームはPで始まったような気がする。プラチナ。プラトン。違う。

「彩」階下から母の呼ぶ声がした。

「なあに?」

「一緒にテレビでも見ない？」

いやだった。見たくなかった。

返答に窮していると、階段を上がってくる足音がする。彩は大慌てで適当な口実を探す。

「ねえ、彩」

ノックもせずに、母がドアを開けた。とっさに彩は携帯電話を耳に当てる。

「あら、電話？」母が眉を寄せる。

「ごめん。事務所から」と母に向かって言い、「はい、分かりました。じゃ、後ほど」と、いもしない相手に向かって言う。電話を切ったふうを装い、「帰らなくちゃならなくなっちゃったわ」とさも残念そうに伝えた。

「そうなの？」母は不満そうだ。

「うん。急な仕事」

「克己くんも彩も、みんな忙しいのね」

「ごめんね」

彩は立ち上がった。

実家に行ったせいでひどく疲れてしまい、月曜の朝は起きるのがつらかった。

やっとのことで彩はベッドから自分の身体を引きずり出し、ヨーグルトとシリアルを半ば義務のように食べ、身支度を整えた。気分がしゃきっとしない。克己からなんの連絡もないことも、気になっていた。

メールしてみようか。

しばらく携帯を手に持ったまま、彩は逡巡《しゅんじゅん》する。

あんなふうに気まずい別れ方をしたくはなかった。克己とは、いつでも連絡を取り合うことができ、なんでも話せる関係でいたかった。

でも……。

今さらどうにもならない。踏み入ってしまった足を戻すことなどできないのだ。

今はお互いに一人の時間が必要なときかもしれない。

こちらからメールをするのはやめよう。

克己からの連絡を待った方がいい。

部屋を出て、事務所に向かった。

なんだか頭がぼうっとする。電話をかけなければならないクライアントが何人かいるが、考えがまとまらない。こんなときに電話をしても、相手に対して失礼なだけだ。

とりあえず、経費の精算を始める。レシートを貼り、費用を計算していく。ときに単純作業は救いになる。

電話が鳴った。出てみると、島岡真由美からだった。途端に彩の気分は沈み込む。

「おはようございます」彩の気分とは裏腹に、真由美は明るさのある声を出した。

挨拶を交わしたあと、真由美が言う。

「おかげさまで、その後、警察から事情を訊かれることもなくて、ほっとしました。貴船先生にいろいろと力になって頂いて、助かりました」

「いえ」

彩の返事は短い。真由美に礼を言われると、返答に窮してしまうのだ。

「ようやく落ち着いて悲しめるようになった感じです。今までは、犯人扱いされているみたいで、夫が亡くなったことを悲しむことさえできなくて」

「そうですよね」

「はい」

沈黙が落ちる。

何か言うべきなのだろうか。でも何を?

彩は自問し、結局、言うべき言葉が見つからず黙っていた。

「一つ、気になっていることがあって」と真由美が言った。

どきっとしてしまう。動揺を悟られないよう、努めて冷静に訊く。

「気になることというのは?」

「夫が大事にしていた腕時計が見つからなくて。ロレックスのアンティークだったと思うんですけど」

「え?」

「腕時計なんです」

あの時計だ、と思う。亡くなった日、島岡がしていた時計。アンティークの時計を集めるのが彼の趣味だったから、いくつも腕時計を持っていたはずだが、彩と会うときはいつもあの時計をしていた。

デザインが違うので厳密な意味ではペアウォッチではなかったのだが、逢瀬の夜には二人してロレックスのアンティークの腕時計をするのが、約束事だった。

「お亡くなりになったとき、ご主人は時計をしてらっしゃらなかったんですか」彩は慎重に尋ねた。

「してなかったみたいなんです。私はてっきり、警察の人が保管してくれてるんだとばかり思って、大事な遺品なので返してほしいってお願いしたんです。そうしたら、そんなものはなかったって」

「じゃ、お家《うち》においてあるんじゃないですか」

「主人が時計を保管していたケースがあるんです。ジュエリーボックスみたいな。使わない時計はそこにしまってあるはずなんですが、見当たりません。最近、出かけるときはよくあの時計をしていたようでしたから、あの日もたぶん、そうだったんじゃないかと……」

彩は必死で記憶をたどる。

あの晩、この事務所で寿司を食べ、日本酒を飲んだ。その間、島岡は腕時計をしていたはずだ。

その後、ソファに横たわったときに、外してどこかに置いたのだろうか。置くとしたらテーブルの上だろうか。

一点を睨みつけたまま、テーブルの上に腕時計があったかどうかを思い出そうとするが、だめだった。見たような、見なかったような、曖昧な記憶しかない。

仮に島岡が時計を外してテーブルに置いたとする。そのあとは、どうなったのか。発作を起こした彼を介抱していた際に、弾みで腕時計をどこかに落とした？　だとしたら、テーブル周辺の床にあったはずだが。克己の車に島岡を乗せたあと、彩は事務所に取って返して、島岡が事務所にいた痕跡を消した。掃除もした。腕時計は見当たらなかった。

となると、どこか別の場所に落としたのか。

たとえば、人声がしたときに、身を潜めたビルの一階の暗がり。あるいは、克己の車の中。

「どこかで落としたのかもしれないと思って、主人が見つかった場所も探してみましたし、救急車の中も確認してもらったんです。でも見つかりません」真由美の声が沈む。「誰かが拾って、持っていってしまったのかもしれませんよね？　ロレックスのアンティークなんて高価な時計でしょうから」

「かもしれませんね。でも、なんだか諦めきれなくて」

諦めてください。

心の中でつぶやく。

あの腕時計のことは、どうか忘れてください。

「貴船先生から、もう一度、警察に訊いてみて頂けませんか」

「警察に、ですか」

それよりも、まずは克己に訊かなくては。車の中に島岡さんの腕時計が落ちてなかった？

「私が訊いても、まともに取り合ってもらえないんです。遺失届を出してくださいって言われておしまいです」

「私が訊いても同じかもしれませんよ」

「いえ、やっぱり弁護士の先生から問い合わせをして頂くと、違うと思うんです」あくまでも真由美は言い張る。

無意識のうちに、彩は自分の左手首に触れる。今そこには、国産メーカーの古い腕時計がある。学生時代から使っている機能重視のものだ。が、あの日までは彩の左腕にはロレックスのアンティークがはめられていた。

真由美は知っているのかもしれない。私が島岡と同じロレックスのアンティーク時計をしていたことを。彩はひそかに考える。

島岡が亡くなる前までは、テレビのコメンテーターの仕事のときにも、あの腕時計をしていた。それを目にしていた可能性がないとはいえない。

最初から島岡と彩との関係を承知の上で、真由美が事務所を訪れ、相談を持ちかけてきた可能性について、彩はずっと考えていた。今も考えている。いくら考えても分からない。

「お願いします。貴船先生」

真由美の声が響いてくる。受話器を置いてしまいたい衝動に駆られるが、そんなことはできはしない。

そうですね、とできるだけ事務的な口調で応じながら、彩は舐《な》めるように事務所の中を見回す。今まで見落としていただけで、どこかに島岡の腕時計があるのではないか。

どこかに。

第七章　背　中

仕事を終えてマンションに戻ると、留守番電話のメッセージランプが点滅していた。気が重いがそのままにしておくわけにもいかないので、克己はバッグを床に置くと、のろのろと電話に歩み寄り、メッセージを聞いた。

「俺だ。長谷さんの件、考えてくれたか？　連絡してほしい」

父である。

十年以上、ろくに口をきいていなかったのに、最近は三日にあげず電話をかけてくる。たいていは克己が仕事に行っている間の電話で、きょうと同じように留守番電話にメッセージが録音されているのが、多少の遠慮と言えば言えるのかもしれない。

今までそこにあったはずの高い柵が取り払われてしまった。と言うか、一方的に父は柵がなくなったと思い込んでいる。

二週間前の週末に、彩と克己が揃って静岡の実家を訪ねたのが、そのきっかけだ。克己としてはそんなつもりはなく、これまで通り父との間に距離を置いておきたかったのだが。

それにしても、父の無神経さと厚かましさには、呆れるを通り越して恐れ入る。彩のあとを追いかけてばかりいる金魚の糞だと、失礼千万な言葉を口にしておきながら、父と息子の関係が修復されたとばかりに電話をかけてくる。

それとも、個人トレーニングを希望している長谷という人物に、父はよほど義理があるのか。だとしても、克己には一切関係のない話だ。

「まったく」吐き捨てるようにつぶやく。「いい加減にしてくれよ」

ため息を呑み込み、今度は携帯電話を確認する。メールが一通届いていた。彩からである。留守番電話のメッセージボタンを押したときとはまるで違う、逸《はや》るような思いでメールを開く。

〈克己はやめた方がいいと言ったけれど、真由美さんからまた誘われて、きょう島岡さんの家に行ってきました。お宅を訪ねるのに、抵抗がないわけではなかったの。でも、島岡さんにお線香を上げられたのでよかったと思っています。真由美さんが、島岡さんの腕時計のコレクションを見せてくれました。見ていたら、なんとも言えない気持ちになったわ。アンティークの腕時計がきちんとしまってあった。亡くなっていたときにしていたロレックスもそこに一緒に入れたいと、真由美さんは切望しているの。なんとしても探したいって〉

ときどき克己は彩が理解できなくなる。それはちょうど今のようなときだ。なんだって島岡の自宅を訪ねたりするのか。どれほど真由美から誘われたところで、自分が彩の立場にいたら、絶対に足を踏み入れたくない場所だ。

いちょう公園での出来事以来、彩と克己との関係はぎこちない。連絡はもっぱらメール。電話で話した方が手っ取り早い用件でも、苦労して長いメールを打って伝え合う。それもこれも原因は自分にあると思うと、頭を抱えたくなる。

公園の暗がりで彩に覆いかぶさったときの衝動。肉体を襲う欲望の渦なんて、これまでに何度も感じたことがあった。軽くやり過ごせるはずだったのに、結果は違った。自分でも思いがけないほどの荒々しさで彩を地面に押し倒していた。

薄明かりの下で見た彩の白い顔。怯えや軽蔑が浮かんでいて当然なのに、そこにあったのは悲しみだけだった。

彩はただ、静かに何度か瞬きをした。そして言った。私は何も感じない、と。

その告白を聞いたとき、克己の中で荒れ狂っていたうねりがすっと消えていった。優しく彩を抱きしめ、背中を撫でた。激しくしゃくり上げていた彩が、落ち着くのを待って克己は身を離した。

そうしたあと、とてつもない後悔に襲われた。離れるべきではなかった、と分かったからだ。けれど、もうどうしようもなかった。

彩を傷つけてしまった。それも繰り返し。

一度目は彩に覆いかぶさったことで。二度目は、あっさりと身体を離すことで。

あの場合、無理矢理にでも、彩を抱くべきだったのだろう。克己だってそうしたかった。そうするつもりだった。しかし、できなかったのだ。

彩。

かわいそうに。

男に抱かれても快感を覚えないと言った。だから、島岡と自分はぴったりだったのだと。島岡とはプラトニックな関係だったらしい。信じられないことだが、信じるしかない。

「島岡さんと私の関係。特別だったのよ。すごく……特別」彩の声が蘇る。

特別な関係。確かにそうかもしれない。

それにしても島岡の妻の真由美。いつまで彩を困らせるつもりだろう。彩を自宅に招くなんて。

島岡はアンティーク時計のコレクションをするのが趣味だったというから、高価な時計を数多く保有していたに違いない。その中の一本が見当たらないからと言って、大騒ぎするようなことではないはずだ。

大切な遺品？　本気で言っているのだろうか。だとしたら、なんともおめでたいことだ。亭主が他の女とおそろいでしていた腕時計だというのに。

それとも、真由美は島岡と彩の関係を承知しているのか。その上で、彩を苦しめるため、あるいは何かを探り出そうとしてアプローチしてきているのか。

真意は分からないが、腕時計に固執しているのは間違いないようだ。

腕時計か。

ちらっと克己は、戸棚に目をやる。

見つかるわけがないのに。

〈島岡さんがしていた腕時計に心当たりはない？　どこかに落としたかもしれないの〉

実家から戻った翌週、彩のメールが届いた。

〈知らないよ。なんで？〉克己は素気なく返信した。

〈島岡さんの奥さんが探しているの。警察や救急にも問い合わせたそうなんだけど、見つからなかったって。もう一度、私から警察に訊いてくれないかって言うのよ。大切な遺品だから、どうしても見つけたいんだって。ねえ、あの夜のことを思い出して。島岡さんを路上に遺棄したとき、彼の左手に腕時計はあった？〉

〈覚えてないな〉

〈私、一生懸命、記憶をたぐり寄せてみたの。あの晩のことは夢の中で起きたことみたいで、ぼんやりしているんだけど、ようやく一つだけ思い出したわ。島岡さんを事務所から運び出す直前、克己が私の左手を見て言ったでしょう？　その時計を外せ、もう二度とするなって。あれは、島岡さんのものと私の時計がおそろいだって気付いたからよね？　つまり、あのとき島岡さんは腕時計をしていたことになる〉

〈どうだったかな。島岡からもらった腕時計を彩がしてるのはまずいと思っただけのような気がする。あのとき、島岡が腕時計をしてたかどうか、俺がそれを見たかどうか、はっきり覚えてないよ〉

〈克己も私も普通の精神状態じゃなかったから、記憶が曖昧なのは仕方がないわ。でも、やっぱりあのとき島岡さんは腕時計をしていた気がするの。それを見て克己が私に注意してくれたんだと思うし、私も、そうだ、時計を外さなくちゃって、思った気がするのよ。そうすると、事務所から運び出すまでは、島岡さんは腕時計をしていたってことになるわよね。その後、どこかで落としたってことに。克己の車の中に落ちてなかった？〉

〈あの翌日、車の中の掃除をしたけど、見当たらなかったよ〉

〈そう。じゃあ、別の場所かしら〉

〈道路に倒れていた島岡の腕から、誰かが時計を盗んでいったんじゃないか。高価なものだろうからね。まさか死んでるなんて思わずに、酔っぱらいが寝てるんだと思えば、そのくらいのことするやつはけっこういるだろう〉

〈確かにそういう可能性はあるし、真由美さんにも言ったんだけどね〉

〈真由美が納得しないのか?〉

〈主人が気に入っていた時計だからって、こだわってるのよ〉

〈放っておけよ。真由美にはかかわり合わない方がいい〉

〈そうね。できるだけ、かかわり合わないようにします〉

というやり取りがあったのだが、彩はいまだに真由美とかかわり合っている。島岡の家を訪れ、線香を上げてきたというのだ。


いやだ、いやだと言いながら、彩は進んで、今は亡き島岡と彼の妻の作り上げる島岡ワールドに巻き込まれていこうとしているように思える。なんとかして引き留めたいのだが、会うのはおろか、電話で話すことさえできない今の関係では、手だてはないに等しい。

せめて、彩と電話で話したい、と思ったとき、電話が鳴り出したので驚く。が、鳴っているのは携帯ではなく家の電話である。つまり、彩ではないということ。それでもつい期待を込めて受話器を取ってしまう。


「もしもし」聞こえてきたのは男の声である。「貴船克己くんのお宅ですか」

「そうですが」

いきなり、克己くんと呼ばれて戸惑う。

何者？

「克己くん？」とまた相手は言った。

「はい」

「どうも初めまして。長谷と申します。お父さんとは議員仲間で」

「ああ」

トレーニングに付き合ってほしいと父を通じて言ってきている、その相手だ。

「先ほど、貴船さんから電話をもらってね。来週か、再来週、私のトレーニングに付き合ってもらえるそうだね。忙しいところ、悪いねえ、克己くん」

「は？」

「いや、だからトレーニング。無理を言って済まなかったね。で、無理を言うついでになってしまうんだけど、できれば加圧トレーニングを、一度やってみたいと思っているんだ」

「えーと、ですね」

「ダメかな？」

「加圧がダメとか、そういうことではなくて。来週か再来週、僕が長谷さんのトレーニングにお付き合いすると父が申し上げたんですか」

「うん。スケジュールをやりくりしてくれているそうじゃないか。一言、お礼を言おうと思って、電話させてもらったんだ。貴船さんに克己くんの電話番号をおしえてもらってね」

「そうでしたか」

あの野郎。

心の中で毒づく。

いつまで経っても、克己が色好《いろよ》い返事をしないものだから、強硬手段に出たというわけか。長谷本人からの電話なら、いくらなんでもむげに断れないだろうと踏んでのことだろう。

「嬉しいなあ。有名なインストラクターに静岡まで来てもらえるなんて。雑誌に載っている克己くんを目にしたときから、一度、トレーニングに付き合ってもらいたいと思っていたんだ。メンバーになっているスポーツクラブには、私からよく言っておく。克己くんのやりやすいようにしてもらって構わない」

「はあ」

「まあ、克己くんが勤めているスポーツクラブと比べたら見劣りするかもしれないけども、地元では、そこそこ評判のいいところなんだよ。スポーツクラブのあるビルのオーナーと親しくしているから、そのつてで無理を聞いてもらうこともできるし」

「はあ」

「克己くん？」

克己が気のない返事を繰り返していたせいだろう。長谷の声に戸惑いが混じる。

「私ばかり一方的に話してしまったね。申し訳なかった。もしかしたら、私の頼みは迷惑だったのかな」

「いえ」反射的に答えていた。

長谷が、まるで子供のように落胆しているのが伝わってきたからだ。

父の策略にまんまとやられたようで癪《しゃく》ではあるが、こうなっては仕方がない。とりあえず一度、長谷のトレーニングに付き合えば、父の顔も立つだろうし、頻繁に電話をかけてくることもなくなるだろう。

頭の隅で来週の水曜日は仕事が休みだったな、と考える。その日なら長谷のトレーニングに付き合えないでもない。

よし。行くか。

「来週の水曜なら」と克己は言った。

「いいのかね？」

「僕の方は。長谷さんはいかがですか」

「なんとしても都合をつけるよ。ありがとう。楽しみだよ」

長谷がメンバーになっているスポーツクラブは、駅前のビルにあった。全国展開している老舗スポーツクラブの一つである。

ドアを開けると、受付にいた女性が笑顔で、こんにちは、と言う。受付の手前がスポーツ用品ショップと、ドリンクコーナー。明るい雰囲気である。

受付に歩み寄り、克己は言った。

「こちらのメンバーの長谷さんにお目にかかりたいのですが」

女性は、はっとしたような顔で克己を改めて見てから、「もしかして、貴船克己さんですか」と訊いた。

「はい。貴船です」

「長谷さんから伺っています。ジョーカーズのインストラクターをしている貴船さんがいらっしゃるって。この間、雑誌に出てらっしゃいましたよね？」

「ええ、まあ」

「わあ。本当に、貴船さんなんですね。私、ジョーカーズに憧れているんです。セレブが通ってくるスポーツクラブって、テレビでも紹介されてました。そこでチーフ・インストラクターをしている貴船さんに会えるなんて、嬉しい！」

あまり大きな声で騒ぐものだから、克己の方が困ってしまう。つい顔をしかめると、あ、ごめんなさい、と彼女は口元に手を当てた。

「すぐに長谷さんをお呼びしてきます」と言って立ち上がる。

代わりの女性が受付に座ったが、彼女も、雑誌に載るなんて、すごいですよねえ、などと話しかけてくる。

長谷はどうやら克己のことを大げさに吹聴《ふいちょう》して回ったらしい。

適当に受け流して、椅子に座って長谷を待つことにする。

しばらくするとロッカールームのドアが開いて、男性が一人足早に歩いてきた。白いTシャツにトレーニングパンツ。上背はそれほどないが、よく鍛えた身体をしている。トレーニング中だったらしい。かなり汗をかいている。銀髪にも見える白髪さえなければ、四十代、いや、三十代と言っても通りそうな身体だ。

「克己くんだね？」

右手を差し出しながら、男は克己に歩み寄ってきた。克己がうなずいたのとほぼ同時にぎゅっと右手を握りしめ、長谷です、と言う。

「どうも」

「遠いところ、わざわざ済まなかったね」

「いえ」

長谷はぐっと顎を引くようにして、もう一度、克己を見る。目を細めて。

一瞬、奇妙な感覚に包まれた。長く会っていなかった親戚の人間に、久しぶりに再会したときのような気持ちだ。相手の目に、成長した今の自分が頼もしく映っているのが分かる。じっと見られるのが面映《おもは》ゆい。

しかし、長谷は親戚ではない。幼い頃の克己を知りはしない。なのに、なぜこんな目で見るのだろう。

以前にどこかで会ったことがあるのだろうか。

昔の俺を知っている？

克己が見返した瞬間、長谷はさっと視線を外して言った。

「さてと、どうしようか。早速、トレーニングルームに行くかい？　それとも、ここで少し話をしてからの方がいいのかな」

「そうですね、では、少しお話を」トレーナーとしての自分に戻って克己が言う。「長谷さんはこちらのスポーツクラブのメンバーになって、どれくらいですか」

「三年ほどになるかな」

「その間の記録は？」

長谷が受付の方を向いて、何か合図をした。あらかじめ頼んであったのだろう、先ほどの受付の女性が、すぐにファイルを持ってきた。

「拝見します」

名前、そして年齢。父と同じ五十九歳である。そのあとに、身長、体重、体脂肪率、血圧、脈拍といった基本データ。トレーニング内容についての記述が続く。長谷はほぼ一週間に二度の割合でクラブを訪れている。たまにスイミングという日もあるが、ほとんどがウエイトトレーニング中心だ。

父の話によれば、長谷はメタボリックシンドロームを心配しているということだったが、とんでもない。彼の胴回りに贅肉は、ほとんど見当たらない。

このくらいの年齢の男性で、人並み以上に身体を鍛えている場合、多かれ少なかれナルシスティックな部分があるものだ。おそらく長谷もそうだろう。そのあたりをうまく刺激するのもまた効果的なトレーニングを行う上では、必要なことである。

「熱心にトレーニングを続けてらっしゃいますね。負荷を少しずつ上げて、着実にこなして、しっかりと筋力をつけていってらっしゃるのが分かります。ボディメイクがきちんとできていますね。すばらしいですよ」

克己の言葉に、長谷は相好を崩した。

「偏っているでしょう？　自分のやりたいことしかやらないから」と言う。

「トレーニングの基本はそれでいいと思いますよ。自分のやりたいことをやる。やりたくないことを無理に自分に課しても、続きませんからね」

うん、うん、と長谷がうなずく。

「ですが、やはり時々は違うトレーニングも取り入れて頂いた方が、より効果的だと思います」

「そうだろうな」

「きょうが、そのきっかけになるといいと思っていますが」と言って、克己は笑顔を向ける。

営業用の笑顔。相手が女性であろうと男性であろうと、効果は絶大。

克己が人気も実力もあるスポーツインストラクターとして評価されている理由の一つが、この笑顔である。努力して身につけたスキルと言ってもいいかもしれない。

克己が勤めているジョーカーズは、クラブのメンバーに対するきめ細やかな個人指導を売りにしている。モデルや芸能人の顧客が多く、いついつまでに何キロ体重を落としたい、ウエストを何センチ引き締めたい、というはっきりした達成目標を掲げてクラブに通ってくる。

そして、その目標を達成させるのが、インストラクターの役目であり、その成否が即、評価に結びつく。タイトなスケジュールで厳しいトレーニングメニューを組み立てることもあり、それを何とか乗り越えさせないことには始まらないのだ。途中で、他のインストラクターに替えてくれ、と言われた日には目も当てられない。

笑顔と励ましの言葉。ときには、気恥ずかしくなるほどの褒め言葉を連発する。

「すごい。本当にすごいですよ。いいですねー。よくなってます。腹筋が鍛えられてるのがはっきり分かります。さあ、あと二セット頑張りましょう」

飴《あめ》と鞭。

厳しいトレーニングに最後までついてこさせるには、絶対に必要なものだ。

「トレーニングルームに移動しましょうか」

記録簿を閉じて、克己が立ち上がる。長谷もうなずき、立ち上がった。

「長谷さん、先に行ってストレッチをしていて頂けますか。僕も着替えてすぐに行きますから」

「分かりました」

長谷の表情が引き締まった。


三時過ぎから始めて終わったのが六時。ほぼ三時間にわたるトレーニングだった。

その後、ゆっくり風呂に入り、クラブを出たのは七時近い。

食事に付き合ってほしい、と長谷に言われて、タクシーに乗った。長谷が予約しておいてくれたのは、街中から少し外れたところにある料亭で、地元でとれた魚介類中心の料理を出すらしい。

「いやあ、こんなに充実したトレーニングは初めてだ」座敷に腰を下ろすなり、長谷は言った。

「満足して頂けたのなら、よかったです」

「大満足だよ。まずはビールで乾杯といくかな」

車で来ているので、と断ると、きょうはこっちに泊まるんだろう？　と長谷が言った。

「いえ。明日も仕事があるので帰ります」

「そうか。じゃあ、夕飯に誘ったりして悪かったかな」

「いえ。きょうのうちに帰ればいいんです。うまいものを食べさせてもらえるのは、嬉しいですよ」

「そうか。ならいいが。しかし、ビールなしというのが気の毒だね。私だけ飲むのも気が引けるよ」

「気になさらず、どうぞ飲んでください。僕はいつものことですから」

「そうなのか？」長谷が驚いた顔をする。

仕事柄、アルコールは基本的に飲まないのだと伝えた。

「さすがプロだね。徹底している。あれだけ運動したら、私など、ビールを飲まずにいられないよ。と言うか、運動のあとで飲むビールを楽しみに、なんとか頑張っているというのが本当のところだね」

克己は黙って微笑む。

「しかし、楽しかった。加圧トレーニングというのを初めてやってみたが、なかなかいいね」

「続けられてはどうですか。あそこのクラブでも、加圧トレーニングを指導しているようですよ」

「そうだね。考えてみるよ」

「長谷さんはうちの父と同じ年齢ですが、鍛えてらっしゃるから、体力年齢はずっとお若いですね」

「そうかな」

「そうですよ。食事にも気を遣ってらっしゃるんですか」

「人並みにね。克己くんは？」

「僕は、人並みより少しうるさい程度に」

「それは、かなりうるさいという意味だろうね」と言って長谷が笑う。「しかし、貴船さんは自慢でならないだろうね。娘さんは東京で弁護士、息子の克己くんは有名なスポーツインストラクターだ」

「姉の方はともかくとして、僕のことは別に自慢には思っていないでしょう」

「どうして」

「弁護士というのは社会的にステータスのある職業ですし、特に姉の場合はテレビのコメンテーターなどもして名前が売れてますから。それに比べたら、スポーツインストラクターなんて仕事はまだまだ。父だって、内心ではバカにしてるんじゃないかと思いますよ」

「確かに新しい職業ではある。ことに静岡のような地方では、まだまだ認知度が低いかもしれないが、しかし、スポーツ健康科学というのはこれからどんどん伸びていく分野だろう？　近年、日本人のプロスポーツ選手が海外で華々しく活躍できるようになったのも、優秀なトレーナーの存在あってこその話だ」

「そう思ってくれている人がどれだけいるか」

「それにね、弁護士っていうのもいろいろなんだよ。一概には言えないが、私自身、弁護士をしていたからよく分かる。食うのに汲々《きゆうきゆう》としている場合もままあるし、意にそぐわない仕事に明け暮れることも多いんだよ。実は、たいへん地味な汚れ仕事なんだ」

「それはそうかもしれませんね」

料理が運ばれてきた。しばらくは黙って食べる。

「どうかな？　うるさい舌も満足してくれたかな」

「はい。おいしいです」素直に応じる。

「よかった。どんどん食べて」と言って、長谷が本当に嬉しそうな表情で克己を見る。目に温かな光が宿っている。

また、奇妙な感じがした。初めて長谷と顔を合わせたときに感じた、あの気持ち。親戚の誰かに久しぶりで会ってでもいるような……。

「あの」

克己が言うと、長谷がまだ微笑みの残る顔で、うん？　と応じた。

「以前に僕は、長谷さんにお会いしたことがあるのでしょうか？」

「どうして」長谷が目をみひらいた。

「なんとなくそんな気がして。こうしていると、懐かしいっていうか、不思議な気分になって」

「懐かしいか……」

「変ですよね。きょう初めてお会いした人に対して」

「いや、そんなふうに言ってもらえると嬉しいよ」長谷の笑顔が大きくなった。

「嬉しい？　なぜですか」

長谷が言葉を探すようにして黙る。

「実を言うとね、私はずっときみのことを気にしていた。見守っていた、なんておこがましいことを言うつもりはないよ。ただ、どうしているかな、と気になっていたんだ」

「それはどうして」

「お母さんが亡くなられたときに遡るんだが」

「母を……、知ってらっしゃるんですか？」勢い込んで訊いた。

長谷はそんな克己を宥めるような手振りをしてから、言葉を継ぐ。

「知ってると言っていいものかどうか迷うが、実は、私はあの事故を起こしたトラック運転手の弁護士をしていた」

「え？」

「克己くんは小さかったからね、何も覚えていないだろうが」

「母をはねたトラック運転手の弁護士？」

「ああ、そうだ。当時の私は、まだ弁護士としては駆け出しでね。それまでは、事務所の所長の補助的な仕事がほとんどだった。トラック運転手の弁護が、初めて私に任された仕事だったと言ってもいいんだ」

「そうだったんですか」

「うん」

克己はしばらく考えてから、ぱっと顔を上げて言った。それまでの職業的な愛想の良さが消えて、冷めた声音になっていた。

「つまり、あなたは初仕事で、僕の母の落ち度を探そうとしたということですよね？運転手の罪を軽くするために？」

「そんなふうに問われれば、そうだと答えるしかないな。どんな場合でも、弁護士は、依頼人の利益になるように行動するものだからね」

「それで見つけたんですか？　母の落ち度を」

「お母さんに落ち度があったというのではない。加害者となったトラック運転手にも、同情すべき点があったということだ。彼はそれまで無事故で通した、模範的なドライバーだったからね。避けられない事故というのも、あるんだよ」

「事故からだいぶ経ったときに、親戚の誰かから聞きましたよ。母は自転車で歩道を走っていたときにバランスを崩して転び、車道に吹っ飛んだんだと。たまたまトラックが通りかかったのは、とても不幸なことだったとね」

「そう。非常に不幸な事故だった。運転手にとってもね。あの事故で、交通刑務所行きというのは気の毒だった。なんとしても、執行猶予を勝ち取ってやりたかったんだよ」

「なるほど」と言って、克己は箸を置いた。「で、念願かなって執行猶予がついたわけですよね。その後、あなたがずっと僕のことを気にかけていたのはなぜなんです？」

「うまく説明できないが、心に引っかかっていたんだ。担当した初めての仕事だったせいだろう」

「僕が、幼くして母を亡くしたかわいそうな子供だったから、というのもあるんじゃないですかね」

　自分自身を揶揄《やゆ》するように言ってみせたのだが、長谷は真面目な顔で、それもあるかもしれないね、と言う。

「それもあるってことは、それだけじゃないってことですよね?」克己はさらに言う。

「うん、まあそうだな。それだけじゃないな。きみは、貴船さんという地元の名士の息子さんだったし、その後、私が市議を務めるようになってから、貴船さんと面識ができたからなおさら気になっていたんだよ」

「僕のことが気がかりだった理由は、もう一つあるんじゃないんですか」

長谷は黙って克己を見る。克己はまっすぐに長谷を見返して言った。

「ずっと僕は本当のことが知りたかった。本当のことをおしえてくれる人に会いたかった。長谷さん、あなたにきょうこうして会えたこと、あなたの方から会うチャンスを作ってくれたことに感謝しますよ」

「感謝してるのは、私の方だよ。トレーニングに付き合ってもらって、立派に成長したきみに直《じか》に触れることができたんだから」

長谷の言葉などおかまいなしに克己は身を乗り出す。

「長谷さん、おしえてください。母が死んだのは、僕のせいだったのではありませんか」

「何を言い出すんだね、克己くん」

「母親の運転する自転車がバランスを崩して倒れる。自転車の後部シートには幼稚園児が乗っていた。この場合、一番考えられるのは、後ろの席で子供がふざけてあばれたといったケースではありませんか」

「克己くん」

「本当のことが知りたいんです。父も親戚の人間も、誰も言おうとはしない真実を」

「お父さんやご親戚は、あの事故についてどんなふうに言ってるんだね？」

「母がぼうっとしていたのだろうと。母はよく自転車を漕ぎながら、鼻歌を歌っていたんですよ。僕も覚えてます。自転車の後ろで母の背中に耳をくっつけて聞いた歌声を。今でも母の声のビブラートが耳に残っています。母はときどき歌うことに夢中になっていて、曲がらなければいけない角を通り過ぎてしまったり、知り合いの誰かが呼びかけても気付かずにそのまま行ってしまったり、といったことがあったんだそうです。あの日も歌を歌っていい気分になっていてバランスを崩したのだろうというのが、父や親戚の人間の話でした」

「おそらく、お父さんや親戚の方の言っている通りだったんじゃないかな」

「でも……」

「なんだい？」

「僕が覚えているのは、母の歌声だけじゃない。それを聞いていた自分自身のことも覚えているんですよ」

「きみはお母さんの歌が好きだったんだね？」

「ええ。そして、母の歌に合わせて身体を揺すったり、手足をばたつかせたりするのも好きだったんです。リズムをとっていたつもりだったのかもしれません。そのたびに、母にたしなめられました、危ないでしょ、静かに座ってて。じゃないと転んじゃうわ」

なるほど、と言って、長谷はしばし黙る。

隣の座敷からにぎやかな声が漏れ聞こえてくる。客は楽しく飲んでいるらしい。

しばらくして長谷が口を開いた。

「きみはずっと、あの事故が自分のせいだったんじゃないかと思い続けてきたわけだ」

「真相が知りたいんです。誰に訊いても、母がぼんやりしていたせいだろうとしか言わない。実際、その場に居合わせたわけじゃないから、本当のところを誰も知らなかった。高校生になったとき、事故の目撃者を捜して状況を確認すればいいと思いつきはしたものの、既に事故から十年以上が経っていました。そんなに時間が経ったあとで、交通事故の目撃者を捜すなんてできるわけがない。少なくとも、僕にはできそうもなかった。どうすればいいのか分からなかったんです。でも、あなたは違う」克己は長谷を見据える。「あなたはあの事故について調べたはずです」

長谷の頬が引き締まる。奥歯を嚙みしめたようだ。

「事故の目撃者を捜し出して、話を聞いたのではありませんか」

そのとき、失礼します、という声がして襖《ふすま》が開けられた。店の人間が飲み物のお代わりはいかがですか、と訊きにきたのである。長谷は手振りで、必要ない、と伝えた。

「失礼いたしました」すぐに下がっていく。

ふう。

克己も長谷も長く息をつく。我知らず、息を詰めていたようだ。

「克己くん、確かに私は事故についての情報を集めた。しかし、自転車の荷台で男の子が騒いでいたせいで転んだという話は出てこなかった。歩道とは言っても、でこぼこがかなりあってね、タイヤが弾んでバランスを崩したんじゃないかというのが、警察を含め、事故について調べた人間の一致した意見だよ」

「それは知っています」

「それ以上のことは、何もないよ」

「嘘だ」

「嘘じゃない」

睨み合うような格好になる。空気が緊張をはらむ。ふと長谷が表情を緩めた。

「当時、きみのお母さんについて多少、調べさせてもらった。自転車に乗るとき、スピードを出すことがあったかとか、乱暴な運転や不注意な運転をしていなかったかといったようなことだ。そんな中で、きみのお母さんを知る人が皆、口を揃えて言っていたことがある」

「何ですか」

「お母さんが、とにかくきみをかわいがっていたということだ。一人息子のきみを、それこそ目の中に入れても痛くないくらいにかわいがっていた。どこに行くんでも、自転車の後ろに乗せて連れていった。買い物や町内の集まり、友達の家、公園や図書館。きみがときどき自分でシートベルトを外してしまうことがあったから、お母さんは、いつも運転しながら後ろにいるきみに向かって、ちゃんとシートベルトをしなさいと、うるさいくらいに言っていたそうだね」

「おかげで僕は、車道には飛び出さなかったそうです」

「きみは、自転車と一緒に歩道に倒れたんだったよね？　シートベルトをきちんとしていたのが幸いしたと聞いた覚えがあるよ。きみは脳震盪《のうしんとう》を起こし、事故を目撃することもなかった。左鎖骨の骨折だけで済んだんだったよね。お母さんの最後の必死の願いが、そうさせてくれたんだろうと周囲の人が言っていたよ」

膝の上で固く拳を握りしめる。手の甲に血管が浮き上がった。

「僕は、肝心なことを何も覚えていないんですよ」絞り出すように言った。

「そんなことはないよ。覚えているべきことは、きみの奥深くに残っているはずだ。たとえば、深く愛された記憶」

深く愛された記憶……。

母のことを思い出そうとするたび、胸の奥が痛く、苦しくなる。なぜだか居ても立ってもいられなくなる。この気持ちが、深く愛された記憶なのだろうか。

分からない。克己はぎゅっと目を瞑る。

「私はね、きみが立派に成長したことを知って、本当に嬉しかった。あの事故は非常に不幸なことだったけれども、きみはそれを乗り越えた。ここに至るまでには、いろいろあっただろう。貴船さんが再婚して、新しいお母さんとお姉さんとともに暮らすのも、楽しいばかりじゃなかっただろうと思うよ。でも、きみは自分を生かす仕事を見つけ、成功した。雑誌を見たとき、どうしても一度、きみに会ってみたくなったんだよ」

「失望させていなければいいのですが」平板な声で克己が言う。

「失望？　なぜだね？」

「僕は、長谷さんが期待したような人間ではありませんから」

「そんなことはないよ。トレーニングを受けてみて、克己くんの優秀さがよく分かった」

長谷はゆったりと微笑む。

「いいえ」克己が鋭く言う。「長谷さん、あなたは何も分かってはいませんよ」

そう。長谷は何も分かっていない。

た。

その思いを嚙みしめながら、克己は夜の東名高速を飛ばす。

長谷との食事を終えてからスポーツクラブのパーキングに戻り、帰路についたのだった。

母の自転車の後ろに乗っていたときの気持ち。

バイクのリアシートで彩の腰にしがみついていたときの気持ち。

深く愛された記憶、と長谷は言ったが、克己にとっては、どちらも深く愛した記憶だった。これ以上ないほど深く愛していた母。永遠に母の体温を感じ、においに包まれ、歌声を聴いていられるものと思い込んでいた。

けれど克己は、幼い頃に思い知らされたのである。愛した相手を失うことがあるという事実を。いや、もしかしたら愛したがゆえに失ってしまったのかもしれないということを。

母の漕ぐ自転車のリアシートにいるとき、克己はいつも上機嫌だった。二人きりの世界。風景は移り変わっていくけれど、克己の目の前にある母の背中は変わらない。優しい歌声はときに眠気を催すほどで、実際、眠ってしまったことも何度となくあった。

「シートベルトはしてる?」

克己が眠くなると、どういうわけか母はすぐに気が付いて言うのだった。

「うとうとしてて自転車から落っこちちゃったら、たいへんよ。ベルトがちゃんとなってるか確かめてね」

「うるさいなあ。眠ったりしないから、大丈夫だよ」克己は答えた。

それでも母は言うのだった。

「そうやってぐずるのが眠い証拠。きちんとシートベルトしておいてね」

「分かったよ」

と素直に答えてみせながら、克己はわざと身体を左右に揺するのだった。自転車がぐらぐらする。

「きゃっ」

母が慌ててハンドルを握りしめ、バランスを立て直す。

「危ないでしょ」

へへへ、と克己は笑った。

「もう！」

母の腰にしがみつく。ふざけて母の脇腹をきゅっとつまむ。母が身体を捻った。

「こら。やめなさい」

いくら怒られたところで、克己は懲りない。

克己は母を驚かせるのが好きだった。

「ほんとにもう」

母はまだぷりぷりした声を出しているが、そのうち笑い出す。

「そんなにしがみつかないでよ。くすぐったい」と言いながら。

お母さん、お母さん。

なんてあったかくてふわふわしているんだろう。

克己は、母の背中に頰をこすりつけた。

だが、その背中は突然失われてしまったのだ。

なんで。

どうして。

克己にはまったくわけが分からなかったけれど、母がもういないということだけは確かだった。

そして小学四年生の秋、新しく母になる人を紹介された。同時に彩に出会った。

家族として暮らし始めてから数年後、バイクの免許を取った彩が克己に言った。

「乗りたい?」

克己は戸惑ったが、再度、後ろに乗ってみたくない? と問われて、俺が乗っても大丈夫なの? と訊き返した。

「免許取り立てだけど、近所をゆっくり走るだけなら大丈夫よ。乗る?」

「うん」

彩のバッグにはヘルメットが二つ入っていた。彩がシルバーメタリックの方を差し出した。それをかぶり、克己はリアシートに跨がった。

「摑まって」

と言われたが、最初は彩の腰に手を回すのに抵抗があった。ぐずぐずしていたら、彩がぐいと克己の手を引いて、自分の身体に回させた。彩の背中に頬が当たる。

「行くよ」

彩はすぐにバイクをスタートさせた。

あの瞬間、母の背中が戻ってきたのだった。安らげる場所を、再び得たのだ。

だが、それもやがて失うことになる。

俺のせいで。

いつだって俺のせいで。

克己は車のハンドルをぎゅっと握りしめた。アクセルを踏む足に力がこもる。

大切なものを失うのは、自分のせい。

あの幸福だった時間。

もうどこにもない。

取り戻したくても、取り戻せない。

どうして俺はこうなんだろう。

前から来る大型トラックのライトが目映い。克己は思わず、目を細めた。ハンドルを握り直し、アクセルを踏む。

ほんの気持ちだよ、という言葉と共に長谷から渡された封筒には、けっこうな金額の金が入っていた。今、その封筒は携帯電話と一緒に、助手席に投げ出すように置かれている。

自己満足。

長谷が克己のトレーニングをと望み、食事を奢《おご》ってくれ、多額の謝礼を渡したのは全て彼にとっての自己満足のためなのだと克己は決めつける。

若い頃、仕事でかかわった気の毒な子供の行く末を案じ、見守り、励まし、支援する。彼は自分の肉体を愛《め》でるように、自分の小さな善意に酔っている。

さすが親父の知り合いだよ。

見てくれの洗練度は、長谷の方が何歩もリードしているが、無神経さにかけては親父といい勝負だ。

克己はまっすぐ前を睨みつけ、車を走らせる。

自分自身の荒い呼吸音だけが響く。

一人で車を運転するときに、音楽はかけない。お気に入りの音楽をかけながらドライブを楽しむのが趣味なんていう輩は、信じられないほど能天気な人間だと思っている。

外部と遮断された車内は、純粋に自分と向き合うための場所。向き合わなければならない場所だ。愛想笑いも、親しみやすさも何もない、剝き出《むだ》しの自分。

ああ、このもやもやとした気分。

何もかも、ぶち壊してしまいたい。

思い切りアクセルを踏み込み、前方のトレーラーに突っ込んだら、派手に砕け散って全てが終わるだろう。

母を死なせ、彩の右足を不自由にし、女性としての感覚にまで障害を与えてしまった。

なのに、俺は健康体で、スポーツインストラクターなんぞをやっている。

なんてことだ。

右にハンドルを切って追い越し車線に入ると、克己はアクセルを踏み込んだ。スピードが上がる。大型トラックやトレーラーを次々に抜いていく。

ライトの点滅。振動。頭の芯が痺れる。

全部、壊してしまいたい。

破壊したい。

何よりも、壊したいのは自らの肉体。

俺の身体が壊れてしまえば……。

おそらく一瞬のことだ。何も分からないうちに終わる。

アクセルを踏み込もうとしたとき、助手席に置いてあった携帯電話が振動した。

はっと息を呑んだ。見なくても分かる。

彩だ。彩に決まっている。

こんなときに電話をくれるのは、彩以外にいない。この世界に引き留めてくれるのは。

しばしコールが続き、やがて止んだ。

ハンドルを握りしめていた腕から力が抜ける。アクセルに置いた足からも。

ハンドルを左に切り、走行車線に戻った。スピードを緩め、前の車と速度を合わせるようにして進んでいく。

パーキングエリアのサインが見えた。ウインカーを出し、左に逸れる。エリア内の駐車場に車を停めて、携帯電話を確かめる。やはり彩だった。

何の用だろう。ずっと電話で話していなかったのに。かけ直してこないところをみると、緊急の用事ではなかったようだ。

実家の母親から、きょう克己が静岡に行ったことを聞いたのかもしれない。それで、どうだった？　とでも訊こうと思ったのか、あるいは、お疲れさま、と克己をねぎらってくれようとしたのか。彩の方も、電話をするきっかけがほしかったのかもしれない。

ああ、彩。声が聞きたい。

今すぐリダイアルすれば、彩は間違いなく電話に出るだろう。そして、きょうあったことを話す。彩は軽く相槌を打ちながら聞く。そして、彩の方にも話したいことがあるはずだ。

携帯電話を握りしめたまま克己は、何度も深く呼吸をする。

だめだ。

今、彩と話すことなどできはしない。

彩の声を聞いたら、何かとんでもないことを言ってしまいそうだ。

とんでもないこと……。

それが何かを克己は自問する。

おそらく、克己が彩を女性として愛していたという事実。

彩が他の男と付き合っているのが、耐え難かった。

島岡を殺したかった。やつが死んでくれて嬉しかった。嬉々《きき》として死体を捨てに行ったのだ。

そして、今も克己は思っている。島岡が死んでくれて本当によかった。あんな男に、彩と付き合う資格はない。もしできることなら、島岡の妻の真由美もいなくなってくれればいいのだが。彩を悩ませる存在は全て消え去ってほしい。

彩と二人だけで生きていきたい。
彩、俺の望みはそれだけなんだよ。
克己はもう一度、荒く息をついた。

第八章　薄　氷

「現在のこの状況についてどう思われますか、貴船さん」
「え？」
ワイドショーの司会者から尋ねられた瞬間、彩の頭の中は真っ白になった。
どう思われますかって、何のこと？
進行中のトピックは？　少女軟禁事件はもう終わったから、今は……。
そうですねえ、と言いながら、司会者の横にいるレポーターを見る。手に持っている
フリップには数字が記されているが、何を意味しているのか。
ほんの数秒。けれど今は一秒一秒が普段の倍、いや数十倍の意味を持つ。
冷や汗が滲んだ。
何か言わなくちゃ。早く何か。
気持ちばかりが焦って、頭がついていかない。
どうしよう。

意味もなく、右足を拳で叩いた。なぜそんなことをしているのか自分でも分からない。ほとんど感覚のない足を叩いたところでしょうがないのに。

司会者の顔が強ばる。

「ちょっとよろしいですか」

彩の隣に座っていたコメンテーターが言った。どこかの大学の准教授をしている山崎《やまざき》という男性である。彼は最近、この番組にレギュラー出演するようになり、甘さのあるルックスが中高年女性に人気だとか。

「交通事故で亡くなられる高齢者が急増しているのは確かにその通りですし、信号無視や危険な横断をしないように、歩行者のマナーを徹底して頂くのは意味のあることだと思います。ただ、事故に遭った高齢者数だけを取り上げるのでは、十分ではないと思うんですよ」

どうやらフリップにある数字は、交通事故で亡くなった高齢者数であるらしい。

「車を運転していて事故を起こす高齢者の数も、近年、非常に増えているわけです。つまり、高齢者が加害者にもなっている」彼のコメントは続く。

なるほど。交通事故における高齢化問題というわけだ。

ようやく話の流れが分かって、彩は安堵する。

彩の勤める法律事務所においても、高齢のドライバーから持ち込まれる相談件数が増えている。不注意な運転が原因で、不幸な事故を起こしてしまったというケースだ。

今の大学准教授のコメントは、本来、彩がすべきものだった。具体的なエピソードを加えて。司会者もそれを期待したのだろう。

次にコメントを求められたら、的確なことを言って挽回しなくては。

彩は気を引き締めた。が、それから三十分以上、番組は続いたのだが、その日、司会者が彩にコメントを求めることはもうなかった。

番組が終わるとすぐに、ちょっと貴船さん、とディレクターに呼ばれた。その場にいた全員の目が彩に集中する。

「こっちに来て頂けますか」

「はい」

彼のあとについて、スタジオに隣接した小部屋に入る。パイプ椅子が数脚と折りたたみ式のテーブルが置かれている。簡単な打ち合わせに使う場所である。

「先ほどは、どうかされたんですか」言葉は丁寧だが、表情は思い切り不愉快そうである。

「申し訳ありません」彩は深々と頭を下げた。

「謝ってもらってもね、今さらどうしようもありませんから。理由が知りたいんです」

「集中力を欠いてしまって」

彼は長く息を吐いて言う。

「困るんですよねー、そういうの。集中力を欠いてしまった、なんて一言で済ませられちゃうと、こっちとしてはお手上げです。貴船さんが黙ってしまわれたあの瞬間、心臓が止まりそうになりましたよ。いや、ほんと、一瞬、止まったんじゃないかな。山崎先生が助け舟を出してくれたからよかったようなものの。しかし、あれもタイミングが遅かったですけどね。もうちょっと早く何とかしてもらえれば、ぽっかり間《ま》が空くこともなかったんですが。今も、視聴者からの苦情や問い合わせの電話がひっきりなしだと思いますよ」

「すみません」

「体調が悪いとか、なんか事情があったりするんですか？」

「いえ、そういうわけではないんですけど」

「体調は悪くないけど、集中力に欠けたってことですね？」

「ええ」

もう一度、彼はため息をつき、

「こういうことがあっては、ほんと、困りますから。以後気を付けてください」

「申し訳ありませんでした」

控え室に戻って、彩は椅子に腰を下ろした。帰り支度をしようと思うのだが、その気力さえも湧かない。舌を噛み切りたい気持ちだった。

ワイドショーの仕事は、彩の本業ではないとはいえ、引き受けたからには無責任なことはできない、真摯に取り組もうと思っていた。なのに、あのざま。本番中に、島岡と彼の妻の真由美のことを考えていたのだ。

真由美の声が耳元に響き、島岡の顔が浮かんできてしまう。

亡くなったときに島岡がしていたはずの腕時計を、どうしても見つけたいのだと真由美は言った。大切な遺品なんです、と。

真由美に誘われて訪れた島岡の自宅は、世田谷の外れにある古くて大きな家だった。資産家の息子で、彼自身もネット株取引で成功していた島岡は、余裕のある暮らしを送っていたらしい。

「これ、見てください」

と言って、真由美が彩の目の前に差し出したのは、革張りの重厚なケースで、中には腕時計がきちんと収められていた。凝ったデザインの美しい時計は、全てアンティーク。彩にはどこのブランドのどういった品々なのかは分からなかったが、いずれも高価なものなのだろうと思われた。

真由美はその一つ一つを慈しむように、そっと指で撫でた。

真由美の指先を見ているうちにふと思いついて、彩は訊いてみた。

「ご夫婦でペアの腕時計は、お持ちではなかったんですか?」

その瞬間、真由美の顔に影が差したようだった。真由美は二、三度ゆっくり瞬きをしてから言った。

「私にはアンティークは似合わないって、主人は言ってました。買ってくれたのは、アンティークではなく新品の腕時計でした」

アンティークの時計には、似合う似合わないというのがあるのだろうか、と彩が思っていると、真由美が言葉を継いだ。

「私は健康的過ぎるんだそうです。夫が言うには、自分のように病弱だったり、あるいは歳をとっていたり、何かしらそういうハンディキャップがあった方が、アンティークを身につけるのにしっくりくるんだとか」

不自由な右足だからいいわけだ、と彩は思った。真由美が、暗にそれをほのめかしているのかどうかは分からなかったが。

「主人と私はペアウォッチを持っていませんでしたけど、子供が産まれたら、三人でお揃いの腕時計をしたいわねって、一度、私が言ったことがあるんです。そうしたら、主人はディズニーウォッチかなって笑ってましたけど」

その言葉で、真由美と島岡が不妊治療に取り組んでいたことを改めて思い出した。

「本当に三人でミッキーマウスの時計ができたらいいなって、思いました。そう思えるくらい、主人は元気になってましたしね。心臓の薬を飲むこともあまりなくなって」

と言ったところで、そうだ、と真由美は立ち上がり、どこからか紙袋を持って戻ってきた。

「これなんですよ。主人の薬」

ぎょっとして彩は真由美の手元を見た。彼女は袋からシートに包まれた錠剤を取り出して、テーブルに置いた。二種類の錠剤はどちらも白く、大きさもほぼ同じ。

「似てるでしょう?」

「そうですね」

「でも、よく見ると違うんです。確かこっちが栄養剤」

彩に薬を差し出した。じっくり見る気になれず、彩はうなずいただけだった。

「二種類の薬をごちゃまぜにして保管しておくなんて、おかしいですよね。なんで主人がこんなことをしたのか、今もやっぱり分からなくて。だけど、いつまでもこだわっても仕方がないんですよね。警察も、もう私のことを疑ってないみたいだし。人気のない場所で、心筋梗塞の発作を起こしたのが不運だったと諦めるしかないんだと思います」

じっと真由美に見られている気がした。あの夜、彩が島岡のそばにいたのを知っているかのように。

彼女と話していると不安になる。だからといって、距離を置く気にはなれない。知らず知らずに、引きずりこまれている。亡くなった島岡の心情が彼女を通して解き明かされそうな気がするし、彼女自身の真意も摑んでおきたいと思ってしまう。

——真由美にはかかわらない方がいい。

克己のメールが蘇る。

もちろんそうだ。かかわらない方がいい。そして、それができたら、どんなにいいだろうと思う。

「お先に」

声をかけられてはっとする。同じ控え室を使っていたフリーライターの女性だ。彼女も先ほどの番組にコメンテーターとして出演していた。何か言いたそうな顔で彩を見たが、ちょっと肩をすくめただけで出ていった。

「お疲れさまでした」

閉まるドアに向かって言いながら、またぼんやりと考えに沈んでいたことに気付いて、彩は軽く頭を振る。

まったくどうしようもない。繰り返し、同じことを考えている。時と場所もわきまえずに。これじゃあ、仕事もまともにできやしない。

バッグから携帯電話を取り出し、電源を入れた。メールが届いている。

きっと克己だ。

急いで開く。from のところに事務所の伊藤の名前があるのを見て、彩は微かな落胆を味わった。

〈貴船先生、テレビ見ました。どうかなさったんですか。お疲れなのかしら。心配しています。所長のところにも、マスコミから問い合わせがあったりして。本業が忙しくて、疲れ気味っていうふうにコメントしていますよ。あしからず〉

読んでいるうちに憂鬱になってくる。心配してくれているのは分かるし、迷惑をかけて申し訳ないと思うが、今の彩にとって、伊藤の母親じみたメールは正直言って気が重くなるだけだった。

返信しようかどうしようか迷い、結局やめた。テレビ局からタクシーに乗れば、二十分ほどで事務所には着く。直接会って話せばいい。

それよりも克己はどうしたのだろう。

彩が出演するときは、欠かさず見てくれていた。ジョーカーズの仕事が早番のときでも、見終わってから家を出るのだと言っていた。それでもぎりぎり間に合うからと。そして、必ずメールをくれたのに。

気にするなよ。

誰にだって失敗はあるよ。

元気だせよ。

そういった短い言葉でいいのだ。何でもいいから、克己に励ましてもらいたかった。

彩はじっと携帯電話を見つめる。

そういえば、この間も克己から連絡がなかった、と彩は思い出す。

先週の水曜日の夜のことだ。実家の母が電話をかけてきて、きょう克己くんが静岡に来てたそうなのよ、とおしえてくれたのである。

「長谷さんのトレーニングに付き合ってくれたそうなの。今さっき長谷さんから、うちに電話があってね。克己くんのこと、すごく褒めてたわ」と。

それを聞いて、彩は思い切って克己の携帯の番号をプッシュしたのだった。ここのところずっとメールばかりだったから、電話をしたのは本当に久しぶりだった。だが、克己は出なかった。

運転中なのかなと思った。それなら、あとで克己の方から連絡をくれるだろうと。なのに、何もなかった。折り返しの電話も、メールも。

疲れているのだろうと、あの夜は思った。しかし、きょうもまた連絡がない。

普段なら必ず連絡してくれるはずのときに、音沙汰のないのが重なると、とてつもなく不安になる。

彩は急いでメールを打つ。

〈克己、テレビ見てた？　私、無様だったわよね。バカみたい。コメンテーターの仕事、

下りようかな〉

綴《つづ》っているうちに、自分がまさにそうしたいと思っていたことに気が付いた。コメンテーターの仕事なんか、辞めてしまいたい。今がそのいい機会だ。

克己はなんて答えるだろう。

送信ボタンを押す。しばらく待ってみたが、返信はない。

彩は控え室を出た。エレベーターで一階に降り、テレビ局の玄関を出たときに、貴船さん、と後ろから呼ばれた。振り返ると、番組で一緒だった山崎という准教授が走ってくる。

「いやあ、どうも、お疲れさま。大丈夫でしたか?」と彼は言う。

彩が戸惑いがちに見返すと、

「ディレクターに呼ばれてたでしょ。お小言だろうなと思って、ちょっと気になったから、待ってたんですよ」

「ご心配いただいてすみません。それから、先ほどはありがとうございました。助かりました。私ったら、本番中にぼうっとしてしまって」彩が言う。

「誰にだって、ああいうことはありますからね。あまり気にしない方がいいですよ」

「ご迷惑をおかけしました」軽く頭を下げた。

「そこまで一緒に行きましょう」と言って彼は歩き出す。

彩としては一人になりたかったのだが、仕方がない。一緒に歩き出した。

通りに出たので彩は立ち止まり、もう一度、彼に礼を言った。

「きょうは本当にお世話になりました。ありがとうございました。それじゃあ、ここで失礼します。車を拾いますので」

タクシーを停めようとして挙げかけた右手を、彼がぎゅっと摑んだ。

驚いて見ると、「いや、すみません。お茶でもどうかと思って。貴船さん、お疲れのようでしたから」彼は慌てて手を放し、照れたように笑った。

「ごめんなさい。あいにく時間がないんです。事務所に戻らなくちゃならないので」

「あ、そうですか」と言った彼の顔には、それまでとは打って変わって意地の悪そうな表情が浮かんでいた。「きょうのこと、多分、致命傷になりますよ」

「は？」

「だから、さっきの貴船さんの失態。視聴者は見逃さないですからねえ、ああいうの。下手すると、バッシングされちゃうかもしれませんよ」

彩は黙って聞いていた。

「僕から取りなしてあげてもいいかなと思ってたんだけど。プロデューサーとは個人的に付き合いがあるのでね。うまく収めてくれるかもしれない」

「そうですか」

「そうそう。だからお茶でも飲みながら、ゆっくり話をしましょうよ」

彼が彩の顔を覗き込むようにした。いつの間にかまた彩の腕を摑んでいる。

女子大学生に良からぬ行為をした大学教員について、先週、番組の中で話題にしたことがあったが、この男も同類かもしれないとふと思う。

手を振り払おうとすると、よけいに彼は力を入れる。

「放してください」

思い切り腕を振って逃れると、彼は一瞬、怯んだような顔をしたが、すぐに、にやっと笑う。息が顔にかかるほど、彩に近付いて囁いた。

「右足が不自由って、本当なの？　フリだったりして。どこからどこまでの感覚がないのか、実地で確かめてみたいなあ」

ふいに荒々しい足音がしたかと思うと、准教授の後ろに影が迫り、次の瞬間には彼は引き倒されていた。

「あっ」彩が声を上げる。

「彩、大丈夫か」

倒れた准教授の肩に膝を載せ、ぐいと押さえつけながら訊いてくるのは、克己だった。

「克己、どうしてここにいるの？」

「心配だったんだ。彩の様子がおかしかったから。きょうは仕事も休みだったし、それで来てみたんだ。そうしたら、おかしな男に」

「おい、放せ」准教授が克己の膝の下でもがく。「なんなんだ、きみは」

「お前こそ、なんなんだ」

「克己、やめて。同じ番組に出ていた人よ。私が黙り込んだときに助け舟を出してくれた、大学の先生」

一瞬、克己の力が緩んだのだろう。

「H大学法学部で准教授をしている山崎だ」途切れ途切れの声で、それでも精一杯の威厳を込めて言う。

「知るか、そんなこと」

克己はまた准教授を押さえつける。准教授が、ぺっと唾を吐きかけた。克己の形相が変わった。こめかみに青白い血管が浮き、ぴくぴくと脈打っている。右の拳を振り上げた。

「克己、やめて」

走り寄り、彩は克己にしがみついた。

「お願いだからやめて」

必死で肩を揺する。克己の上腕の筋肉は、信じられないほど固く盛り上がっていた。まるで別の生き物のように思える。意志を持って、准教授を叩きのめそうとしているかのように。

「克己」もう一度呼んだ。

克己は我に返ったように彩を見ると、ようやくのことで力を緩めた。准教授はよろめきながら立ち上がり、乱れた髪を手櫛《てぐし》で直した。

「貴船さん、説明してもらいましょうか。この失礼きわまりない男は何者なんですか」

「弟です。私のことを心配して駆けつけてきてくれたようで。乱暴なことをして、申し訳ありませんでした。ほら、克己、あなたも謝って」

促したが、克己はほんの一瞬、憎悪の漲《みなぎ》る視線を准教授に向けただけだった。

「きみ、その態度はなんだ。謝るのが礼儀ってもんだろう」

無言。

「そっちがその気なら、僕にも考えがある。きょうのことを公にしてやる。きみの姉さんが困った立場に追い込まれるんだからな。きみらがやっていることは、美人局《つつもたせ》みたいなもんじゃないか」

「美人局？」耳慣れない言葉だったらしく、克己が訊き返した。

「知らないのか。女を餌にして男を釣り、脅して金を巻き上げるんだよ。姉さんが足の悪いのを武器に男の気を引いて、それを見た弟が駆けつけて殴りつける。まさしくお前らのやってることだ」

克己が燃えるような目で睨みつける。

「金はいらないのか？　金を奪わなかったら、美人局は完結しないぞ」

克己の拳が震えている。それを見て准教授が、あとずさりした。

「お前、何て言った？」克己がうなるように訊く。

准教授が顎を引いた。喉仏が上下する。

「足が悪いのを武器に男の気を引くって言ったよな？」

准教授は黙りこくったままだ。

「お前、殺すぞ」低く克己が言った。

それから克己はさっと前を向くと、行こう、と言って彩の手を取った。

最近の喜ばしい成果と言えば、数ヶ月にわたって関わってきた百瀬ユリの離婚問題にけりがついたことだろうか。別の言い方をすれば、他にはろくに成果が上がっていないということでもある。

「一安心ですよねえ。百瀬さんの件が落着したのは。これ以上長引いたら、お嬢さんがかわいそう。おばあちゃまに強引に連れ去られたり、またお母様の元に戻ったり。大人の都合に振り回されて」伊藤が言う。

「子供の気持ちを考えてあげないといけませんよね」

「そうですよ」とうなずいてから、伊藤は改めて彩の顔を見た。「貴船先生、元気がありませんね。まだ、気にしてるんですか？　今朝のテレビのこと」

「ええ、まあ」

「気にすることと、ありませんよ。次のときに挽回すればいいんです。ネクストチャンス」と片目を瞑ってみせる。

微笑んで応じなければと思うのだが、今の彩にはそれができない。

「あんなの、ご愛嬌ですよ。ね？」重ねて伊藤が言う。

「そうですね」

「そうそう。でも、貴船先生、最近、少しお疲れなのかもしれませんね。お痩せになったみたいだし」

「大丈夫です」

「そういうのがいけないんです。大丈夫大丈夫って言いながら、無理してしまうのが。ある一線を越えたら、がくっときちゃうって言いますからね。早め早めに身体を休めないと。休暇をおとりになったら？」

「夏休みには早いでしょう？」

「構いませんよ。ご自身のスケジュールが許すようなら、お休みをとったらいいんです。弁護士っていうお仕事は、休みたいと思ったときに休めるとは限りませんからね」

「それはそうですけど」

元気がないように見えるとしたら、今朝の失態を悔いているのもあるが、それ以上に克己のことが気になっているせいだ。心配してテレビ局まで駆けつけてくれたことも、しつこく言い寄ってきた准教授を少々痛い目に遭わせてくれたことも、彩としては正直言って嬉しかった。やったね、とでも言ってハイタッチしたいような気分だった。

けれど、あのあと、克己はひどく強ばった表情のまま歩を進め、大急ぎでタクシーを拾うと、彩を押し込むようにして乗せた。

「事務所まで送っていくつもりだったけど、予定変更」と言って。

「克己」

彩が呼び止めると、克己は開いたドアの間から覗き込み、ごめんな、と言った。

「また迷惑かけちゃったみたいだ」

「そんなことない」

「ほんとごめん」

「なんで、あ……」

なんで謝るの？　と言おうとしたのだが、お願いします、と克己は運転手に言い、車から離れてしまった。

「克己」

彩が呼んだときにはドアは閉まり、車は走り出していた。

もっと話したいことがあったのに。言うべきことがあったのに。

克己にきちんと礼を言い、いつも力になってくれていることへの感謝を伝えたかった。

ごめんな、なんて克己が言う必要はないのだ。謝らなければいけないのは、私の方だと
彩は痛切に思う。

タクシーの窓越しに見た克己の思い詰めた顔が気にかかる。

「あらあら、また難しい顔をして」伊藤がつぶやく。「あまり考え込まない方がいいですよ。気楽にね」

「そうします」

と返事をしたとき、彩のデスクの電話が鳴った。伊藤に、すみません、と断ってから受話器を取る。

「貴船先生ですか？」

いきなり訊いてくる声は、真由美である。彩は思わず受話器を握り直した。

「島岡さんでいらっしゃいますね。どうかなさいました？」

「いいえ、私はどうもしていないんです。貴船先生の方が、どうかしちゃったんじゃないかと心配で」

「テレビ、ご覧になったんですね？」

「はい」

「心配おかけしてすみません」

「大丈夫なんですか。今朝のワイドショーで、貴船先生が黙り込んじゃったでしょう？ほら、昔、なんとかっていう政治家が、テレビに映っているときに、ちょうど貴船先生みたいに言葉に詰まっちゃったことがあって、そしたらそのあと、脳梗塞で亡くなったんですよねー。あれを思い出して、心配になったんです」真由美はしれっと嫌なことを言う。

「今のところ、脳梗塞の症状はありません」彩は淡々と応じた。

「でも、気を付けてくださいよ」

「そうですね。ありがとうございます」

「もしかして、私のせいかなーなんて思っちゃって」

「は？」

「ただでさえ貴船先生は忙しいのに、私が、あれしてこれしてってお願いして、よけいに忙しくさせてしまったんじゃないかなって。そのせいで疲れてらしたのかなあって思ったんですよ」

「そんなことはありませんよ。きょうのことは、単純に私のミスなんですから」

「そうですかぁ。それならいいのかしら、またお願いしても」真由美の声に甘えが混じる。

内心、ぎょっとしていた。まだあるのか、と。

もちろん、そんな思いは押し隠し、私にできることでしたら、と応じた。

「実は、いろいろ考えているうちに、亡くなった日に主人があの腕時計をしていなかった可能性というのも、ないわけじゃないんだなって思ったんです」

「なるほど」

「考えられるのは時計屋さんですよね」

「時計屋さん？」

「ええ。主人の腕に時計がなくて、家のケースの中にもなくて、あと考えられるのは、修理に出していたっていう場合じゃないですか。アンティークの時計ってしょっちゅう調子がおかしくなるらしくて、主人は頻繁に時計屋さんに持っていっているようでしたから」

「じゃあ、その時計屋さんに訊いてみたらいかがですか」

「そうなんです。訊いてみたいんです。でもね、分からないんですよ。主人には、ヒデさんって呼んでいる懇意の時計屋さんがいたんです。時計の調子がおかしくなると、そろそろヒデさんに預けないとな、って言ってました。でも、お店がどこにあるのかとか、私は全然、知らなくて」

「そうなんですか」

真由美のお願いとやらの内容がなんとなく分かってきた。

「家に年賀状とか、領収書とか、ヒデさんの連絡先が分かりそうなものが何かあるかもしれないので探してみますけど、貴船先生の方でも、時計屋さんについて調べてみていただけませんか。弁護士さんにお願いするようなことじゃないかもしれませんけど、他に頼れる人がいなくて」

アンティーク時計専門のメンテナンス業者をネットで検索してみれば、いくつか引っかかってくるだろう。そこに片っ端から電話をして、島岡という得意客がいるかどうかを確認する。その程度なら、大した手間ではない。

「いいですよ、と彩は応じた。

「よかった。これでロレックスが見つかるかも」

見つかる可能性は低いと思ったが、真由美の気の済むようにさせておくことにする。

「じゃ、よろしくお願いします」と言って真由美は電話を切った。

彩が受話器を置くのを待っていたらしく、所長の中津川が、ちょっと、と手招きする。

立ち上がり、中津川のデスクまで歩いていった。

「貴船さん、これから先、どうするつもり？」と中津川が訊く。

「ワイドショーの件でしょうか」

「うん。負担になっているんじゃないのかな。前から、テレビの仕事にはあまり乗り気じゃなかっただろう。きょうの番組のことで、貴船彩はどうかしたのかって問い合わせがきてるしね。ま、適当に僕が答えておけば済むことだけど、貴船さんにとっては逆風にならないとも限らないし」

「ご迷惑をおかけしてすみません」

「いいんだよ。貴船さんが、うちの事務所の宣伝のためにテレビの仕事をやってくれてるっていうのは、よく分かってるから。ただね、あまり無理をしてもいけない」

はい、と応じて、彩は下を向く。

今朝からずっと考えていたことだった。中津川の方からきっかけを作ってくれたようなものだ。

「ワイドショーの仕事を辞めさせて頂くいい機会かもしれないと、私も思っていたんです」

「うん」

「きょうみたいなことで、事務所の評判に傷を付けてはいけませんし」

「そんな心配はいらないよ。貴船さんはうちの事務所のために、よくやってくれている」

中津川の言葉が胸に沁《し》みた。同時に、とても申し訳ない気持ちになる。

事務所で恋人の島岡と会い、その島岡がそこで息を引き取り、克己の手を借りて遺体を遺棄した事実を知ったら、中津川はどう思うだろう。

「貴船さんの本業は、あくまでも弁護士。タレントじゃないんだから、無理する必要はないんだよ。最近、貴船さんが痩せたみたいだって、伊藤さんが心配しているしね。この間、静岡の実家に帰ったんだろう？　実家の方で何かあったの？」

「いえ、そういうわけでは」

「何かあったんなら、相談に乗るよ」

「ありがとうございます。ワイドショーの仕事については、少し考えてみます」

「そうだね。よく考えて」

中津川のそばを離れ、彩は自分のデスクに戻った。

真由美から依頼された仕事にかかる前に、抱えている他の案件を片付けることにする。まずは、財産分与についての相談である。電話をかけ、書類を作る。慣れ親しんだ時間が戻ってくる。仕事に追われていると、自分の一部が機械になったような気がするが、それは決して不快なものではなかった。

夕方六時を過ぎてから調べ始めたのがいけなかったのか、ヒデさんという時計屋は見つからなかった。ネット検索で引っかかった店に電話をかけても、ほとんどが営業を終えていたのである。店員が残っていた店には、こちらの身分を名乗り、ヒデさんという時計修理の技術者が店にいないかということと、島岡という顧客に心当たりはないかと尋ねたが、どこもないという答だった。

また明日続きをやろう。急を要する仕事というわけではない。時計屋が見つかったところで、ロレックスが出てくる可能性は低いと彩は思っている。十中八九、ロレックスは、倒れていた島岡の手首から、誰かが盗んでいったのだろう。

八時過ぎに事務所を出た。星が一つ、二つ見えている。都会の空で瞬く星は、遠慮深い。ちょっとだけ光らせてもらいますね、と言いながらちらちら輝いている気がする。猛烈にアルコールが恋しくなった。酔ってしまいそうな気がするが、それもいいかなと思う。

事務所から歩いて行ける距離にあるホテルのバーに寄ることにした。エントランスを入り、エレベーターで最上階に向かう。先ほど見上げた星に、ほんの少し近付いた。カウンター席に座り、水割りを頼む。甘い酒やワインという気分ではなかった。つまみは別にほしくなかったが、注文しないわけにもいかないので、野菜スティックとチーズをもらう。

もともと彩は、一人でバーに立ち寄ることに抵抗はなかった。一人の方が気楽でいいと思っていた時期もある。けれど、島岡と知り合ってから、ホテルのバーは彼と一緒に行く場所になってしまっていた。こうして一人で訪れてみると、島岡がもういないということを改めて思い知らされる。そして、もしかしたら今もここにいたかもしれない島岡の命を絶ってしまった責任は自分にあるのだと考える。

島岡の顔が脳裏をよぎる。

最後の夜の島岡ではない。一緒にホテルのバーをはしごしていたときの彼だ。満ち足りた表情をしている。笑うと口の端のしわが深くなった。酒が飲めないくせに、バーの雰囲気が好きだと言っていた。彩が酒を飲むのを見るのも、とても好きだと。

「何になさいますか」

バーテンダーに訊かれて、グラスが空になっていたことに気が付いた。いつ飲んだのかさえ覚えていない。

「同じものを」と答えて、野菜スティックをかじる。大根がやけにからい。

水割りを三杯飲み、野菜スティックは食べたが、チーズはほとんど残して席を立った。大した距離ではないのだが、タクシーでマンションに帰ることにした。

頭の芯が痛かった。ずきずきと痛む。

飲んだばかりで二日酔い？

タクシーのシートで、彩は苦笑を漏らした。

マンションの前でタクシーを降り、ふらふらと歩いてドアを入った。エントランスのオートロックパネルに鍵を差し込むのに苦労する。自分で思っている以上に、酔っているのかもしれなかった。

ようやく鍵穴に入り、かちりと音がしてロックが解除された瞬間、背後に人の気配を感じた。振り返ろうとしたときには、抱きすくめられていた。

驚きはしたものの、恐怖はない。

「克己」

見なくても分かった。においと体温。

「彩」

「どうしたの？　きょうは何度も驚かされる」

「ごめん、彩。俺、もうダメだ」

「どうしたの？」

身をよじって顔を見ようとしたのだが、克己は腕に力を込めて彩の動きを封じてしまう。克己の手は熱かった。酔いで火照った彩よりも、もっと。

「彩、彩」

泣いているような声だった。

急速に酔いが醒《さ》めていく。

克己が苦しんでいる。おそらくその原因は自分にある。

そう思うと、どこかは分からないが、身体の奥の方にある大事な何かがえぐりとられるような気がした。鈍く、長く続く痛みが彩を襲う。

「克己」

克己は彩の首筋に顔を埋めていた。熱い息がかかるが、そこには性的な気配は微塵もなく、悲しみだけが伝わってきた。

「どうしたの?」

「俺……」

「何?」

「もうダメなんだ。鎮まらないんだ」

「鎮まらない?　何が?」

後ろから抱きすくめられたままの状態で、彩はかろうじて自由になる右手の肘から下だけを動かして、克己の身体に触れた。彼の腰の辺り。ざらっとした感触が指に伝わってくる。

砂?　違う。もっと尖《とが》った感じ。

突然、克己がぱっと身体を離した。急に自由にされて安定を失い、ぐらりと揺れそうになる身体を、彩は壁に腕をついて支えた。

克己は走ってエントランスを出ていってしまった。

「克己」

慌てて追いかけるが、克己の足は速く、追いつけるはずもない。克己の背中が闇に消えていく。

しばらく行ったところで立ち止まり、はあはあと彩は肩で息をする。

克己はいったいどうしてしまったのだろう。

鎮まらないんだ、と彼は言った。

鎮まらないというのは、何かが暴れ出しそうだということだろう。

克己の中にある何か。

欲望なのか、恐れなのか、憎しみなのか、それらをひっくるめた衝動なのか。

分からない。分からないけれど、その何かが荒れ狂っている。

それを抑えられないことを、克己は悲しんでいた。苦しんでいた。

助けを求めてここに来たのに、何もしてあげられなかった。

彩はしばらくその場に立ち尽くしていた。

ふと気が付いて右手を目の高さに上げてみる。細かな粒子がきらきらしている。克己の服についていたものだ。さっき見た夜空に光る星屑のような遠慮がちな輝き。

ガラス？　ガラスの粉？

でも、どうしてガラスが？

彩は自分の右手をしばらく見つめていた。

夢を見ながら、これは夢だと分かることがある。この夢を見るときの彩は、いつもそうだ。

静岡の家が炎上している。

これは、現実ではない。燃えはしなかったのだ。火事など起こりはしなかった。灯油のにおい。丸められた古新聞。青ざめた克己の顔。それは事実。けれど、克己が家に火を放つのは食い止めた。その代わり、二人してバイクに乗り、闇へと突っ込んでいったのだ。彩の中の覚醒している一部分がそう語りかけてくる。

なのに、彩の脳裏に映し出されているのは、夜空に、いっそ美しいと言ってもいいような炎を燃え立たせている静岡の家なのだった。

火は勢いを増し、ごうごうと音を立てる。燃え上がる炎の向こうに、黒焦げになった柱が見える。柱だけではない。人影が揺れているのも見える気がする。それが父なのか母なのか克己なのか自分なのか、それとも他の誰かなのか、定かではない。

彩は汗をびっしょりかいて目を覚ました。

遠くに救急車のサイレンの音が聞こえる。もしかしたら、そのせいで火事の夢を見たのだろうか。

馴染みある夢。今夜で何度目だろう。この夢から覚めるたびに、彩は安堵と恐怖に包まれる。

安堵の方は、ああ、やっぱり夢だったという気持ち。火事などなかった。誰も死んではいなかったのだという認識ゆえ。

そして恐怖の方は、もしかしたら、この夢のようになっていればよかったのにと、心のどこかで悔いているのではないかと思うからだ。克己が家に火を放つのを止めなければよかったと、ひそかに私は後悔しているのではないか。その潜在意識が夢という形を成して立ち現れているのではないか。

もしも、あの晩、克己が家に火を放っていたら、何もかもが変わっていただろう。彩の人生も、両親の人生も、そして、克己自身の人生も。

今よりよくなっていたとは思えない。けれど、もしかしたら克己は楽になっていたかもしれないと思うことがある。彼の中に今もある何か。鎮められないと苦しんでいる何かを消すためには、許されることではないが、あの晩、家に火を放つしか方法がなかったのではないか。

克己は粗暴な人間ではない。思慮深く、優しい。それは彩が一番分かっている。その上でなお、彼の中には、得体の知れない何かがあると思う。そして、もしかしたら、彩は彼のその部分を一番、頼りにし、愛《いと》おしく思っているのかもしれないのだ。

ベッドから起き上がり、彩は枕元のスタンドライトを点けた。淡い明かりを頼りにキッチンへ行き、ミネラルウォーターを飲む。

首筋から背中にかけて汗で濡れてしまったので、シャワーを浴びようかと考える。でも、面倒だな、とも。

面倒に思う気持ちの方が勝り、洗面所で顔を洗うだけにしておいた。それでもだいぶさっぱりする。

ベッドに戻る途中で、ふと空が見たくなった。カーテンを少し端に寄せて、窓を開ける。

建物と建物の間から見える小さな空。

克己はどうしているかな、と思った。

ぐっすり眠っていればいいけれど。

彼がどこかでまんじりともせずに、ぱっちりと目を開き、空を眺めているような気がして、それならここに来ればいいのに、と思った。そばで一緒に空を見ればいい。けれど、克己は来ない。彩もおいでと言えない。

彩は窓ガラスに触れた。ひんやりとした感触。

克己との間にあるのは、このガラスよりも薄い氷。一歩踏み出したら割れて、凍《い》てつく湖に沈んでしまう。二人一緒に沈まれればいいが、どちらか一方が残されてしまったら、無傷で取り残された方が長く続く痛みに耐えなければならなくなる。バイク事故のときと同じように。

明け方になってようやくうつらうつらしたものの、携帯電話の呼び出し音で起こされた。七時前である。

離婚訴訟で揉めていた百瀬ユリは、よく早い時間に電話をかけてきたものだが、彼女の案件は落着したはず。他のクライアントだろうか。

携帯電話の液晶画面には、見慣れぬ番号が表示されていた。

「もしもし」と彩はかすれた声で出た。

「貴船彩さんでいらっしゃいますか」

男性の声である。声の感じでは、若くはなさそうだ。四十代、もっと上だろうか。

「貴船ですが」

「こちら柏《かしわ》警察署です」

「は？」

「千葉県の柏市にある警察署の者です。貴船克己さんのお姉さんでいらっしゃいますよね？　弟さんが、柏市内にある大学構内において、器物損壊の現行犯で逮捕されました」

振り込め詐欺、というのがまず頭に浮かんだ。さまざまな手口が横行しているが、家族がなんらかの不祥事を起こして警察に逮捕されたと言って、電話を取った相手を動転させ、示談金を要求するのは、もっともポピュラーなものだ。その際、警察官を騙《かた》るのはお約束と言ってもいい。弁護士という立場上、相談に乗ることも多い。

「折り返し、こちらからお電話してもよろしいでしょうか」彩は落ち着いて応じた。

「ええ、もちろんです」

相手も慣れているのか、てきぱきと電話番号と自分の所属、厚川《あつかわ》という名前を伝えた。男が言った番号になどかけはしない。柏警察署の番号を自分で調べて、電話をする。厚川などという刑事はいないだろうと思ったのに、電話はスムーズに取り次がれ、先ほどと同じ声が聞こえてきた。

「代表番号の方におかけになったんですね。先ほど私がお知らせしたのは、ここの直通番号でした」と厚川が言う。

「本当に柏警察署の厚川さんなんですね？」

「そうです」

「じゃ、克己が逮捕されたというのも？」

「事実です。現行犯逮捕したのは、夜中の二時近くでした。構内に残っていた大学職員の通報でね。ただ彼が身元を明かさなかったもので。自家用車で来ていたようですが、遠くに停めてあってすぐには分からなかったんです。ようやくさっき自分の名前と、身内として貴船彩さんの名前を言ったんですよ。お姉さんは弁護士だそうですね？」

「ええ。でも、どうして」

「どうしてというのは？」

「どうして大学なんかに？」

「さあ。それはまだこれから訊いてみないとね。H大学にお知り合いでも？」

「H大学？　柏にある大学ってH大学なんですか」

「そうですが、何か？」

電話を握りしめる手に力がこもる。山崎准教授の勤め先だ。昨日、彩と克己のことを美人局だと言ったあの男の。

「いえ。なんでもありません。これから、私、そちらに参ります」

「そうしてください」

「あの、一つ伺ってもよろしいでしょうか。器物損壊の現行犯とのことですが、弟は何を壊したのでしょう？」

「車ですよ」

「車」

「駐車場に停めたままになっていた車が何台かあったんですよ。それを片っ端から金属バットでぶっ叩いてね」

「そうですか。車の台数は？　被害の程度は？」

「詳細については、貴船さんがこちらにいらしてからにさせてください。ただね、車だけじゃないんですよ」

「車だけじゃない？」

「東京の江東区でも同じようなことが、昨夜起きてましてね。あっちは比較的早い時間。午後九時過ぎに」

「それは、どういった？」

「使われなくなった学校があるんだそうです。廃校ですね。以前からよく人が入り込んでいたらしい。たいていはカップルだったようですが、中には、校舎のガラスを割ったり、壁に悪戯《いたずら》描《が》きをする輩もいた。若いやつらのたまり場にでもなって、よからぬことが起きては困ると考えた地元の人たちによって、防犯カメラが設置されたんですよ。ま、昨夜の場合、カメラがなくても発覚したんですがね。近くの工事現場で仕事をしていた人が、昨夜は遅くまで残っていて、男がバットを片手に学校に入って行くのを目撃したんです。様子がおかしいと思い、警察に通報した。警察が駆けつけたときには、男はすでにいなくなっていました。でも、防犯カメラには、バットを振り回し、窓ガラスを次々と割っていく様子や、割れたガラスの中で惚《ほう》けたように佇む男の姿がはっきり映っていました。でね、同じ晩に、うちの署内で金属バットによる器物損壊事件が起きた。すぐに照合されたわけです」

「克己だったんですね？」

「はい。江東区の廃校でガラスを叩き割り、その後、彼は柏市の大学で車に向かってバットを振り回したんです」

鎮まらないんだ、という克己の呻き。

服についていたガラスの粉。

江東区の廃校でガラスを壊し、それでもおさまらない自分を持て余し、克己は彩に会いに来たのか。

マンションの入り口で背中に感じた克己の体温を思う。熱い手を。

「さらに余罪がないか調べています。学校などの公共の建物に深夜に入り込んで、破壊する行為は各地で起きていますからね」

常習犯だと言いたいのだろう。

克己は以前から、人気のない建物に入り込んで金属バットを振るっていたのだろうか。やっていたような気がする。根拠はないが、彩にはそう思える。深夜、廃校でバットを振るう克己の姿が容易に想像できるのだ。

彼の暴力性を恐ろしいとは思わなかった。むしろ克己の孤独が胸に迫ってくる。

「うん？　なんだ？　ちょっと失礼」

厚川が言い、電話の送話口を塞いで何か話している。

どうしたのだろう。何かあったのだろうか。

彩は厚川と部下らしき男性のやりとりを聞き取ろうと、電話に耳を押し当てる。

「そうか。分かった」という厚川の声が聞こえた。「いや、どうも、失礼しました」今度は厚川の声がはっきりと響いてくる。

「何かあったのでしょうか？」

「実はですね」と言って厚川は少し考えてから続ける。「江東区の廃校で、割れた窓ガラスに混じって、時計の残骸が見つかったそうなんですよ。盗品の可能性があるようで」

「盗品？」

「高価な時計のようです。残骸から、ロレックスだということが分かったとの報告がありました。詳しい調査を専門家に依頼することになりました。この件についても、弟さんに話を聞かなければなりません」

くらりとする。

ロレックス。

おそらくは、アンティーク。

こんな形で見つかるなんて。

「もしもし貴船さん、もしもし」厚川が言う。

「はい」と答えるだけで精一杯だった。

「大丈夫ですか」

「ええ」

「それでは、できるだけ早く、こちらにいらしてください」

「分かりました」

「じゃ」

厚川が電話を切る。

克己、すぐ行く。

心の中で叫ぶのだが、彩はなかなか動き出せなかった。

第九章　破　壊

粉々になったガラスが、月の光を受けていた。

克己は荒い呼吸を繰り返した。

なぜなんだ。

なぜ、気持ちが鎮まらない?

こんなに汗が滴っているのに。

こんなに息が弾んでいるのに。

江東区の外れにある廃校に、克己はいた。これまでにも、同じ目的でここを訪れたことがある。心を鎮めるために。

人気はまったくなく、明かりと言えそうなのは、付近の工事現場の常夜灯から漏れてくる、頼りなげな光のみ。

周囲を見回す。闇に沈んだ校舎。さあ、早くここで首を吊《つ》れ、とでも言っているような錆《さび》の浮いたサッカーゴール。巨人のために作られた棺桶《かんおけ》のような体育館。全てが不吉で、それゆえ克己には好ましかった。

金属バットで、まずはサッカーゴールの支柱を思い切り叩きつけた。鉄と鉄が当たる鈍い音が響き、衝撃が掌から全身に伝わってくる。

小学生だった頃は、ゴールにシュートを決めることばかり考えていた。そのために、毎日、泥まみれになって練習した。鉄の柱で縁取られた空間は、勝利と歓喜の象徴だった。大人になった自分が、憎い相手に対するようにサッカーゴールと向かい合い、金属バットを叩きつけるようになろうとは思いもしなかった。

次は校舎だ。

窓ガラスに向かってバットを構えながら、前にもこうしてガラスを叩き割ろうとしたことがあったのを思い出した。あのときは、一度バットを振り、ガラスにひびが入ったところで中断した。ジーンズの後ろポケットで携帯電話が振動したからだった。

助けを求める彩からの電話。島岡が彩の仕事場で倒れたのは、あの夜だった。すぐに行く、と電話に向かって言うと、克己は金属バットを収め、大急ぎで彩のもとへ向かった。

もしかしたら今夜もまた携帯電話が鳴るのではないかと、一瞬、克己はバットを振るのを躊躇する。けれど、電話は沈黙したままだ。

俺はバカだ、と克己は思う。いじましいと言ってもいい。彩から呼び出されることを、常に心の隅で期待しているのだから。

思い切りバットを振った。びしっという音がして、ガラスに放射状のひびが入る。中し訳程度に、ぱらぱらと細かなガラスの破片が落ちる。派手にガラスが飛び散るかと思っていたので、少し落胆した。前にやったときと同じだ。

もう一度、バットを振る。今度は、辺り一面にガラスが散った。

よし、もう一回。

ほとんど同じ軌跡を描いて、克己はバットを振る。無数のガラス片。克己の顔や肩にも飛び散る。粉雪を浴びた子犬のように、克己は軽く身体を振って落とす。

場所を移動して、同じことを繰り返す。

次。そして、また次へ。

脳裏に浮かぶ彩の顔。コメンテーターとして出演しているワイドショーで、言葉に詰まって呆然としていたときの顔だ。

思い出すたび、胸がえぐられる。

長い時間が経ったような気がするが、あれは今朝のことだった。

仕事が休みだったので、克己はベッドに入ったままテレビを眺めていた。朝のワイドショーでは、増加する交通事故について、中でも高齢者が被害者となった事故について論じていた。

「現在のこの状況についてどう思われますか、貴船さん」

司会者が彩に水を向けた。その瞬間、当惑と焦燥の滲む彩の顔がクローズアップになった。思わず克己は、上体を起こしていた。

彩の瞳から普段の知的な輝きが消え、助けを求める子供のようにこちらを見つめていた。薄く開いた唇がわなないているのが、テレビカメラを通してもはっきり分かった。無意識だったのだろうが、彩は拳で右足を叩いた。いつも引きずっているあのかわいそうな右足を。

克己はベッドから起き上がった。そのときには、画面から彩は消え、他のコメンテーターらしき男が何やら得意げに喋っていた。

彩は？　彩はどうしたんだ？

必死で画面を見つめるが、彩の姿は見つからない。

克己はうろうろと部屋の中を歩き回った。

暗い淵《ふち》に彩が落ちていくような気がした。自分は傍らに立って、なすすべもなく見ているだけ。奈落に向かって手を伸ばしても、彩には届かない。彩、彩。どれだけ喉を絞ってみたところで、叫びは虚しくこだまするだけ。

それは、十代の克己が数限りなく見たことのある悪夢だ。自分だけが軽傷で、彩が一生足を引きずることになったと知ったときから、苦しめられてきた。無力感に苛まれた。

セカンドチャンスが与えられるなら、今度こそなんとかする。なすすべもなく見ているだけなんて、まっぴらだ。

彩を助けたい。力になりたい。

ずっとそれだけを願ってきた。

島岡が彩の事務所で倒れた晩、助けを求めて彩が電話をかけてきた。千載一遇のチャンスだと克己は思った。今こそ、彩の力になれる。彩を助けてやれる。そのためなら、なんだってする。彩に面倒が及ばずに済むのなら、亡くなった島岡をどこか適当な場所に遺棄するぐらい、どうということはなかった。克己は嬉々として、その仕事をやり遂げた。

満足感を覚えもした。こういうチャンスが訪れたことを感謝した。能天気なことに、自分はけっこう頼り甲斐のある男だと思ったりもした。

けれど、そう思っていられたのは、わずかな間だけ。

克己としては、底なしの淵に落ちそうになっている彩を引きずり出したつもりだった。けれど、島岡の遺体を遺棄するという行為は、もっと深く汚泥だらけの場所に彩を突き落とすことだったのかもしれない。

呆然とした彩の顔がテレビ画面に映し出されたとき、その思いが確信に変わった。

おそらく、彩は本番中に島岡のことを考えていたのだ。絶対にそうだ。言葉に詰まる少し前、暗い顔で考え込んでいる彩が、画面の端にちらっと映ったのを克己は見逃してはいなかった。本番中であることを失念するくらい、彩の気持ちは亡くなった島岡に持っていかれてしまっている。

彩は後悔している。島岡を遺棄したことを。克己にそれをさせてしまったことを。全て自分のせいだと考え、自らを責めているに違いない。

違うんだ、彩。あれは俺がやりたくてやったことなんだ。彩は悪くない。

それを伝えたかった。そして、今、彩が落ちかけている淵から救い出したかった。

その一心で、克己はテレビ局に向かったのだった。

窓ガラスに向かって、どれだけバットを振り続けただろう。

バットを下ろし、克己は膝に手を当てて地面を見つめた。

スポーツインストラクターをしている克己にとっては、それほどハードな身体の使い方ではない。なのに、ついぞ感じたことのないほどの疲労に襲われていた。

いや、これは疲労ではない。もっと別の何か。怒りなのか、もどかしさなのか、自分に対する嫌悪感なのか。

彩を助けたいと願い、そのために常に全力疾走しているつもりなのに、やることなすこと裏目に出る。島岡を遺棄したのもそうだ。テレビ局に駆けつけ、彩に言い寄っていたおかしな男を脅してやったのだって、そうだ。全部彩のためを思ってやったこと。なのに、よけいに彩を苦しめてしまう。

俺はどうしてこうなんだ。

ゴールの支柱や窓ガラスにバットを振るえば、すっきりするかと思っていた。何かを壊せば、自分を保っていられるのではないかと。事実、今までそうやって耐え難い夜を幾度もやり過ごしてきた。けれど、今夜はだめだ。どろどろとした溶岩流のようなものが、胸の中で増殖していく。

ジーンズのポケットを探った。ロレックスが入っている。島岡の左手首から奪ったものだ。竜頭に嵌め込まれた石が、一瞬、きらりと光った気がした。

克己は、それを地べたに放り投げた。そして、その小さく美しいものめがけて、思い切りバットを振り下ろした。ぐしゃっという感触があって、文字盤のガラスが割れる。島岡という男の心臓がようやく今、止まったような気がした。この手で、止めたのだと思った。

しばらく身動きできず、砕けたガラス片を惚けたように眺めていた。

そうしながら、思うことは一つ。

彩に会いたい。

ああ、彩に会いたい。

彩の部屋の窓に明かりがなかったから、まだ仕事から帰っていないのが分かった。彩に気付かれたくないと思い、車は少し離れた場所に停めてきた。そして、道路脇の自動販売機の陰に身をひそめた。そこからなら、マンションの入り口を見通すことができる。

一目見るだけのつもりでいた。彩の姿を見さえすれば、胸の中で暴れ回る獣をおとなしくさせることができるはずだと思った。

しばらく経ったとき、タクシーが一台、マンションの前で停まった。ドアが開き、女性が降りてきた。彩だった。右足を引きずっているから、すぐに分かる。

周囲に人目がないと安心して、気を抜いているせいなのだろう。普段のように顎を引いて、上体をまっすぐに保つ努力をしていない。少し身体を前に傾《かし》げるようにして、ひょこひょことおかしな揺れ方をしながらエントランスに向かって歩いていく。腰が曲がって、老婆のように見えなくもない。だが、それはまさしく彩だった。

彩は一人のとき、こんなふうに歩いているのか。

見てはいけないものを見てしまったような、もっと早くに見ておくべきだったような、どっちつかずの思いに克己の胸はかき乱された。

気が付いたときには、走り出していた。彩はすでにエントランスを入り、鍵を取り出して、オートロックを解除しようとしていた。腕を回して、後ろから抱きしめる。一瞬、びくっと身を固くしたが、すぐに克己だと分かったらしい。

「克己」と言って、彩は身体の力を抜いた。「どうしたの？　きょうは何度も驚かされる」

彩、彩。

克己は彩の首筋に顔を埋めた。

どこかで飲んできたのか、彩からはアルコールの香りが立ち上っていた。その香りのせいなのかなんなのか、頭の奥がくらくらして克己は思わず目を瞑った。そうすると、よけいに香りが強くなった。

彩は克己に抱きしめられたまま、じっと動かない。二人の呼吸が重なり合っていく。克己の心の中の獣は静かになるどころか、猛り狂いそうだった。鼓動が激しい。

突然、克己は恐慌をきたした。

このまま彩を抱きしめていたら、絞め殺してしまう。

ぱっと身を離し、駆け出した。彩が追いかけてくるのが分かったが、振り返らず、もちろん立ち止まりもせず、走り続けた。

そして車に乗ると、エンジンをかけたのだ。

「柏のH大学に行った理由は？　大学関係者に何か恨みでもあったのか？」

目の前にいる年配の刑事は、厚川という名前だ。目が細く、どこを見ているのか分からない。一見、温厚そうだが、そんなはずはないと克己は思っている。

「どうなんだ？」

刑事に重ねて訊かれ、克己はあのときの気持ちを辿り直してみる。

ハンドルを握りながら考えていたのだ。

壊したい。壊したい。何もかも壊してしまいたい。

でも何を？

何を壊せばいい？

そのとき、頭に浮かんだのがあの男だった。克己がテレビ局に駆けつけたときに彩に言い寄っていたコメンテーター。H大学法学部の准教授だとほざいていた。

許せなかった。他人が彩の足についてちょっと何か言うだけでも不快でならないのに、あの男ときたら、彩が足が悪いのを武器に男の気を引いていると言い放ったのだ。あんなやつが、文化人のくくりの中に入れられているかと思うと、吐き気がする。

男の勤める大学が柏市にあるのは、ネットで知った。最初から、そこに行って暴れようと思っていたわけではない。ただ知っておくべきだと思ったのだ。あいつが、彩に何か嫌がらせをするような気もした。そうなったときに、すぐに対処できるよう、敵の陣地を調べておいても損はない。そんな気持ちで、克己はネットの検索サイトにアクセスしてみたのだった。

「おい」

刑事に呼ばれて克己は顔を上げた。無意識のうちに、血管が浮き出るほど強く拳を握りしめていた。

「聞こえないのか。なんで柏のH大学に行ったんだと訊いている」

「適当に車を走らせていて、目についたから入りました」

「たまたまってことか」

「はい」

刑事はまるで信じていない顔で、ふん、と鼻を鳴らしたが、

「とりあえず聞いておこう。で、大学を見つけてどうした？」と質問を重ねた。

すでに話したことだった。刑事は同じことを何度も繰り返し確認する。いい加減にしてくれ、と言いたくなるが、言ったところで無意味だということくらいは分かる。素直に訊かれたことについて話すしかない。

「道路に車を停めて、塀を乗り越えて構内に入りました。ところどころ、明かりのついている窓はありましたけど、外には人影もなく静かでした。しばらく大学の中を歩きました」

「獲物を探していたわけだな？」

「そうですね」

あの男の所属する法学部をまず探した。キャンパスは想像以上に広く、校舎の造りも入り組んでいて、分かりにくい。克己は植え込みの間の細い道をゆっくりと歩いた。空気は澄んで心地よく、こんなに環境の良いところであいつが仕事をしているのかと思うと、それもまた怒りを増幅させた。

そのとき、校舎の裏手の駐車場が目に入った。職員専用という看板。車が数台、停まっていた。深夜まで仕事に没頭する研究者の車か、何か事情があって置きっぱなしにされたものなのかは分からない。いずれも、グレードでいえば、中の上以上の車だった。

あの男の車があるとは思えない。それでも、別に構わない。これ以上、うろうろと大学構内を歩き回って法学部を探し続けるよりは、駐車場の車で手を打つ方が手っ取り早かった。

克己は駐車場に入っていった。そして、バットを振り上げた。がつんという手応え。車のボディがべこんと凹む。廃校でサッカーゴールの支柱をターゲットにしていたときよりも、はっきりとした成果がある。克己は夢中になった。全身の筋肉を連動させ、作業を続けた。

「で、駐車場に入り込んで、そこにあった車に手当り次第、バットを振り回したってことか」

「はい」

「理由は？」

「鎮めるためです」

「鎮める？　どういう意味だ？」

「自分自身を鎮めたかった」

「興奮してたわけか？　原因は？」

「よく分かりません」

「酒を飲んでいたわけじゃないようだな」

「普段から、酒は飲みませんから」

「女か？　女とうまくいかなくなったのか？」

「いえ」

「じゃあ、なんだ？」

「うまく説明できません」

「是非とも説明してもらいたいものだな」

沈黙が流れる。他人に、それも刑事に、自分でも掴みかねているこの気持ちを分かってもらえるとは思えない。

刑事はしばらく克己の返事を待つように黙っていたが、やがて一つ息をついてから言った。

「質問を変えよう。きみは、柏市のH大学に来る前に、江東区の廃校でも同じようにバットを振り回したんだろう？」

克己ははっとして顔を上げた。

なぜ、バレたのだろう。

警察に捕まったのは、柏市のH大学構内。器物損壊の現行犯だった。それ以前の行動を読まれる覚えはない。

克己の疑問を読み取ったように刑事が言う。

「同じような手口の事件がないかどうか確かめてみるのは当然のことだよ。その結果、昨夜、別の場所で、非常によく似た事件が起きていたことが分かった。一夜のうちに二件。きみははしごしたわけか」

克己は答えない。

「昨夜だけではなく、これまでにも江東区の廃校に入り込んだことがあったんじゃないのか？　きみがあそこでバットを振り回したのは、昨夜に限ったことじゃないんだろう？」

無言を通す。

「証拠があるんだよ。ビデオカメラにきみの姿が映っている」

「ビデオ？」

「そうだ。不審者の侵入に備えて、防犯ビデオがセットされていたんだよ」

そういうことか。

今まで何度もバットを持って出かけ、廃校でひとしきり暴れたあとで家に帰った。誰かに見咎《みとが》められたことはない。廃墟に出かけていって気分転換しているようなものだった。それが油断になった。

昨夜の自分を思い返してみると、とてもではないが、注意深かったとは言えない。ビデオがセットされていることなど、思ってもみなかった。

そういえば、先ほど、刑事がしばらく席を外していたことがあった。彩の連絡先を伝えたので、電話をかけにいったのだろうと思っていたのだが、それだけではなかったらしい。その際に、江東区の情報も入手したのだろう。

「ところで、その江東区の廃校で腕時計が見つかっているんだがね」

ぎくっとした。それが表情に表れていないことを願う。

「粉々にされたロレックスだ。きみがやったんだね？」

ぐしゃっとした感触が掌に蘇る。まるで自分が島岡を殺《あや》めたような気がした。

「あの時計はきみのものなのか？」

克己が押し黙っていると、どうなんだ？　と重ねて訊いてくる。

克己は顔を上げて刑事を見る。そして言った。

「姉に連絡をとったんですか？」

「ああ。こちらに向かってるはずだ」

「じゃ、姉が来るのを待ちます」

刑事が軽く舌うちをする。

「姉さんが弁護士とはね」


彩はジーンズにカットソーという普段着に、仕事で使っている黒い革の鞄《かばん》を提げて現れた。ノーメイク。コンタクトではなく縁なしの眼鏡をかけている。青ざめた顔色、引き結ばれた唇。弁護士として、この事態をどのように処理すべきか考えを巡らせ、同時に身内として、心配で心が張り裂けそうになっているのだろう。

「克己、大丈夫？」顔を見るなり彩は言った。

警察署内の一室で、彩との接見が許された。普通だったら、今のような状況下で立会人なしで家族と会うことは叶《かな》わないだろう。彩の職業に心から感謝した。

「ごめん、彩」

「謝らなくていいから。事情を話して」

てきぱきとした口調。なのに、悲しげな瞳が動揺をはっきりと映し出している。

「器物損壊の現行犯だって連絡を受けたわ。それに間違いはない？」職業的な口調で彩が訊く。

「ああ。車を叩き壊した」

「柏市にあるH大学の職員専用駐車場ね？」

「うん」

彩がじっと克己を見る。あの男ね？　あいつが憎かったのね？　と言っているようだった。

「その前に、江東区の廃校にも行った？　そこでガラスを割った？」

「刑事にも同じ質問をされたけど、答えてない」

「行ったのね？」

「うん」

彩はうなずき、質問を続ける。

「以前にもこういうことをしたことがあった？」

「ああ」

「何回くらい？」

「分からない」

「たびたびあったってことね？　だからだったんでしょうね。廃校の近隣の人が、防犯ビデオを取り付けたそうなの。それにあなたの姿がはっきり映っているらしいのよ」

「刑事から聞いた」

「その廃校で、ロレックスが見つかっているの」

「それも聞いた」

「島岡さんの時計、克己が持っていたのね？」

克己は両手をぎゅっと握りしめ、頭を下げた。

「ごめん」

「謝ることなんかないわ。でも、どうしてなの？」

「特に理由はないよ。島岡の脈を測るときに目についたから、外してポケットに入れたんだ。で、そのまま持ってた」

「そう」

「ずっと家に置いていた。でも、もういやだった。あの時計があるせいで、彩は島岡を忘れられないいんじゃないかと思った。とにかく壊したかった。壊したら、すっとするんじゃないかと思ったんだ。でも、あれを調べられたらまずいよな」

ただ気持ちを鎮めたい一心だった。島岡の時計を砕けば、すっきりするのではないかと思っていた。まさか警察に捕まるとは思っていなかったのだ。腕時計の残骸が調べられることになるとは。

時計の持ち主が島岡であることが知れれば、それをなぜ克己が持っていたのかが問題とされるだろう。拾ったと言ったところで、それが通るとは思えない。警察が少し調べれば、島岡の妻である真由美が彩に相談を持ちかけていることも、簡単に分かってしまうに違いない。

姉である彩と知己だった島岡の腕時計を克己が持っていて、叩き壊したという事実。そして、兜町の路上で、心臓発作のために亡くなった島岡。今は病死とされているが、腕時計をきっかけに誰かが疑問を差し挟まないとは限らない。

ああ。

克己は両手に顔を埋めた。

「また彩に迷惑をかけてしまった」

「昨日もそう言ったわね」彩が言った。

「え?」

「テレビ局の前の道で、私をタクシーに乗せてくれながら」

「そうだったかもしれない」

「謝ることなんて何もないのに。克己はいつだって、私を助けてくれたわ」

とてもではないが、同意できなかった。彩を助けたい、力になりたいと思い続けてきた。けれど、実際にそれができたとは思えない。

いずれにしても、今回のことは取り返しのつかない失策だった。自分さえ軽率な真似をしなければ、島岡の死には何の疑問も生じないはずだったのだから。

江東区の廃校で窓ガラスを割ったことや、H大学構内に入り込んで車に金属バットを振り下ろしたことは、もうどうでもいい。器物損壊の現行犯？　その通りだ。しかし、あの時計だけはだめだ。彩に迷惑がかかってしまう。

どうしたら、今の事態を切り抜けられるだろうか。焦燥感で胸が焼き尽くされそうだ。

それなのに、彩は落ち着いた顔で質問を重ねてくる。

「どういうときに、金属バットを振り回したくなったの？　何かいやなことがあったとき？」

「ときどき何かを無性に壊したくなるんだ。たいていは、夜、一人で部屋にいるときだった。そういう気持ちが生まれると、自分でもどうにもならないんだ。居ても立ってもいられなくなって、部屋を飛び出すしかなくなる」

「強い破壊衝動に引きずられるようにして、江東区の廃校に向かったのね？」

「うん。最初のうちはサッカーゴールの支柱をバットで叩きつけると、すっきりした。いつからか、だんだんそれじゃ治まらなくなって、今度はガラスを割るようになった。昨夜はそれでもダメで、H大学にも行ったんだ」

「次第に破壊衝動が強くなっていたのね。何か理由があるの？」

「いや」

短い沈黙のあと、彩が言った。

「私のせいよね？　島岡さんのことがあったからでしょ」

「違う！」我知らず声が大きくなる。「彩のせいじゃない。あのことが、島岡のことがあったあとは、一時落ち着いたんだ。何かを壊したいっていう衝動に駆られることはなくなった。解放されたと思った。それが、また最近」

「最近って、いつ頃？」

「静岡に行ってからだな」

「私と一緒に帰ったときね？」

「いや。そのあとだよ」

「そのあとって言うと、長谷さんのトレーニングをしたとき？」

「そう」

「どうして？　長谷さんとの間に何があったの？」

「長谷さんはね、以前は弁護士だった。俺の母親をはねたトラック運転手の弁護を担当したそうだよ。だから、あの人は子供の頃の俺を知っていた。以来、ずっと母親を事故で亡くしたかわいそうな子供のことが、心に引っかかっていたそうだよ。長谷さんが、大人に俺の個人トレーニングを受けたいと言ったのは、そういう理由からだったんだ。大人になった俺に会って、よくぞここまで立派になったと労《ねぎら》いたかったらしい」

彩の眉根が寄せられる。ひどく心配そうに彩は訊いた。

「長谷さんに何か言われたの？」

「いや。長谷さんは、一般的に言っていい人だったよ。ずっと俺のことを気に掛けていてくれて、わざわざトレーニングを受けたりして、飯までご馳走《ちそう》してくれた。彼の口から出たのは、思いやり深い言葉ばかりだ」

「じゃあ、なぜ？」

克己はしばらく考えてから口を開いた。

「彩は、俺の母親が死んだときのこと、知ってる？」

「トラック事故としか」

克己は組み合わせた両手に一度、視線を落としてから話し始めた。

「あの日、母は自転車を漕いでいたんだ。後部シートに、五歳だった俺を乗せてね。幼稚園の送り迎えはもちろん、どこに行くのでも自転車だった。で、どういうわけか、母の運転する自転車はバランスを崩して車道に飛び出し、トラックにはねられた。母は即死だったけど、俺は左鎖骨の骨折と打撲で済んだ。母が俺にシートベルトをさせていたのが幸いしたらしい。これは、あとから親戚や近所の人の話を総合して理解した内容。あの事故に関する俺の記憶はほとんどないんだよ。よく覚えているのは、俺は自転車の後ろで、しょっちゅうふざけて身体を揺すったり、母親をくすぐって笑わせたりしていたってことだけなんだ」

「え?」

「俺は、自転車の後部シートが大好きだった。特等席だと思ってた。背中に耳をつけて聞く母の声も好きだった。俺がはしゃぐと、母がくすくす笑ったり、だめでしょ、じっとしてて、と叱ったりする。そういうのが、全部好きだった。初めて彩のバイクの後ろに乗せてもらったとき、子供の頃のそういう気持ちを思い出したよ」

突然、彩が身を乗り出した。

「違うわ。克己のせいじゃない。克己のお母さんが亡くなったのは、不幸な事故だったのよ。あなたのせいじゃない。自転車の後部シートで、あなたははしゃいでいたかもしれない。お母さんをくすぐったり、笑わせるようなことを何かしたかもしれない。でもね、子供を後ろに乗せている母親は、そのくらいのこと承知の上よ。子供がちょっかい出してきたって、ちゃんと対処できるように気持ちのどこかで準備してる。お母さんの自転車がバランスを崩したのは、克己のせいじゃない」

「長谷さんもそう言ってくれたよ」

「ほらね。誰だってそう思うわよ。克己が自分を責める必要はないのよ」

「そうかな」

「そうよ」

「俺のせいで事故を起こしたのが、母だけじゃなくても？　彩だってそうだっただろ？」

「やめて！　あの事故は、絶対に克己のせいじゃない。私のせいなの。克己は悪くない。それどころか、克己は助けてくれたのよ」

「何言ってるんだよ。俺は……、彩を助けたことなんか一度もない。彩の足をそんなふうにしたのは、俺だ」

足だけじゃない。彩が、女としてのよろこびを感じられないようにしてしまったのも、俺なんだ。声には出さずに付け加えた。

彩が視線を自分の右足に向ける。

「ちゃんと話しておくべきだった」低く彩は言った。

意味をはかりかねて、克己は彩の顔を見る。

彩は眼鏡を外し、目元を指で揉んだ。目が落ち窪《おくぼ》んでいる。急に何歳も老け込んでしまったようだった。

「あの夜を思い出してみて。私は深夜に突然、実家に戻った」彩は言った。

今から十三年前。克己が十六歳、彩は二十三歳だった。

克己は二階の自室にいた。

部屋の中に立ちこめていた灯油のにおい。燃えやすいようにとくしゃくしゃに丸めた新聞紙。あとは火を放つだけ。体中をアドレナリンが、マッハの勢いで駆け巡っているようだった。

父も、範子も、家も、家に染み付いた記憶も、全部なくなる。

これで、自由になれる。全て消え、終わる。新しい自分になれる。

あと少しで片がつく。

胸の鼓動が激しかった。言いようのない興奮を覚えていた。

落ち着かなくてはいけないと思い、克己は窓を開けて冷気に顔をさらして火照りを冷ました。

夜空に、オリオンの三ツ星が輝いていた。

窓を閉めようとしたとき、遠くに小さな光が見えた。生まれたばかりの星のようなちらちらとした瞬き。次第に輝きが強くなる。星などではない。バイクのライトだった。

ぎょっとしているうちにバイクは家の前の私道に停まり、革のライダーズスーツに身を包んだ彩が舞い降りた。二階の窓から顔を出していた克己を見つけて、彩は嬉しそうに手を振った。克己、と呼びかけながら。

「私が帰ったのは、深夜二時過ぎだったと思う。そんな時間に急に戻ってくるなんて、おかしいと思わなかった？」
　思わなかった。
　正確に言えば、思う余裕も、機会もなかった。
ただ、運命を感じていただけだ。あの晩のあの時間に、彩が帰ってきたという事実に
胸を打たれていた。克己が家に火を放とうとしていたそのときに。
「私、無性に克己に会いたかった。顔が見たかった。克己と一緒にいたかった。だから、
帰ったのよ。深夜の高速道路をバイクで飛ばして。バイクのハンドルを握る自分の手が、
震えていたのをよく覚えている。頭の中が真っ白で、克己のところに行くことしか考え
られなかった。助けて、助けてって心の中で叫んでいた」
　克己は呆然と彩を見た。そして、おそらくは十三年前に発しなければいけなかったは
ずの質問を、今、口にした。
「何かあったのか？」
　彩が泣き笑いの表情になる。
「そうなの。何かあったのよ」
「何があったんだ？」
「セックスのときに、私の身体が何も感じないのは、事故で怪我したせいじゃないの。
それ以前の出来事のせい。身体の一部が死んでしまったの」

「まさか……」

いやな予感に震えそうになる。

二度、ゆっくりと瞬きをしてから、彩が言った。

「レイプ、ではないんだと思う。合意の上、ということになるんでしょうね、きっと。相手は、大学のときの友人。彼が私に好意を持ってくれているのは知っていたの。私だって、彼のことが好きだったと思う。頼りになる人だった。正直に言うとね、亡くなった父に似ていたの。ほっそりしていて、知的で、落ち着いていたわ。ちょっと身を屈めて、私の話を聞いているときなんか、父にそっくりだった。いろいろ相談にも乗ってもらったし、泣き言を聞いてもらったこともあった。だから、一緒に食事に行ったあと、アパートまで送ってくれた彼を部屋に上げるのに何の抵抗もなかった。あの状況で、彼が求めてくるのは当たり前よね。最初、私もそれに応えようと、応えられると思ったのよ。でも、だめだった。どういうわけか、母のことが脳裏に浮かんできてしまうのよ。父が入院しているときに、嬉々として別の男性、克己のお父さんと出かけていた。きれいな色の口紅をつけて、イヤリングや指輪やネックレス、何かしら新しい装飾品を身につけて、母は楽しそうだった。きれいだったわ、すごく。それが、私には許せなかった。だって、父は病院のベッドで横たわっていたのよ。私がお見舞いにいくと、父は決まって、やあ、って言うのよ。元気だったときと変わりない調子で、やあ、って」

つらい記憶を封じ込めるように、彩がぎゅっと目を瞑る。しばらくして、ゆっくりと開いた。そして言う。

「彼に、ごめんなさい、って言ったの。できないわって。彼は最初、笑い出しそうな顔をしたわ。実際、少し笑ったわ。何バカなこと言ってるんだよ、って言いそうな感じ。でも、私がもう一度、ごめんなさいって言ったら、形相が変わったの。バカにしてんのか、俺をからかったのか、って怒鳴られた。聞いたこともないような声だった。怒鳴ったあと、彼は、女はみんなそうだ、とか、俺にできないと思ってるのか、とかぶつぶつつぶやき始めた。暗い目をして、それまでとは別人みたいになってしまった。びっくりして見ていたら、突然、殴られた。一瞬、私、気を失ったんだと思うの。そこで記憶が飛ぶから。気が付いたら、服を剝ぎ取られているのが分かったけど、抵抗するのはおろか、身動きすらできなくなってしまったの。彼は私の中で荒れ狂った。ことが終わって、部屋を出て行くときに彼は言ったのよ。これは合意の上のセックスだからなって」

「勝手な言い草だ」

「私にはそうは思えなかった。彼が言うのは、もっともだと感じた。彼にあんなことをさせてしまったのは、私なんだってね。きっと彼にも、傷があったのよ。触れられたくない傷が。私が彼を拒絶した瞬間、その傷口がぱっくり開いてしまったんだと思う。父によく似た優しい人を怒らせて、ひどいことをさせてしまった。なんでこんなことになっちゃうんだろうって、シャワーを使いながらずっと考えてた。自分がいやでいやで、どうしていいのか分からなくなった。バスルームから出て服を着ると、部屋を飛び出してバイクに乗ったの。その瞬間、克己に会いたいって思ったのよ。会いたいのは、克己だけだって。静岡の家で一緒に暮らしていた頃、楽しかったよね。克己はまだ小学生で、私は高校生。公園でボールを蹴ったり、一緒にジュースを飲んだり、アイスを食べたりした。姉と弟とか、男と女とか、そんなことは全然関係なくて、いつも克己と彩だった。もう一度、ああいう気持ちになりたい、あそこに戻りたい、って思ったの」

「それで、あんな時間に帰ってきたのか」

「そうよ」

助けを求めていたのは、彩の方だった。なのに、彩が静岡の家に辿り着いたとき、克己は青ざめた顔をして灯油のにおいの中にいた。

「あの夜、バイクで走ったわよね。リアシートに克己が乗っていた。私の腰にしがみついて。車体を右、左って倒すと、私たちの身体は、ふたこぶ駱駝《らくだ》のこぶみたいに一緒に斜めになった。私、あのときすごく幸せだったの。もうこれで思い残すことはないって本気で思った。死んでもいい。死んでしまいたいって。だからスロットルを全開にして、追い越しをかけたの。対向車線のトラックが目の端に入った。でも、やめなかった。克己と一緒に死のうと思ったの」

彩の頬を涙が流れ落ちる。

「本気で死んでしまおうと思った。死んだら楽になるって考えてた」

あの夜が、克己の脳裏にまざまざと蘇る。バイクで走っていたことを思い出すのは、事故を蘇らせるのと同義なのだが、不思議と恐怖はない。あの日の疾走感こそが、生きる実感であるような気さえする。

「やめろ！　って叫んだのよ」涙で消えそうな声で彩が言う。

「え？」

「克己が後ろから、やめろ！　って叫んだの。最後の最後で、私は正気に戻って、走行車線に車体を戻そうとした。あのとき、克己が叫んでくれなかったら、今頃、私も克己もここにいないわ。死んでたと思う。克己が助けてくれたのよ。今、私が生きているのは克己のおかげなの。私が克己の命を奪わないで済んだのも、克己のおかげ。あなたの一言が、この世に引き留めてくれた。だから、足を引きずるくらい、どうってことないのよ」

言いながら、彩は右足を軽く叩いてみせた。

「克己は、私の足をこんなふうにしてしまったって責任を感じてしまったのね。私が、あの晩の事情を話せずにいたせいで。でも、そうじゃないの。あなたは私を救ってくれたのよ」

そうだったのか、と簡単に納得するわけにはいかなかった。十三年前の冬の夜、傷ついた心と身体をかかえて、ようやくのことで家に戻ってきた彩を受け止めてやれなかったのは、結局のところ自分の未熟さゆえだった。今、こうして、警察署の中で向かい合っていることだってそうだ。

「彩に乱暴した男は、その後、どうなったんだよ」と克己は訊いた。

「仕事で何度か顔を合わせることがあったけど、お互い知らんぷり」

「そいつ、彩に謝ってないのか」

「もういいのよ」

「よくないよ。そいつのせいなんだろ？　彩が男と普通に付き合えなくなったの。だから、島岡と付き合ったんだろ？」

「そうよ」

島岡さんは特別だった、と彩は言っていた。彩の身体を求めないから。安心して隣に横たわっていることができたのだろう。何もせず、ただ添い寝をするだけの関係。

島岡の気持ちを想像してみる。彩を抱けない自分自身のことを、島岡は情けなく思っていたのだろうか。それでも、島岡は彩に会い続けた。妻がいながら。本気で彩を愛していたのか。それとも、性的な繋がりを求めない女は彩だけだったからなのだろうか。

「克己がそんなに苦しそうな顔をする必要はないのよ。過去の経緯を話したのは、克己に少しでも楽になってもらいたかったから。本当は、勇気を出してもっと早く話すべきだったのにね。ごめんね、克己。私はずっとあなたに甘え過ぎていた」彩が言った。

「姉らしいことを何一つしてあげられなかった」

姉、という言葉は、礫《つぶて》のようにも、甘い砂糖菓子のようにも克己には思える。

姉、姉、姉。

結局のところ、彩は姉なのか？

答は見つからない。きっと、いつまで経っても見つからないだろう。

では、もしも、姉と弟として出会わなかったら？

これまで何度も考えてみたことを、今一度、克己は心の中で自分に問うてみる。今度の問いに対する答は簡単だ。姉と弟という形で人生が重ならなかったとしたら、一生、二人が出会うことはなかっただろう。

彩と出会わずに過ごす人生。想像するのも耐え難い。

姉と弟。

血の繋がりはないのだから、そんなものにこだわる必要はない。どこかでぶっ壊してしまえばいいだけのことだった。

それができなかったのは、俺のせいだ。

克己は奥歯を噛みしめた。

克己は彩をずっと抱きしめていたつもりだった。けれどそれは、よく似てはいたけれど、抱擁ではなかった。ただしがみついていただけ。

幼い頃は、自転車の後部シートで母親の腰に、十代の頃は、バイクを操る彩にしがみついていた。彩がバイクに乗ることができなくなってからも、しがみついた腕を離すことはなかった。彩にしがみつかせてやることもできなかった。

「一度くらい、姉らしいことをさせてね」彩は克己の瞳を覗き込むようにして言った。

「どういう意味だよ？」

「克己は何も悪くない。十三年前も、今も。それをちゃんとみんなに分かってもらうから。だから、安心して私に任せてちょうだい」

そんな必要はないのだと思った。みんなに分かってもらう必要などない。

「彩」

「何？」

少し考えてから、克己は口を開く。

「俺はただ、彩のことが好きだった。初めて会ったときからずっと」

彩はじっと克己を見つめている。両眼から涙があふれ、唇が細かく震え出しても、見つめることをやめなかった。

そのとき、彩のバッグの中で携帯電話の鳴る音がした。

彩はふいに現実に引き戻されたような顔になったが、電話に出ようとはしない。

「留守番電話になってるから」と説明する。

それでも、かけてきた相手を確認しておこうと思ったのだろう、電話を取り出して、フラップを開いた。彩の表情が変わる。

「どうかした？」

克己の目の前に、彩は電話を差し出してみせた。着信履歴に、島岡真由美の名前が表示されている。

「あの女、まだ何か言ってくるのか？」

彩はうなずき、手振りでちょっと待ってて、と伝えた。携帯電話を耳に当て、留守番電話に残されたメッセージを確認しているようだ。

「なんだって？」克己が訊いた。

「時計屋が見つかったそうなの」

「時計屋？」

「そう。彼女、ロレックスが修理に出されているかもしれないって考えたわけ。それで、私に時計屋さんを探してほしいって言ってきたのよ。でも、家の中にあった古い書類や手紙をひっくり返して探したら、領収書が見つかったんですって。時計の修理代金の」

「皮肉だね。こんなときに時計屋が見つかるなんて」

「そうね」と言って彩が考え込む。

いずれ警察も、その時計屋を突き止めるだろう。粉々になったロレックスが島岡の持ち物だという確証が得られるわけだ。そうなったときの対応策を考えなければならない。なんとか自分のところで食い止められないものかと克己は頭を巡らせる。刑事が信じるかどうかは別として、あの時計は拾ったものだ、と言うしかないのだろうか。

てっきり、彩も同じことを考えているのだろうと思ったら、まるで違った。

「会いにいってくる」宣言するように彩が言ったのである。

「真由美に？」

「真由美さんと時計屋に。真由美さん、これから訪ねるそうなの」

「なんで彩が行くんだよ」

「真由美さんに会って、どうしても確かめたいことがあるの」と言って、さっと彩は立ち上がった。「すぐに戻ってくるわ。克己、少し私に時間をちょうだい」

行くな。

行かないでくれ。

けれど、彩はもう部屋を出ていってしまっていた。

第十章　二　人

真由美とは、午後二時にＪＲ御茶ノ水駅で待ち合わせている。すでに二時を五分過ぎた。真由美はまだ来ない。あと少し待って来ないようだったら電話をかけてみよう、と思ったときに、改札を抜けてくる真由美の姿が見えた。

チャコールグレーのスーツ姿で、かっちりとした革のバッグを手にした真由美は、とてもきちんとしていて品がいい。柏の警察署から直接来たために、彩はカットソーとジーンズという服装のままだ。服装はカジュアルなのに、仕事用の黒革の書類鞄を提げているのが、我ながら不釣り合いだと思う。

「ごめんなさい。お待たせして。御茶ノ水には滅多に来ないから、どのくらい時間がかかるのか見当がつかなくて」走り寄ってきた真由美が言う。

「私も今、来たところですから」

「貴船先生、きょうはジーンズなんだ。お仕事、お休みだったんですか」

「そういうわけじゃないんですけどね」適当に受け流し、行きましょう、と促した。

並んで歩き始める。

「なんだか貴船先生、お疲れみたい」真由美が探るような目を向けてくる。

「そんなことないですよ」

「もしかして、ワイドショーの一件で、周りの人に何か言われたりしたんですか？」

「いえいえ。それより、時計屋さんの領収書が見つかって、よかったですね」

彩が話題を変えると、真由美は大きくうなずき、

「探せば、ちゃんとあるんですよねー。貴船先生に時計屋さん探しを頼む前に、ちゃんと確認すればよかった。お手数かけちゃってすみません」

「いえ。でも、なぜわざわざ訪ねて行くことに？」

「主人のロレックスが修理に出されてないってことは、時計屋さんに電話をしたときに聞いているんですよ。なーんだ、がっかりって私は思ったんですけど、時計屋の友納《ともの》さんがね。あ、友納さんというのがヒデさんのお名前だったんですけど、ロレックスがどうかしたんですかってお訊きになったんです。それで、これまでの事情をお話ししたんです。友納さんは、主人が亡くなったこともご存じなくて、ものすごくびっくりしてらした。兜町の路上で心臓発作を起こして、そのまま息を引き取ったようだって言ったら、黙り込んでしまわれて。主人が大事にしていた腕時計を遺品としてとっておきたくて探してるって話したら、島岡さんは腕時計を愛してらっしゃいましたからね、ロレックス

もきっとどこかにありますよって励ましてくださったんですよ」

「島岡さんと友納さんは、親しくしてらしたんですね？」

「ええ」と真由美がうなずき、「古いお付き合いのようなんですよ。私が主人と結婚するより前から」

「そうなんですか」

島岡の口から、友納という名前を聞いたことはなかったが、アンティーク時計の収集を趣味にしていた島岡だから、古い付き合いの時計商がいるのは自然なことだった。

「それでね、友納さんのお店に伺ってはいけませんかって訊いたんです。友納さんと主人との思い出話を聞きたいっていうのもあったし、友納さんにお訊きしたいことがあったので」

「何ですか？　お訊きになりたいことって」

真由美は意味ありげに、ちらっと彩を見ただけで答えない。気になった。けれど、重ねて訊いたところで答えないような気がしたので、彩は質問を繰り返すことはしなかった。

「でも、よかったわ。貴船先生も来てくれて」真由美がつぶやく。妙にしみじみとした言い方だった。

一緒に時計屋に行きたいと言ったのは彩の方だった。これから時計屋を訪ねるつもりだという真由美のメッセージを聞いて、どうしても同行したい、しなければと思ったのである。それにもう一度、真由美に会って確かめておきたいことがあった。きょうを逃したら、二人で会う機会はもうないかもしれないと思ったからだ。

しかし、彩が一緒に行きたいと言い出さなかったら、真由美の方から強引に頼み込んできたかもしれない。一人じゃ不安なんです、貴船先生も一緒に行ってください、と。

時計屋に二人揃って行くというのは、真由美によって前もって決められていたプランだったのだろうか。

駿河台下の交差点を右手に折れ、古書店やこぢんまりとした楽器店の並ぶ通りをしばらく行った先に友納時計店はあった。古びた看板。曇りガラスなので、外から店内の様子はうかがえない。一見すると、すでに店を畳んでしまったかのように見える。

だが、一歩足を踏み入れた途端、その印象は一変する。磨き上げられたガラス張りのケースの底には、深紅のビロードが敷き詰められ、その上に並べられた美しい腕時計が照明を受けて輝きを放っている。ショーケースの後ろの棚には、ファイル類が整然と並べられていた。また、店の一角には、年季を感じさせる布張りのソファとテーブルがあって、落ち着いた雰囲気を醸し出している。

「こんにちは。島岡と申します」真由美が言う。

「ああ、どうも。友納です」

ガラスケースの向こう側に立っていた初老の男性が応じた。

「わざわざご足労いただいて、すみませんでしたね」

「いえ。こちらこそお忙しいところ、すみません」

真由美が頭を下げたので、彩もそれにならった。友納が問いかけるような目を彩に向ける。真由美が気付いて、

「弁護士の貴船さんです。夫が亡くなった件で、いろいろお世話になって」と紹介した。

「貴船です。島岡さんの腕時計を探すお手伝いをしておりました」

「そうでしたか。ここで立ち話もなんですから、どうぞ、こちらへ」

促されてソファに座った。友納はいったん奥の部屋に引っ込み、トレーにティーカップを二つ載せて戻ってきた。香りのいい紅茶を、どうぞ、と勧めてくれる。彩も真由美も軽く会釈をして応えた。

友納が真由美の向かい側に座り、「このたびは御愁傷様でした」と深々と頭を下げた。

「まさか島岡さんが亡くなったなんて。ここのところ、体調も良さそうでしたからね。奥さんもびっくりなさったでしょう？」

「はい、とても」と真由美が応じる。それから店の中をぐるっと見回して、「素敵なお店ですね」と言った。

「ありがとうございます」

「主人は、よくこちらに伺ったのでしょうか」

「時計の調子がおもわしくないときはもちろん、特別に用事がなくても、ふらっと立ち寄られることがありましたよ」

島岡がこの店を訪れたくなった気持ちが、なんとなく分かった。すべてが整然としているのだが、どこにも冷たさがない。大事にされ、丁寧に扱われた物や空間だけが持つ、癒しの空気がここにはある。

島岡も、今、彩や真由美が座っているソファに腰を下ろし、友納と雑談を交わしたのだろう。その様子が目に浮かび、胸の奥がきりきりと痛む。彩はそっと胸に手を当てた。

「島岡さんは、兜町の路上で亡くなったとおっしゃいましたよね。兜町ってのは、証券取引所のあるところですよね。島岡さんは、最後まで株の仕事をしていたわけですか」

「主人はもっぱらネットで取引をしていたんですよ。兜町に行く理由なんてないんです。それも、夜」

「じゃあ、なんでまた」友納が首を捻る。

「それが分からなくて。一番ありそうだなって思うのは、誰かと待ち合わせをしていた場合ですよね」真由美が言う。

「待ち合わせねえ。私なんぞ、証券取引所で待ち合わせって言われたら、頭を抱えちゃいますよ。行ったことがないし。まあ、タクシーの運転手に言えば連れてってくれるのでしょうが」

「そうですよね。兜町とか、証券取引所って名前は知ってても、行ったことのある人の方が少ないかもしれませんよね。ですから、証券取引所の前で会うとしたら、その付近に勤めている人なのかなーって思いました」

「ちょっと待ってください。島岡さんが誰かと待ち合わせしていたというのは、確かなことなんですか？」真由美があまりにも、待ち合わせをしていたことを前提に話すからだろう。友納が驚いたように訊いた。

「証拠はありませんけど、そう考えた方がすっきりするような気がして。誰かと証券取引所の近くで会っているときに、主人が心臓発作に襲われた。その場にいた誰かはおそろしくなって逃げてしまったって考えれば、つじつまが合うんじゃないかしら」

「救急車も呼ばずに？」

「そうです。救急車も呼ばずに」

「なぜそんなことを？　私だったら、すぐに119番しますよ」友納が言う。

「それができない理由があったんじゃないでしょうか」

「救急車を呼べない理由？　そんなものがありますか」

「たとえば、主人が会っていたのは、女性だったとか。簡単に言えば不倫相手。かかわり合いになるのがいやで、逃げ出したってことも考えられますよね」

「そんな馬鹿な」友納が声を上げる。「島岡さんが、奥さん以外の人と付き合っていたとは思えませんけどね。うちの店に来たときなど、奥さんの話をよくしてらっしゃいましたよ。たまにはどこかに旅行に連れていってやりたいと思うけれど、自分の体力に不安があるせいで、それもなかなかできない。女房は俺みたいなのと結婚して退屈だろうな、なんてね。奥さんが、旅行に連れてってくれと言うんですか、と尋ねたら、そんなことは言わない、健康のために近所の公園を散歩しようって誘ってくるぐらいだよ、って言ってらした。お互いを思いやる仲のいいご夫婦なんだなって思ったものですよ。だから、そんな、不倫なんて」

「でも……」

真由美が何か言いかけるのを、友納は手振りで遮って続けた。

「百歩譲って、島岡さんに女性がいたとしましょう。しかし、その女性が、心臓発作を起こして苦しんでいる島岡さんを見殺しにするような真似をしますかね？　かかわり合いになりたくないとしても、１１９番くらいはするでしょう。電話だけして、逃げればいいんだから」

「確かにそうなんですよね。そこがよく分からないんです」

「やっぱり、奥さん、島岡さんに女がいたなんていうのは邪推ってもんですよ。前提がおかしいから、考えも行き詰まる。島岡さんは、奥さんのことを大切に思っていたんだから。あまり考えすぎない方がいい」友納が励ますように言った。

真由美はそれには答えずに、バッグから封筒を取り出した。

「友納さん、これ」

「何ですか」

「写真です。きょうこちらに伺ったのは、これを見て頂きたかったからなんです」

封筒から引っぱり出した写真をテーブルに置いて、友納は席を立った。

粒子の粗い写真だった。ビデオかなにかの動画の一部をプリントしたものらしい。女性の左腕の部分が拡大されている。ジャケットの袖の下に覗いているのは、古風な雰囲気を持つ腕時計だった。

思わず彩は息を吞む。

虫眼鏡を手にして友納が戻ってきた。写真を手に取り、じっくりと眺める。

「写りが悪いですが、この女性がしているのは、ロレックスのアンティークのようですね。丸みのあるスクエア型の文字盤。六〇年代のものでしょう」

「この時計、友納さんのお店で扱ったものですか？」

「いや、違いますね。うちの店にこの時計を置いたことはありませんよ」

「じゃ、主人はよそのお店で買ったのかしら」

「ご主人が、この時計をお買いになったんですか」

「ええ。おそらく」

「島岡さんは、ネットオークションのサイトをご覧になっているようでしたよ。よく話に出ましたからね。ときどき、思いがけない出物があるって、楽しそうでした」

「じゃあ、そういうところで手に入れたのかも。この写真の時計と、主人が持っていたロレックスの時計って、ペアウォッチですか」

友納は少し考えてから、

「厳密な意味でのペアウォッチではないですね。ただ、どちらもロレックス。時計の作られた時代はほぼ同じで、醸し出す雰囲気もよく似ている。となると、広い意味でのペアウォッチと呼んでもいいかもしれませんね。いかにもっていう感じを嫌う方もいらっしゃいますからね。メーカーや年代や時計の持つ雰囲気を合わせて、おそろいにするのは、とても洒落《しゃれ》たことだと思いますよ」

彩には、もう友納の声が耳に入らなかった。

膝の上できつく両手を握り合わせ、考え続けていた。

真由美は知っていた。島岡と彩とのことを知っていたのだ。全て承知の上で彩に近付いた。警察から疑いの目を向けられたとき、彩に助力を求めた。そして、きょう一緒にここを訪ねるお膳立てをした。

友納の店に来てからの真由美は、甘ったれた口調でありながら、きっちりと自分の推論を述べた。島岡が亡くなったときの状況について考え抜き、彼女なりに結論を導きだしているという事態は、彩だって予想していなかったわけではない。彩が真由美の立場にいたら、必ずそうしているだろうから。ただ、こんなふうに初対面の友納に向かって切り出してみせたのが意外だった。

けれど、今は分かる。真由美は友納に向かって話していたわけではない。表面上はそうだったとしても、彩に向かって話していたのだ。真由美は、彩と対決する機会を窺《うかが》っていたのだろう。そして、きょうをその日と決めた。

もしかしたら、前回のワイドショーで彩が失態を演じたことが影響しているのかもしれない。テレビ画面に映し出された彩は無様だったはずだ。それを見て、彩が限界に近付いていること、今なら彩を落とせると真由美が思ったとしても不思議はなかった。

「真由美さん、知っていたのね？」押し殺した低い声が漏れた。

友納が驚いたらしく、ぱっと彩を見た。

「真由美さん、あなた、知っていたのね？　いつからなの？　いつから知っていたの？」

真由美は無言で彩を睨みつけただけだ。

「まさか……、まさか、薬もわざと？　あなたがやったの？」

「何を言っているんだか分からないですよ。弁護士さんらしく、論理的に喋ってくれませんか。貴船先生」

彩は一度深呼吸をした。それから話し出す。

「島岡さんは、心臓の薬と栄養剤を一緒に保管していたんでしょ。その話を聞いたとき、なんでそんなことをするのか、わけが分からなかった。でも、真由美さんがわざとそうしたのなら説明がつくわ。あなたは島岡さんを憎んでいた。発作を起こしたときに島岡さんが薬を飲んだとする。その薬が栄養剤だったら、効き目がないわけよね。島岡さんを殺したいほど憎んでいたわけではないにしろ、死んでしまっても構わないくらいには憎んでいた。そうじゃありませんか？　事実、亡くなった夜に島岡さんが携帯していたのも、栄養剤だった。彼はそうとは知らなかったでしょうけどね」

「ちょっと待って。主人は心筋梗塞の発作で亡くなったのよ。狭心症の薬を持っていたところで、心筋梗塞の発作には効かないっていうのは、貴船先生が調べてくれたことでしょ。だったら、持っていたのが栄養剤だろうが、なんだろうが関係ないじゃない。わざわざ二種類の薬を混ぜておく必要なんてないでしょ」

「結果論よ。あなたはそれを知らなかった。狭心症も心筋梗塞も、同じ心臓発作だと思っていたんじゃない？　どちらにも同じ薬が効くと。だから、効き目のない栄養剤を混ぜておいたのよ」

「いい加減なことを言わないで」高く叫ぶように言い、真由美が椅子から立ち上がった。

「まあまあ、落ち着いてください」

友納が真由美の肩をそっと押さえて、椅子に座らせた。それから彩に向き直り、

「島岡さんが飲んでいた薬について、あなたが調べたんですか」と訊く。

「ええ。真由美さんの依頼で」

「薬の保管方法が不自然だって、警察に呼び出されたりして。不安になったんです。それで貴船先生に調べてもらいました」

「私に近付くための口実だったんでしょうけど」彩が言う。

なるほど、とうなずいてから、

「お茶でも飲んで、一息いれませんか」友納は紅茶を勧めた。

とてもお茶など飲んでいる気にはなれず、彩はぐっと奥歯を嚙みしめてテーブルを見つめた。

ちょうどそのとき店のドアが開いて、男性客が一人入ってきた。

「いらっしゃいませ」と友納が客に向かって笑顔で言いながら、立ち上がる。それから、彩と真由美を振り返り、「申し訳ないのですが、奥に行っててもらえますか。あとで、私から説明したいこともありますし」小声で言って、ドアを指し示した。

彩と真由美は立ち上がり、言われた通り奥へ行く。

四畳程度の事務室になっていた。事務机が一つと、椅子が二つ。椅子を引いて腰を下

ろす。

狭い空間に真由美と二人きり。重い沈黙が息苦しい。故意に二種類の薬を混ぜていたか否かについて、真由美を問《と》い質《ただ》したくてならなかった。けれど、ここで激したりしては友納に迷惑をかけてしまう。彩は必死で自分を抑制する。

真由美が一つ咳払いをしてから話し始めた。

「弁護士会館に相続の相談をしに行ったとき、とても親切に対応してもらったって主人はすごく喜んでいた。いい弁護士さんに当たってよかったわね。なんて私も言って、そのときはそれっきり。しばらくは貴船彩なんて名前、忘れてた。思い出したのは、何の気なしにテレビのワイドショーを見てたとき。コメンテーターとして貴船彩っていう弁護士が出演してたの。ありふれた名前じゃないから、覚えていたのよ。主人が弁護士会館で相談に乗ってもらったのは、この人なんだな、有名な人だったんだなって思って、ちょっと嬉しかったの。それから、貴船先生がコメンテーターとして出るときは、できるだけテレビを見るようにしたわ。先生は、コメンテーターとしても、なかなか好感が持てた。でもね、あるとき、あれって思ったの。先生がしている腕時計が気になった。主人の影響で、私も他の人がどんな腕時計をしているか気にする癖がついちゃって、ついつい目がいくのよ。それまでの貴船先生は、機能重視って感じのシンプルな時計をしてたでしょ。それが突然、優雅な雰囲気の腕時計をしてきたから気になったの。それがきっかけよ。主人があなたと付き合っているんじゃないかって疑うようになったのは。まさかって思ってた。そんなはずはない、私の思い過ごしだって。それでも、念のため、主人の携帯電話を見てみたの。主人はロックもかけてなかった。それを知ったとき、あぁ、やっぱり後ろめたいところはないんだなって思ったわ。メールにも履歴にも、おかしなものは何もなし。やっぱり私の考え過ぎだったんだって、ほっとした。でも、どういうわけか、主人の携帯を確認するのが癖になっちゃったの。主人がお風呂に入っているときとか、トイレに立った隙なんかに盗み見してた。何もないのを確認してほっとしたかっただけ。なのにある日、あなたに宛てたメールが残っていたのよ。次に会う予定について書いてあったわ。親しげな内容だった」

彩は黙っていた。

「それを見ても、まだ信じられなかった。もしかしたら、法律に関する相談のために会うのかもしれないって思おうとした。主人は私に優しかったし、子供を作ろうと努力していたし、他の女の人と付き合うはずないっていう気持ちもあった。でも、やっぱりおかしいとも思った。あなたのしている腕時計。たった一度にしろ、あなたに宛てた親しげなメールがあったこと。主人を信じたいのに信じきれない。そんな状態だったの。どうすればいいのか分からなくて、つらかったわ。それが、主人があんなおかしな亡くなり方をしたときに、はっきり分かった。主人の携帯電話からあなたのアドレスが消えていたしね」

真由美はじっと彩を見て訊いた。

「どうして主人がよかったの？」

「うまく説明できません」

「私には分からない。全然、分からない。貴船先生みたいに立派なキャリアがあって、きれいな人が、どうして主人と付き合うの？　いくらだって他に素敵な男性がいるでしょう？　貴船先生だったら、よりどりみどりだったんじゃないの？」

彩は何も答えなかった。

「それなのになぜ？　だって、だって……主人は……」と言ったところではっとした顔になり、「もしかして、あなたとだったら、主人はできたの？　身体の関係を持てたの？」

真由美の問いかけは、悲鳴のように響いた。

彩はゆるゆると首を横に振る。

「何もしないで、添い寝をしていただけです」

「ほんと？」

「ええ」

「それであなたは満足だったの？」

「とても気持ちが落ち着きました」

「信じられない！」

「信じられませんか？」

「信じられないわよ。私がそのことでどれだけ悩んで、惨めな思いをしてきたか、分かる？　女として愛されていないような気がして、いつも不安だった。最初からそれを承知で結婚したんでしょう、って言われたら、言い返す言葉がないけど、でもね、いつかは主人も健康になって普通の夫婦生活が持てるものと思っていたの。主人は年上で優しくて、家もお金もあって、理想的な旦那様だと思ったわ。身体が弱いのが玉にきずだけど、そんなの私がそばにいればきっと元気になるって、元気にしてみせるって、私、自信があったのよ。でも全然だめ。そんなに簡単にはいかなかった。主人は優しくていい人だったけど、それだけじゃ満たされない部分があるの。私、愛されている実感が持てなかったのよ」

一度、言葉を切り、肩で大きく息をしてから真由美は続けた。

「だからこそ子供がほしかったの。子供は愛情の証《あかし》でしょ。主人と私をしっかり結びつけてくれる。人工授精という方法をとろうと決めて、主人も協力的だったわ。でも、なかなか子供には恵まれなかった。お医者さんは、粘り強く取り組むことが大事だって言う。でも、つらいのよ。出口が見えないんだもん」真由美が悲しげに俯いた。「私、すごく焦ってたのよ。なのに、あなたは主人と添い寝をして、気持ちが落ち着いたなんて言う。ねえ、本当に本当なの？　添い寝をするだけでよかったの？」

「ええ」

気味の悪い生き物を見るような目で、真由美が彩を見つめる。しばらくして、長く息をついた。

「私もそうすればよかったのかな。子供、子供って騒がずに、添い寝で満足していれば、主人はあなたのところに行ったりしなかったのかな」

答える言葉が見つからず、彩はただ俯く。

「病院で不妊治療を受けて疲れている日に限って、主人は出かけていった。あなたに会いに行ったんでしょ？」

「分かりません」

彩の答に真由美はちょっと笑い、

「そりゃそうよね。あなたと会っているときに主人が、きょう不妊治療のために病院へ行ってきたんだ、なんて話すわけないものね。でも、主人が一人でふらっと出かけていくのは、決まって病院へ行った日の夜だった。あの晩だってそうでしょ。亡くなった日。あの晩も、主人はあなたに会いに行ったのよね？　証券取引所の前で待ち合わせをしていた相手はあなただったんでしょ？」

彩は握り合わせた両手に力を込めた。

「その前に聞かせてください。真由美さん、心臓の薬と栄養剤を混ぜて一緒に保管していた理由。あれは、あなたがやったことなんですよね？」

どうしても確かめておきたかった。真由美は、島岡の死を望んでいたのかどうか。夫婦の間にあったのは、愛情だったのか、憎しみだったのか。それを確かめてからでないと、前には進めない。そのために、どうしてもきょう真由美に会いたかったのだ。

真由美が答えようと口を開きかけたとき、失礼、と言って、友納が事務室に入ってきた。

「お客様がお帰りになったのでね、いったん店を閉めてきましたよ。その方がいいでしょう。お二人の話は複雑に入り組んでいるようですからね」

「すみません」

「それに、島岡さんが飲んでいた薬については、私からお話ししておかなければならないこともありますし」

「なんでしょうか？」真由美が身を乗り出す。

「まずは、お茶をいれ直しましょう。先ほどのは冷めてしまってるでしょうからね」

事務室の一角にある小さなキッチンで、友納は紅茶をいれた。

「温かいミルクティーを飲んだら、少しは気分も落ち着きますよ」

勧められて、彩は素直に一口飲む。飲んだ途端、ひどく喉が渇いていたことに気が付いた。もう一口、さらにもう一口、彩は紅茶を飲む。真由美も静かに紅茶を啜《すす》った。

「先ほどのお二人の話から、私なりに推論させてもらって、だいたいのところは分かったつもりです。亡くなられた島岡さんは、こちらの弁護士さんと親しくしていた。腕時計をプレゼントしたりしてね。違いますか？」

「その通りです」真由美が勢い込んで言う。

「奥さんの身になれば妬《や》けてしょうがないでしょうね。亭主のことも、相手の女性のことも憎んで当然だ。一番悪いのは男でしょう。亡くなった人を鞭打つようですが、島岡さんがいけませんね。でもね、島岡さんの気持ちも分かってあげてほしいと思うんですよ。男としての気持ちをね」

友納の言葉に、真由美も彩もじっと聞き入る。

奥さん、と言って、友納は真由美の方を向いた。

「はい」

「奥さんは、お子さんがほしかったんでしょう？　でも島岡さんの方の事情で、自然な形で子供を授かることが難しかった。それで人工授精に取り組んでいた」

「主人が話したんですか？」

「先ほども申しましたが、うちの店に来ると、島岡さんはあれこれ雑談していったんですよ。私になら、弱音も吐けるし、愚痴も言えるって言ってらしたな」

社交的だったとは思えない島岡には、飲んで憂さ晴らしをするような同年代の友人はいなかったのかもしれない。友納時計店を訪れ、雑談を交わすのが、彼にとっての息抜きだったのだろう。

「女房を早く喜ばせてやりたいのに、なかなかうまくいかないんだって言ってましたね。それもこれも、自分が虚弱なせいだって。父親がこんなふうじゃ頼りなくてだめだって、神様が赤ん坊を授けてくれないんだろうな、なんて寂しそうに言ってらしたこともありましたよ。でも、心臓の病気はだいぶよくなったみたいじゃないですか、って私が言ったら、そうなんだよ、発作を起こすこともなくなったんだよってね。ただ、どうしても自分に自信が持てなくてね。それをなんとかしなくちゃな、っておっしゃっていたんです。そして次に、この店にいらしたとき、島岡さんはとても嬉しそうでした。ヒデさん、俺、新しいことにチャレンジしてるんだって言ってね」

「チャレンジ?」彩と真由美が同時に訊き返した。

「そう。チャレンジです」とだけ言って、友納は口をつぐんだ。

話し出そうとしては、唇をぎゅっと引き結ぶ。何度かそれを繰り返した。友納は涙ぐんでいた。

「いつか生まれてくる子供のために、少しでも強くなりたいんだ、とおっしゃってました」ようやくのことで友納が言った。

「なんだったんですか、チャレンジって？」真由美が震える声で訊いた。

「偽薬です」

「偽薬？」

「偽の薬ですよ。実際は効用のない薬でも、飲んだという安心感で病気が良くなることがあるんだそうですよ。たとえば、栄養剤を心臓病に効く薬だと思い込んで飲めば、症状がやわらぐといったようなね」

「まさか……」真由美が口元を手で覆った。

彩は身じろぎもせずに友納の話に聞き入っていた。

友納が彩に向かって言った。

「私からお話しすべきだと言ったのは、このことです。心臓の薬と栄養剤を一緒くたに保管するようにしたのは、奥さんではありません。島岡さん自身なんですよ」

自分に自信を持つために。

いつか生まれてくる子供のために、少しでも強くなりたくて。

島岡が自分でやったこと……。

真由美は何も知らなかった。ただ島岡との子供がほしいと切に願っていただけ。

「そんな無茶はしない方がいいって、私は止めたんですよ。第一、危険です。発作を起こしたときに飲んだ薬が栄養剤で、効き目がなかったらどうするつもりなんですか、医者には相談したんですかって訊きました。するわけないだろう、っていうのが島岡さんの返事でした。医者の言うことばかりきいていても心を強くすることはできないんだよって。しかし、そんな無理をして、いったい何の意味があるのかって私はなおも言いましたよ。そうしたら、悲しそうな顔をして、ヒデさんには俺の気持ちは分からないだろうなあって。そう言われてしまっては、私としては返す言葉がありません。それに、島岡さんは変に頑固なところがあったでしょう。言い出したらきかないんだな。あのときもそうでした。偽の薬でも、十分効果があるんだ。大丈夫だからって言ってね。体調はいいんだ。あとは、自分に自信が持てさえすれば、俺も一人前になれるっておっしゃってましたよ」

「嘘でしょう」真由美がつぶやく。

「嘘ではありませんよ」友納が静かに言った。

「そんな……。主人がそんなふうに思っていたなんて」真由美が泣き崩れた。「私、ちっとも知らなくて。だから、いつも主人を責めてしまってました。子供ができないのは、あなたのせいよ。あなたはいやいやクリニックに行っているだけ。本気で子供を持ちたいって願っていない。最初から諦めてる。だから、ダメなのよって。少しは私の身になって、私がどんな気持ちでいるか考えてって。もっと真剣に、本気で取り組んでって。

あの人を追いつめるようなことばかり言っていた気がするわ。主人にとっては、プレッシャーだったはず。なのに、主人は、一言も言い返さないで、うん、うん、分かったよ、また頑張ろう、っていつも微笑んでました」

真由美の願いをなかなか叶えてやれないことを、島岡自身が一番歯がゆく思っていたはずだ。夫として、男として。

そのプレッシャーに押しつぶされそうになったとき、島岡は私に会いに来たのではなかっただろうか。そう彩は考える。添い寝以上のものを求めない私という女を島岡が必要としたのは、言葉を換えて言えば、また次の日から妻との現実をしっかり生きていくため、妻を幸せにしてやりたいからこその休息だったのだ。

愛などではなかった。

薄々感じてはいたことだ。島岡との間にあったものが、愛とは違う、何かもっと緩やかなもの、温いお湯のような、あるいは、ちょっとした不調を感じたときに飲むサプリメントや、漢方薬のようなものだということは。

彼が命がけで愛していたのは、ただ一人。

「奥さん」友納が真由美をまっすぐに見て言う。「島岡さんはときどき、他の女性のところで一息ついていたかもしれない。でもね、本当に愛していたのはあなたですよ。彼は、命がけであなたを愛していたんだ。それを信じてあげなくちゃ」

真由美は両手で顔を覆ったまま、何度もうなずいた。

「まだ全部、終わってないわよね」坂道を上りながら、真由美が言った。時計屋で泣きじゃくったせいで、声がまだかすれ気味だ。瞼が腫れているのが、横顔を見ているだけでも分かる。

ミルクティーを全部飲んでから、彩と真由美は店を出た。二人が一緒に帰ったらまた言い合いになるのでは、と友納は危惧したらしく、弁護士さんに先に帰ってもらった方がいいんじゃないですか、と真由美に勧めたのだが、真由美が、一緒に帰ります、と言い張り、彩も、大丈夫ですから、と請け合ったのである。

店を出てからずっと黙ったままで歩を進めていたのだが、坂の途中でようやく真由美が口を開いたのである。それが、まだ全部終わってないわよね、だった。

「ええ。まだ全部終わっていませんね」彩も同意する。「どこで話しましょうか」

コーヒーショップか何かないかと見回したが、通りに並んでいるのは学生相手の定食屋や居酒屋ばかり。落ち着いて話のできそうな場所はない。

「あそこ」

真由美が指さした先には、ニコライ堂があった。青銅のドームと白壁が美しい。

真由美は迷いのない足取りでニコライ堂に向かう。彩もあとに続いた。

入り口を入ると立ち止まり、「静かだわ」と真由美が言う。

ビルの間にあるとは思えないほど、ニコライ堂の敷地の中は静寂に包まれている。

ニコライ堂の正式名称は、東京復活大聖堂教会というらしい。入り口脇のプレートにそう刻まれていた。聖堂内の拝観は入り口で申し出る必要があるようだが、敷地内を歩くだけなら自由である。

彩と真由美は、無言のまま鐘楼を見上げた。真由美の頬を一筋の涙が伝っていった。化粧が剝げた肌に、薄いそばかすが浮いている。

「真由美さん、ごめんなさい。謝って済むことではないけれど、ごめんなさい。本当に」空を見上げたままの真由美に向かって、彩が叫ぶように言った。

「あの晩、主人は貴船先生と会っていたのね？」

「ええ。でも、証券取引所の近くではありません。私の事務所で」

「先生の事務所？」

「ええ」

「いつも事務所で会っていたんですか？」

「いえ。あの日だけです」

「なぜ？」

真由美がきつい顔で彩を見据える。

「島岡さんが、私の働いている場所を見たいとおっしゃったので」

「主人がそんなことを？」

「ええ」

「じゃ、主人が発作を起こしたのも？」

「はい。事務所でのことでした。島岡さんが苦しみ出したとき、すぐに救急車を呼ぼうとしたんです。でも、島岡さんが薬を飲めば治るっておっしゃったので」

「薬を飲ませたのね？　偽薬だなんて思わないものね」

「ええ。でも薬を飲んでも、良くなる気配がなくて、今度こそ救急車を呼ぼうと思ったんです。そうしたら、ビルの一階で人声がして。うちの事務所のあるビルには、学習塾があるんです。そこの生徒が帰る時間になったんです」

「騒ぎになるのがいやだったのね？」

「そうです。スキャンダルを恐れました。私、テレビに出たりしてましたから、不倫相手の男性を事務所に招き入れた上、その男性が心臓発作を起こしたなんてことが知れたら、何を言われるか分かりません」

「それで？」

「119番するのを躊躇いました。人声が聞こえなくなるのを待ったんです」

「どのくらい？」

「分かりません」

「数分？」

「そうだと思います」

「その間も主人は苦しんでいたのよね？」

彩はうなずいた。

「つまり、貴船先生は、苦しんでいる主人をそのまま放置して見殺しにしたのね？」

「結果的にはそうなります」

「ひどい」

彩は応える言葉を持たなかった。

「おまけに主人を証券取引所の近くの道に捨てた？」震える声で真由美が言った。

「ええ」

「でも、あなた一人じゃ、主人を運ぶのなんて無理でしょ？　主人は男性にしては小柄だったけど、女一人の力では持ち上げられないわ」

「弟に手伝ってもらいました」

「弟？」

「はい」

真由美が黙り込む。

弟。

もう一度、彩は心の中でつぶやく。克己の顔が浮かび、彩はゆっくりと瞬きした。

「貴船先生、一つだけおしえて。あなたは主人を愛していたの？」

島岡を愛していたのだろうか。

彩は自分に問いかける。答は見えていたが、もう一度、確かめておきたかった。やがて低く言った。

「愛してはいませんでした」

そう。愛してなどいなかった。だからこそ、あんなことができたのだ。すぐに救急車を呼ぶこともせず、苦しんでいる島岡を見ていることが。

あのとき、彩は心の隅で腹を立てていた。彩の仕事場を見たいんだ、などと言い出した島岡に。

島岡には妙な押しの強さがあった。彩がちょっと渋ること、たとえば、プレゼントした腕時計をテレビ出演の際につけてほしいと言い張ったのも島岡だった。彩は気が進まなかった。テレビという公共電波を使って、他人の夫からもらったものを見せびらかすような真似をするのに抵抗があった。けれど、島岡の「頼むよ」という言葉に負けてしまったのだ。

事務所で会う件についても同様だった。

彩は最初断ったのだが、島岡が、一度だけでいいんだ、彩さんの職場を見たい、と言い張った。

もしかしたら、島岡はホテルの部屋で会うことを負担に感じているのかもしれない。彩は、部屋で添い寝をして過ごすのが好きだったが、彼は負い目に思っていたふしがある。事務所で会うのなら、何もしないでいる関係が自然なものになる。

そんなふうに思っているのかもしれないと考え、事務所で会うのを承諾した経緯があった。

いずれにしても、島岡は彩の事務所に押し掛けてきたようなものだった。

そして、よりによって心臓発作を起こした。

だから職場で会うのはいやだったのよ。あのとき彩は心の隅で思った。こんな迷惑をかけられる筋合いはないのに、と。

早く治って。彩は島岡を見つめた。発作が治まり、もう大丈夫だよ、と島岡が微笑んでくれるのを祈りながら。

だが、島岡は微笑むどころか、起き上がることさえできなかった。呼びかけても反応がない。意識を失っているようだった。

その瞬間、彩は思った。とにかく克己に連絡しよう。克己なら、きっと助けてくれる。

そして、電話をかけたのだ。意識のない島岡を前に動転する一方で、大っぴらに克己に「助けて」と言えることが嬉しくもあった。すぐ行く、と克己が言い、実際、待つほどもなく克己が駆けつけてくれたときには、言いようのない安堵とよろこびを覚えた。克己は一目散に私のところに来てくれる。いつだって助けてくれる。

十三年前、深夜にバイクを飛ばして実家に帰ったのも、克己に会いたい一心からだった。まさか、克己が自宅に火を放とうとしている場面に出くわすとは思いもせずに。

克己との間には、常に強い絆があった。

最初から最後まで、私は島岡を愛してなどいなかったのだと彩は思う。愛していたのは、克己ただ一人。今になってようやく、それを認めることができた。

「主人を追いつめて、あなたのもとへ向かわせてしまった原因は、私にあるのかもしれない。でも、最後の最後で主人を見殺しにしたのは、あなたよ」真由美が言い放つ。

「ごめんなさい。これから警察に行って、全てを告白するつもりです」

「そんなことで、許されると思わないで」

「許されるとは思っていません。でも、私にできるのは、それだけなんです」

「あなたは弁護士だから、うまく言い逃れるつもりでしょう？　きっと大した罪にはならないのよ」

「そんなことは……」ありません、と言おうとした瞬間、彩の顔面に何かが直撃した。

驚愕《きょうがく》と、痛みとで呆然としていると、また固い物がぶつかってきた。頬を押さえながら顔を上げ、真由美がハンドバッグを振り回しているのだと、ようやく分かった。

「許さない。許さない」

真由美がバッグを振り回す。中に入っていたものが、落ちて散らばった。真由美はそんなことにはおかまいなしだ。

金具が彩の口元に当たった。彩の唇の端から血が滴った。血の色を見て、真由美はよけいに猛り狂ったようだった。ものすごい勢いでバッグを振り回し、彩の顔や頭を殴り続ける。目が血走り、口の端からよだれが糸を引いた。彩は逃げもせず、されるがままになっていた。

またバッグが彩の顔に直撃した。目の前が暗くなり、たまらずに彩は地面に膝をつく。このまま死んでしまえればいいのに。彩は思う。凶器にはなりそうもない革のバッグでも、何度も何度も殴打されれば、死ねるのだろうか。

「許さない。絶対許さない」真由美が叫ぶ。

こめかみにバッグが当たり、一瞬、意識が遠のく。

どこかで悲鳴が上がった。彩ははっとして、目を開ける。聖堂から若い女性が二人、出てきた。真由美の荒れ狂う様を見て、怯えた顔をしている。

「やめてください」

女性のうちの一人が真由美を押さえようとしたが、真由美はその女性にもバッグを振り上げ、追い払った。女性たちが後ずさりする。真由美の攻撃の手は止まない。彩を何度もバッグで殴りつける。

「警察を呼びますよ」

携帯電話を手にした女性が、真由美に言う。耳に入っているのかいないのか、真由美は髪を振り乱し、ひたすらバッグを振り回すだけだ。

「警察は呼ばないで」切れ切れの声で彩は言った。「いいんです。これで」

若い女性たちは、わけが分からないという顔で彩と真由美を交互に見たが、やはりこのままにはしておけないと思ったらしい。電話をかけ始めた。

「だめっ」

力を振り絞って立ち上がると、彩は電話を耳に当てている女性に飛びついた。その勢いで、携帯電話が地面に落ちる。

「お願い。放っておいて」それだけ言うのがやっとだった。

「そういうわけにはいきませんよ。だって、あの女の人、おかしいもの。何か危ない薬でも飲んでるのかもしれない。ああいう人は、警察に取り押さえてもらった方がいいですよ」

真由美は少し離れた場所で、荒い呼吸を繰り返していた。じっと彩に視線を注いでいたかと思うと、突然、足下にあった石を拾って投げ始めた。悲鳴を上げて、若い女性が飛《と》び退《の》く。

「やっぱり電話します」落ちていた携帯電話に手を伸ばそうとする。

「いいの、本当にいいの。真由美さん、もうやめて。早くここを離れて」彩は必死で叫んだ。

真由美は我に返ったようだった。石を投げるのを止め、彩と二人の若い女性に目をやったかと思うと、ものすごい勢いで走り出ていった。門扉にぶつかったのか、がたがた揺れる音がし、やがて彼女の姿は見えなくなった。

彩は長く息をつく。

「大丈夫ですか」女性の一人が声をかけてきた。

「ええ」

「血が出てますよ。手当てをしないと」

「大丈夫」

「あの女の人、正気じゃないわ、どうかしてる」別の女性が言う。

彩はハンカチで口元を拭いながら首を横に振り、真由美が走り去っていった方角を見つめた。

よろよろとニコライ堂を出た彩は、駅に向かって歩いて行く。

ニコライ堂の中にも医務室のようなものがあるかもしれないからと、女性たちに手当てをするよう勧められたが、大丈夫だからと言い張って、彩は、今、一人になった。すれ違った人が、ぎょっとした顔で彩を見る。おそらく、相当ひどい様子をしているのだろう。ハンカチで顔を拭くと、血で汚れる。切れているのは目の縁なのか、口の端か。どちらもひりひりと痛むから両方なのかもしれない。バッグから鏡を出して確かめる気にはなれなかった。

一歩、また一歩。ふらふらと横に揺れそうになる身体をなんとかまっすぐに保ち、彩は足を踏み出す。

駅はもう見えているというのに、果てしなく長い道のりに思える。

彩は一度立ち止まって、息をついた。そうしては、また歩き出す。

克己と初めて出会ったのは、彩が十六歳のときだった。

九歳だった克己は、紺色のズボンに白いポロシャツを身につけていた。知的で、強い光を宿す目。とても賢そうで、どこか醒めていて、そして孤独のにおいのする男の子だった。

あの瞬間から、彩の心の中には常に克己がいた。何かあるたびに心の中で、克己、と呼びかけた。

静岡の家で克己と一緒に暮らしていた時代。彩にとって、一番幸せなときだった。常に心許せる誰かがそばにいる安心感がどれほど大事なものだったかは、離れてみて初めて分かった。それは克己も同じだったのかもしれない。

「ずっと好きだった」

克己の声が脳裏に蘇る。

今も克己は柏の警察署にいる。じっと壁を見つめ、彩のことを考えているのだろうか。それとも、刑事からの質問に答えているのだろうか。

最初から姉と弟なんかではなかった。克己と彩だった。

そんなこと、分かっていたのに。

いつだって会おうと思えば、会えた。気持ちを伝えようと思えば、伝えられた。なのに、それができずに、信じられないほどの遠回りをし、罪を犯し、克己にまで罪を犯させ、人を傷つけ、自らも傷を負い、その結果として残ったのが、あなたが好きだったという素朴な認識ただ一つ。

なんという愚かさ、なんという罪深さだろう。

あの夜、彩が躊躇なく救急車を呼んでさえいれば、今も島岡は生きていたかもしれない。そしていつかは、真由美との間に子供が生まれていたのだろうか。未来を断ち切ってしまったのは、ほんの一瞬の保身の気持ち。

これから先、どうやって償い、生きていけばいいのか、今は何も分からない。ただ一つ、分かるのは、自分が向かっているところ。

御茶ノ水駅に着いた。券売機でチケットを買う。自動改札機にチケットを滑り込ませながら、彩は心の中で叫ぶ。

克己、待っていて。すぐに行く。

解　説──ミステリアスな騒《ざわ》めきは永遠に！

内田　剛

永井するみという作家を知ったのは一体いつのことだったたか。名前の不思議な響きが妙に印象に残って特別な存在感というか只《ただ》ならぬ書き手のような気がしてならなかった。

個人的な記憶をたどってみる。書店員歴約三十年のキャリアはあるが、幼い頃より歴史ものを中心としたノンフィクション好きであったため、小説を読むようになったのは文芸書ジャンルを担当した入社十年目のことだった。

そこで目に留まった永井するみ作品が『ミレニアム』である。当時、社会を大いに賑《にぎ》わせた二〇〇〇年問題に真っ向から挑んだ意欲作で、ストレートなタイトルと共に内容的にも作家としての決意と覚悟も伝わり、〝永井するみ、恐るべし〟〝これは要チェックな作家だ〟と強く感じた。

『ミレニアム』から意識すれば、永井するみは現代社会の問題をテーマに鋭くその悪の根源を暴き警鐘を鳴らす、いわゆる社会派の作家だと思っていたが、そのキャリアを紐《ひも》解《と》けばそう単純明快な作家ではないことが分かった。

とにかく経歴がいい意味で普通ではない。一九六一年東京生まれ。東京藝術大学音楽学部でピアノを学び、北海道大学農学部で農業を体験。その後は一般企業に就職。こうした豊かな寄り道や社会経験がその後の作品にも色濃く反映しているのだろう。もはや肉声を聞くことが叶《かな》わなくなってしまったこの著者の人柄と幼い頃からの読書遍歴を知る格好の手がかりは、WEB本の雑誌の人気コーナー「作家の読書道」に大変詳しい。瀧井朝世氏がインタビュアーで、的確に知られざる素顔を伝えてくれる。ぜひこちらもご一読いただきたい。

受賞歴に目を移せば「マリーゴールド」で第三回九州さが大衆文学賞（山本甲士・植松三十里・梶よう子を輩出）、「隣人」で第十八回小説推理新人賞（大沢在昌・本多孝好・長岡弘樹・垣谷美雨・湊かなえを輩出）、『枯れ蔵』で第一回新潮ミステリー倶楽部賞（戸梶圭太・雫井脩介・伊坂幸太郎を輩出）を受賞と非常に華々しい。とりわけ第一回の受賞という栄誉は価値がある。名実ともに極めて恵まれたデビューで、その作品と才能は高く評価されていた。二〇一〇年逝去。尋常ならぬスピードで文壇を走り抜けた生涯。早すぎる死は惜しまれる。

これほど素晴らしい作家・作品にはそう頻繁に出合えるものではない。しかし読み返そうとして愕然《がくぜん》とした。入手できる作品があまりにも少ないのだ。恥ずかしながら自分の店にあるのは『欲しい』一冊のみ。慌てて書誌検索から文庫リストを取り出して調べたところ、二十六点あるなかで取り寄せ可能表示があるのはわずか六点のみであった。大多数が品切れもしくは絶版……読みたくとも読めない。古書店をあたるしか術《すべ》がないのだ。この傾向は永井するみ作品に限ったことではない。売上減少が止まらないにも拘《かかわ》らず刊行点数は一向に減らず、作家の重要な作品がリストから消えてしまう。これが出版業界の悪《あ》しき現状でもある。

しかしながら出版社の編集・営業、書店員も手をこまねいていた訳ではない。永井作品に魅了された仲間たちはたくさんいて、その時々で強烈に後押しをしていた。デビュー作であり重要な受賞作『枯れ蔵』は二〇〇〇年に新潮文庫として刊行（著者初の文庫化作品）されたが数年後に品切れ。二〇〇八年に再文庫化したのは東京創元社だ。同社は『枯れ蔵』の再文庫化に前後して、『樹縛』『大いなる聴衆』『さくら草』と永井作品を次々に文庫化。創元推理文庫のラインナップはテーマが農業・林業・音楽・アパレルとやや業界色が強く、徹底した取材力が凄《すご》いのだが、読みどころは奥深い人間ドラマ。営業担当も熱意をもって書店訪問し手書きPOPを配り歩いていた。作品評価は高いが知名度はいまひとつ。しかし一度読んだら震えるほど素晴らしい。熱烈なPOP文面からこの傑作群を何としてでも読者に伝えたい！　という想《おも》いがヒシヒシと感じられる。

双葉社も小説推理新人賞主催であるからデビュー時から関わりの強い出版社だ。冒頭で触れた『ミレニアム』も双葉社であったが、転機は同賞デビューの湊かなえ『告白』（二〇〇八年刊行）が本屋大賞受賞や映画化で大ヒットし、いわゆる「イヤミス」ブームを牽引《けんいん》したことだろう。湊かなえを筆頭に沼田まほかる、貫井徳郎、真梨幸子など黒いジャケットが店頭を賑わせた。この流れで登場した永井作品の文庫が『隣人』である。二〇〇四年に一度文庫化されているが、二〇一三年に猫が睨《にら》みつけている印象的なカバーで再登場。熱意と絵心のある書店員仲間が猫イラストの帯を書き、発売当初よりそのオリジナル帯での仕掛け販売が成功した。次に遺作ともなってしまった『秘密は日記に隠すもの』が文庫化。こちらもタイトル通りゾワっとする読後感が味わえるイヤミスど真ん中の作品だったが期待の高さが尋常ではなく、中ヒットに留《とど》まっている。この作家の凄みは本当にまだ知られ尽くしてはいないのだ。

比較的直近だとポプラ文庫ピュアフルで二〇一六年に『カカオ80%の夏』と『レッド・マスカラの秋』の二点が刊行されている。これはポプラ社の編集者が永井作品に惚《ほ》れ込んで生前に短編執筆を依頼したことがきっかけで文庫化が実現したケース。しかし内容はイヤミスとは真逆のYA（ヤングアダルト）ものだからこの著者の多様性、懐の深さを窺《うかが》い知ることができる。

さて本書『義弟』は二〇〇八年に双葉社より親本が刊行されており、十年以上の時を経て待望の文庫化となった。今回、集英社文庫に加わったわけであるが、著者と集英社との関わりもデビュー間もない一九九九年の『ランチタイム・ブルー』（単行本四作目）からであるから歴史が長い。

特筆すべきは二〇〇九年に文庫化された『欲しい』だ。軸になるのは四十二歳女性の不倫であるが、物語はそう単純には展開しない。シンプルなタイトルに収斂《しゅうれん》される三者三様の欲望に絶妙にスポットライトを当て人間の隠された内面を暴き出す永井するみらしさ全開の〝名作〟である。地道に売れていたこの作品を一昨年に銀座に近い当店で仕掛けたところ〝衝撃のラスト〟というキャッチが都心のOLたちの心を引いたのか、大ヒット。追加注文を繰り返したことが記憶に新しい。いい作品は決して古びない。タイミングさえ合えば売れる力がある事実を再認識した。

二〇一八年に文庫化された『グラニテ』も著者の長所を存分に味わえる一冊だ。危うく妖しい三角関係。一人の男を巡る母と娘の激しすぎる葛藤はグイグイと心に迫ってくる。冷静と情熱の狭間《はざま》、薄皮一枚の感情のせめぎあいをこうも見事に再現できる筆力は稀有《けう》と言わざるをえない。作中にはドキリとする映像シーンも象徴的に描かれており、まさしく映像化を大いに期待したい作品だ。

遠回りしてしまったが『義弟』の話に戻る。『義弟』と書いて「おとうと」と読ませる。義父、義母、義兄、義姉……義理の関係と聞くだけでそこには簡単にはほどけない柵や束縛を感じさせる。タイトルから得られる想像の領域で、すでにこの物語は勝っている。

読みどころも多いが導入のシーンには度肝を抜かれる。日頃の鬱憤が溜《たま》り真夜中に寝静まった両親の部屋に火をかけ殺害しようと目論《もくろ》んだ弟・克己。凶行に及ぼうとしたまさにその瞬間に帰省してきた姉・彩。姉の運転するバイクで逃避行の途中、思いもよらぬ事故が……冒頭のこの数ページを読めば絶対に心を鷲摑《わしづか》みにされ、ラスト一行まで一気読みの確率は極めて高いはずだ。

序盤にひとつの大きな事件が起きる。心臓に持病のあった彩の不倫相手がこともあろうに逢瀬《おうせ》の時に亡くなってしまう。不適切な関係の発覚を恐れた彩は克己を呼び、その亡骸《なきがら》をビジネス街の路上に放置してしまう。

物語の大きな軸は彩の不倫。しかしその相手は品格のある紳士でプラトニックな関係で結ばれていた。そしてもう一つは五歳の時に母親を自転車事故で死なせてしまったという克己の根深いトラウマである。どちらも魂の根底にある、言葉では言い尽くせない感情が渦巻いていてそれぞれの人格を形成している重要な要素でもあるのだ。

容姿端麗・成績優秀な姉と常に比較されコンプレックスの塊のような弟。血が繫《つな》がらず正反対の二人ではあったが、ともに生まれながらの孤独と犯してしまった罪という大きな十字架を背負っていた。だからこそお互いにしか理解しえない神秘的ともいえる世界を共有できたのであろう。物語は二人と共にラストまで疾走し続ける。本当のエンディングはこの姉弟にしかわからないのかもしれない。

男と女、生と死、善と悪、愛と憎しみ、嫉妬と憧憬、正常と狂気、静謐《せいひつ》と喧騒《けんそう》……あらゆる想いの交錯によって、『義弟』という作品が構成されている。単なる恋愛でもミステリーでもサスペンスでもない究極の人間ドラマがここにある。

『義弟』を読んでまず感じたのは、研ぎ澄まされた感性によって紡がれた表現に対する新鮮な驚きである。混沌《こんとん》としたこの社会、閉塞感に包まれたいまの時代の空気をそのまま伝えている。もどかしい恋、理不尽な環境、不器用な人間模様……多かれ少なかれこの世に生きるすべての人が心の奥底に抱いているものなのではないだろうか。ガラス細工のように繊細な心の襞《ひだ》を皮膚感覚で再現している。本当に凄い描写力だ。

いま改めて胸に刻もう。永井するみは永遠に記憶されなければならない作家であり、その作品は読まれ続けねばならないのだ。書店員としての使命感を持ってそう感じた。

（うちだ・たけし　書店員）

本書は、二〇〇八年五月、双葉社より刊行されました。
初出　「小説推理」二〇〇七年四月号〜二〇〇八年一月号

永井するみの本

グラニテ

女として美しくなる娘に嫉妬する万里。いつまでも女であろうとする母に苛立つ唯香。一人の男を巡る母親と娘の三角関係の終幕とは……？

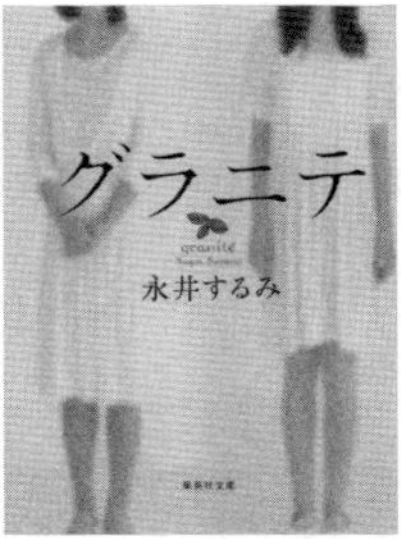

集英社文庫

集英社文庫

義弟《おとうと》

2019年5月25日　第1刷　　定価はカバーに表示してあります。

著　者　永井《ながい》するみ

発行者　徳永　真

発行所　株式会社　集英社
東京都千代田区一ツ橋2-5-10　〒101-8050
電話　【編集部】03-3230-6095
【読者係】03-3230-6080
【販売部】03-3230-6393（書店専用）

印　刷　大日本印刷株式会社

製　本　大日本印刷株式会社

フォーマットデザイン　アリヤマデザインストア　　マークデザイン　居山浩二

ISBN978-4-08-745876-3 C0193